후가는 유가

후가는
유가

이사카 고타로 장편소설
김은모 옮김

현대문학

내가 얻어맞는 걸 나는 조금 떨어진 곳에서 느꼈다.

네 살, 아니 다섯 살 때였다.

텔레비전에서 무슨 방송을 하고 있었더라. 텔레비전을 보고 있었던 건 옆방에서 그 남자가 "넌 오지 말고 거기서 텔레비전이나 봐" 하고 소리쳤기 때문이다. 그래서 내용이 무엇이건 시선은 텔레비전에 고정해 두었다. 조금이라도 눈을 돌리면 금방 들켜서 얻어맞는다.

누가 얻어맞을까?

나.

저쪽의 나는 이미 얻어맞고 있다.

엄마, 엄마, 하고 매달리는 심정으로 중얼거렸지만, 어머니가 있다고 해결될 일도 아니었다.

왜 소스가 없어, 라는 그 남자의 고함에 어머니가 집을 뛰쳐 나간 지 얼마나 지났을까. 근처 편의점에 갔다면 벌써 돌아왔을 테니 소스가 없어서 다른 가게에 갔는지도 모른다.

어쩌면 집에 오기 싫어서 시간을 때우고 있는 것 아닐까.

어머니는 딱히 내 편이 아니다. 늘 보고도 못 본 척한다. 오히려 귀찮은 듯 한숨이나 쉬겠지. 하지만 신기하게도 힘들 때나 무서울 때는 엄마, 하고 부르고 싶어진다.

그 남자가 지금 왜 화가 났는지는 모른다. 언제나 그렇다.

남자는 툭하면 또 하나의 나를 옆방으로 데려가서 걷어차고 따귀를 때렸고, 내게는 "넌 거기서 텔레비전이나 봐" 하고 명령했다.

어느 틈엔가 몸이 흔들리고 있었다. 공포, 고통, 불안, 느껴지는 게 무슨 감정인지도 모르지만 몸이 떨렸다.

그만해, 하고 외치는 소리가 들렸다. 옆방에서다. 저쪽의 내가 꺼낸 말에, 나도 속으로 목소리를 높였다.

"야, 인마. 뭘 쳐다봐!"

내가 참지 못하고 일어서서 옆방을 보고 있었다는 걸 깨달았다.

옆방에서 내가 몸부림치고 있었다. 팔다리를 버둥거리며 달아나려 하자 남자가 조그만 몸에 올라타고는 단단히 눌렀다. 몸집이 너무 차이 나서 마치 인형을 망가뜨리려고 하는 것처럼 보였다. 내가, 내가 망가진다? 팔이 뜯겨 나간다.

온 집 안이 덜덜 떨렸다. 내가 계속 쳐다보고 있어서 남자가 또 고함을 지른 것이다. 뭐라고 말했는지는 모르지만, 큰 소리에 떠밀리듯 나는 텔레비전이 있는 방으로 돌아갔다.

텔레비전을 보고 있어도 눈에 아무것도 들어오지 않았다. 귀를 막고 싶지만 막을 수 없었다.

이대로 있다가는 내가 큰일 난다.

도와줘!

나는 그렇게 빌었다. 아마 머릿속에는 텔레비전에서 자주 보아서 친숙한 슈퍼히어로의 모습이 있었을 것이다. 처음에는 평범한 사람으로 나오지만, 자신이나 남이 위기에 처하면 포즈를 취하며 "변신" 하고 말한다. 그러면 순식간에 정의의 사도로 모습이 바뀐다. 그리고 적을 뚝딱뚝딱 쓰러뜨린다.

하지만 현실에서 그런 일은 일어나지 않는다.

우리 집에는 가족밖에 없고, 누구도 '변신' 같은 건 하지 않으며, 도와주러 오지도 않는다.

왜 그랬는지는 모르겠다.

어느덧 부엌으로 가서 엄마가 늘 서 있는 찬장 언저리를 더듬거렸다. 조미료가 든 서랍을 열고 샐러드유를 꺼냈다. 웃통을 벗고 샐러드유를 몸에 발랐다.

그런 내용의 이야기를 하자 앞에 앉은 다카스기가 "어떻게 알았어?" 하고 물었다. 일단 끝까지 잠자코 이야기를 들어 달

7

라고 당부했지만 참을 수 없었던 걸까. 그는 내 또래인 20대 초중반이지만, 상당히 어른스러워 보였다. 놓여 있는 명함에 눈길을 주었다. 제작 프로덕션이라고 적혀 있었다. 그는 '프리랜서 디렉터'라는 표현을 썼다. 도쿄에 살지만 센다이 출신이라 자주 오간다고 설명했다. 머리가 좋아 보였고, 행동거지에서 자존심이 묻어났다. 내가 이야기의 주도권을 쥔 게 불만인 걸까.

"뭘요?" 하고 물었다.

"샐러드유가 미끌미끌하다는 거."

"그 정도야."

"다섯 살배기가 샐러드유가 뭔지나 알려나."

"글쎄요. 어릴 적 기억은 시간이 흐르면서 점점 바뀌니까, 저도 그게 진짜 기억인지 아닌지 자신은 없네요."

"기름을 발랐다는 건 진짜야?"

"네." 나는 다짐하듯 말했다. "아까도 말씀드렸지만 제 이야기에는 착각과 각색뿐만 아니라, 일부러 거짓말하는 부분도 있으니까 무조건 곧이듣지 않는 편이 좋을 겁니다. 다만 기름 이야기는 진짜예요."

흐음, 하고 다카스기는 내게 차가운 눈빛을 던졌다.

나는 다시 대략 다음과 같은 내용을, 왜 대략이냐 하면 말로 할 때는 어떻게 해도 자초지종을 낱낱이 정리한 형태가 아니라 자를 건 자르고 요점을 간추리기 때문인데, 하여간 그 이야

이사카 고타로 伊坂幸太郎

발표하는 작품마다 큰 반향을 일으키고 이름 앞에 항상 '천재'라는 수식어가 따라다니는 작가. 한국을 비롯해 미국, 프랑스, 중국, 대만 등 10여 개국에서 번역되었으며, 국경을 넘어 수많은 독자들의 사랑을 받고 있다. 고등학생 때 부모님에게 선물받은 책에서 '짧은 인생을 상상력에 내던질 수 있다면 그것만큼 행복한 일은 없다'라는 문장을 보고 작가가 되기로 결심했다. 일본 추리소설계의 전설 니시무라 교타로西村京太郎의 이름과 같은 획수의 한자를 조합한 필명 이사카 고타로는 베스트셀러 작가를 닮으라는 바람을 담아 가족들이 지어 주었다고 한다.

2000년 『오듀본의 기도』로 신초미스터리클럽상을 수상하며 등단했고, 2002년 『러시 라이프』로 평단의 주목을 받기 시작했다. 2003년 추리소설 독자를 넘어 대중적인 인기를 얻은 『중력 삐에로』를 시작으로 2004년 『칠드런』『그래스호퍼』, 2005년 『사신 치바』, 2006년 『사막』, 2008년 『골든 슬럼버』로 여섯 차례 나오키상 후보에 올랐으나 '집필에 전념하고 싶다'는 이유를 들어 고사한다. 2004년 『집오리와 들오리의 코인로커』로 요시카와

기를 이어 나갔다.

어쨌든 기름을 발랐을 때 옆방에 있는 나를 구하고 싶다, 정확하게는 저쪽의 나와 바꿔 주고 싶다는 생각뿐이었다.

가까이 가면 혼난다. 혹은 맞거나 걷어차인다. 온몸이 기름투성이라면 그 남자도 미끄러워서 못 잡지 않을까 단순히 생각했다. 그때 소리가 들렸다.

벌레가 날갯짓하는 듯한 진동과 함께 귓속이 바르르 떨렸다. 찌릿찌릿하니 떨리는 몸이 막으로 뒤덮인 것 같았다.

뭘까 싶었던 직후에 나는 바닥에 엎드려 있었다. 방향감각을 상실한 터라 왜 얼굴 옆에 바닥이 있는지 이해가 되지 않아서 몹시 얼떨떨했다.

몸을 만지는 손길이 느껴졌다.

"야, 너 뭐야. 왜."

남자 목소리다. 옆방에 있었을 그 남자가 바로 곁에 있었다. 얻어맞는다! 공포가 온몸에 번졌다.

그는? 조금 전까지 이 남자에게 맞고 있었던 나는?

저쪽의 나와 바꿔 주고 싶다.

내 염원이 생각났다.

바뀐 거구나!

그렇게 생각했을 때 남자가 기름으로 미끌미끌한 내 몸을 붙잡으려 했다. 하지만 잘 잡히지 않는다. 그사이에 일어섰다.

한순간 남자의 손이 입고 있던 바지에 걸려 섬뜩했지만, 찢어져라 힘껏 잡아당겨 떨쳐 냈다. 옆방에 가자 내가 있었다. 웃통을 벗은 몸에 기름을 떡칠한 나를 보고 어리둥절한 표정을 지었다.

도망치자고 말한 건 나였을까, 아니면 또 다른 나였을까.

내 망측한 몰골에도 아랑곳없이 현관으로 향했다.

뒤쪽에서 남자가 고함을 질렀다. 쫓아오기에 신발도 신지 않고 밖으로 뛰쳐나가 둘이 함께 연립주택 현관으로 달렸다.

쫓아오다 넘어진 남자가 짐승같이 울부짖었다.

나와 다카스기는 센다이 시가지에서 조금 떨어진 곳에 위치한 패밀리 레스토랑에 마주 앉아 있었다. 10분 전쯤 도착해 화장실에서 나와서 가게를 둘러보고 다카스기가 앉은 테이블로 가자 그는 "오늘 시간 내 줘서 고마워. 꼭 이야기를 듣고 싶었거든" 하고 말했다.

나는 옷에 묻은 물방울을 가볍게 털었다. 아침부터 내내 맑았던 센다이에 비가 내릴 리도 없으므로 "화장실에서 손을 씻으려다 물을 너무 세게 틀어서" 하고 괜한 변명을 무심코 입에 담았다.

다카스기의 표정은 바뀌지 않았다. 뿔테 안경과 이지적인 생김새 때문인지 전부 꿰뚫어 보고 있는 것 같았다. 실은 그의 손바닥 위에 있는 것 아닌가 하는 두려움마저 느꼈다.

"다카스기 씨, 원래는 센다이에 사셨죠?" 이건 메일을 주고 받을 때 본인이 직접 알려 준 사실이기도 했다. "저어, 그런데 대체 저한테 무슨 용건이세요? 메일로는 '신기한 동영상에 대해 알려 달라'고 하셨는데요."

"도키와, 네가 찍혀 있는 영상이야."

"어떤 영상인데요?"

"어디서부터 이야기하면 될까." 다카스기가 자기 머리를 만지작거렸다. "어, 지금, 새로운 방송을 기획하려고 별난 동영상을 찾고 있는 중인데, 우리 아르바이트생이 이런 동영상을 받았어."

"받았다고요? 누가 밀고했다는 건가요?"

"그걸 뭐라고 할지는 제쳐 놓고, 일단 봐."

다카스기는 가방에서 노트북을 꺼내서 펼치고 자판을 두드렸다.

"재미있는 영상인가요?"

그와 나 사이에 옆으로 놓인 노트북에서 동영상이 재생됐다.

뭔지 잘 모르고 들여다보다가 거기가 화장실의 조그마한 칸이라는 걸 알았다.

"이건."

"아케이드 상점가의 패스트푸드점 2층에 있는 화장실이래. 남녀 공용이고. 빨리 돌릴게."

남자와 여자가 변기에 앉는 모습이 언뜻언뜻 비쳐서 눈을 돌렸다. 본 순간 범죄자로 처벌될까 봐 무섭기도 했고, 무엇보다 남자는 물론 여자가 변기에 앉아 있는 걸 봐도 기쁘기는커녕 불쾌감만 들 뿐이다. 남이 배설하는 광경을 보면서 흥분하는 인간은 아니다.

"별난 동영상이라더니, 이거 몰래카메라 아닌가요?" 나는 혐오감이 잘 전달되면 좋겠다는 심정으로 말했다.

"내가 찍은 거 아니야. 받았다고 했잖아." 의문을 드러내는 것 자체가 신경에 거슬리는지 다카스기의 이마 언저리가 바르르 떨렸다.

"동영상을 보낸 인물이 말하기로."

'인물'이라는 두루뭉술한 말이 마음에 걸려 나도 모르게 끼어들었다.

"그 사람은, 남자인가요?"

다카스기는 질문에 대답하지 않았다. "마침 센다이에 출장을 왔었대. 패스트푸드점에서 밥 먹으며 일하다가 화장실에 남자 두 명이 들어가는 걸 봤지."

"둘이 함께?"

다카스기가 고개를 끄덕였다. "게다가 좀처럼 나오질 않아서 아무래도 수상쩍더래. 처음에는 장물을 정리하거나 마약을 매매하는 게 아닐까 의심한 모양이지만, 가게에서 나온 후에 감이 온 거야. 혹시 몰래카메라를 설치한 게 아닐까 하고."

"남녀 공용 화장실이니까요." 설치하려고 남자가 들어가도 부자연스럽지 않다.

"마음에 걸려서 다음 날 다시 그 가게에 갔지. 화장실에 가보니 예상 적중, 휴지가 쌓인 곳에 카메라가 설치돼 있었다는 말씀. 조그마한 카드형 기록 매체에 영상이 저장되는 방식이었대."

"마음에 걸렸으면 바로 되돌아가서 확인하면 됐을 텐데요. 그 카메라를 도쿄로 가지고 돌아간 건가요?" 입이 근질거려 지적했다. 몰래카메라 영상이 보고 싶어서 영상이 나름 저장되기를 기다린 것 아니냐는 추측도 가능하다. "무엇보다 경찰에는 신고했을까요?"

다카스기는 그 질문에도 대답하지 않았다. "아, 여기다" 하고 화면을 가리켰다.

나도 동영상으로 눈을 돌렸다.

"이거, 도키와, 너야." 다카스기는 딱 잘라 말했다.

내가 변기에 앉아 있었다. 밑에서 약간 올려다보는 각도이기는 하지만 비스듬히 정면에서 찍혔다.

"사생활 침해 아닌가요?"

"희한하게도 볼일을 보는 것 같지는 않아." 영상 속의 내가 청바지를 입은 채 앉아 있기 때문이리라. 마려운 걸 참는 기색도 없이 등을 살짝 웅크린 채 그저 가만히 앉아 있다.

"화장실에서 명상하는 걸 좋아하거든요. 이렇게 가만히 앉아서 긴장을 푼다고 할까."

다카스기는 경멸하는 눈으로 나를 보았다. "어디서 그런 거짓말을."

"다시 말씀드리지만, 제 말에는 거짓말과 생략이 많습니다."

"거짓말은 잘 꿰뚫어 보는 편이야." 잠시 후 동영상이 정지됐다. "자, 봐 봐."

다카스기가 노트북 화면이 아니라 나를 보고 있는 건 알고 있었다. 내 표정 변화를 놓치지 않도록 관찰 중이다.

이 사람은 지금까지 줄곧 남을 이렇게 관찰하며 살아온 것 아닐까. 문득 그런 생각이 들었다.

다카스기의 "자, 봐 봐"가 뭘 가리키는지는 금방 이해가 갔다. 멈춘 동영상 속 내 자세가 조금 전과 달라졌다. 아까는 앉아 있었는데 이젠 서 있었다.

"게다가 얼굴에 반창고가."

"아까는 없었나요?" 이쯤에서 인정해도 됐겠지만 조금 버텨 보기로 했다.

"아까는 없었어." 영상을 조금 되감았다. 변기에 앉은 내 얼굴에 반창고는 없다. 그리고 조금 지나자 느닷없이 일어선 자세로 바뀌었다. 거울을 향할 때 얼굴에 붙은 반창고가 보였다.

다카스기는 다시 영상을 되감았다가 재생하고 정지하는 작업을 몇 번 반복했다. 변기에 앉은 내가 갑자기 우뚝 서 있다.

"영상이 튄 것 아닐까요?"

"나도 처음에는 물론 영상이 이상하구나 싶었어. 파일에 손상이 생겼거나 편집한 줄 알았지. 요즘 세상에 이 정도의 편집은 얼마든지 가능하니까. 하지만 전문가에게 문의해도 편집한 흔적은 없대."

"설마요."

그가 나를 빤히 바라보았다. "나도 금방은 믿기지 않았어. 만약 그렇다면 이게 어찌 된 일인지 납득이 안 되잖아. 순간적으로 일어서고 순식간에 반창고를 붙이는 게 어떻게 가능한지가 말이야."

"어떻게 된 걸까요." 나는 모호하게 대답하며 후가를 생각했다. 쌍둥이로 태어나 그 모진 환경 속에서 꿋꿋이 함께 살아온 동료다. "그런데 어떻게 절 찾아내신 거죠?"

"센다이에 와서 수소문했지."

"다카스기 씨가?"

"여러 명이서."

"시간이 그렇게 남아도세요?" 이렇게 말하면 화낼 것 같다고 생각하면서도 입 밖에 내어 말했다.

다카스기는 한 귀로 듣고 다른 귀로 흘리는 것 같았다. "그러다 네 친구와 만났지. 이게 너라고 단정하더군."

"친구가 있었던 적 없는데요."

휴, 하고 다카스기는 어이없다는 듯 한숨을 내쉬었다. 왜 그런 거짓말을 하느냐고 말하고 싶은 것이리라. "그 친구가 네게 연락을 취해 준 덕분에, 너랑 메일을 주고받을 수 있었고, 오늘의 만남도 성사된 거잖아."

"좀 더 비싼 곳에서 얻어먹을 걸 그랬네요."

"더치페이야."

"그래요? 방송국 취재니까 당연히 사 주실 줄 알았는데."

"난 방송국 사원이 아니라 제작사 소속이야."

"유망한 신진 디렉터."

"어떻게 알았지?" 다카스기는 웃었지만 눈은 무표정했다.

"번쩍 떠오른 생각을 말해 봤을 뿐이에요."

"그나저나." 잠시 후 다카스기가 진심에서 우러난 듯한 목소리로 말했다. "오늘은 일찌감치 오길 잘했어."

"아아." 무슨 말인지 바로 이해했다. 테이블 위에 놓아둔 스마트폰을 조작해 뉴스 애플리케이션에 접속했다. 도호쿠 신칸센이 운행 중에 멈춰 버렸다. 간토 지방에 내리는 비로 산사태가 일어나 광범위한 지역에 정전이 발생한 영향이라고 한다.

"오후 4시 약속이라 느긋한 마음이었는데, 시간 맞춰 탔으면 못 왔을 거야."

"한 시간 전에 도착하는 신칸센이었어도 마찬가지예요." 신칸센 운행이 중단돼 오도 가도 못하는 상황이다.

"감이 발동했나. 일찌감치 출발해 오전 중에 센다이에 도착했지. 너만 괜찮았다면 시간을 앞당길 걸 그랬어."

"낮에는 볼링을 치거든요."

"역시 친구 있네, 뭐."

"혼자 쳐요. 취미 삼아." 요 2년쯤 나는 볼링만 치고 있다. 정확하게는 취미라기보다 볼링밖에 할 줄 모른다고 해야 맞을지도 모르겠다. 오로지 14파운드 공을 던지는 데 집중하다 보면 잡생각이 안 들어서 좋다.

"이야." 다카스기는 관심 없는 표정으로 "공도 가지고 있어?" 하고 놀리듯 물었다.

"그럼요." 너무 자주 볼링장에 드나들자 직원이 권유했다. 신발도 매번 빌리는 비용을 고려해 한 켤레 장만했다. 그러다 볼링공을 깜박했다는 게 퍼뜩 생각나 흠칫했다.

"왜 그래?"

"볼링공을 깜박한 게 생각나서요." 농담 같지만 사실이었다.

"볼링공을? 그렇게 무거운 걸 깜박했다고? 어디서?" 다카스기가 과장되게 어이없다는 티를 냈지만, 그 역시 감정이 담겨 있는 것처럼은 보이지 않았다.

냉큼 기억을 더듬었다. 볼링장에서 계산을 마치고 건물을 나설 때까지는 볼링공 케이스에 넣어서 들고 있었다. 그건 기억난다.

그 후 일단 짐을 집에 놔두러 가려고 했다. 머릿속으로 내 행동을 재생하며 따라갔다.

볼링공 케이스를 발치에 내려놓는 장면이 떠올랐다. 좌석에 앉을 때 바닥에 살짝 내려놓으려 했는데 쿵, 하고 묵직한 소리가 나서 민망했던 게 기억났다. 숨기듯이 두 발 뒤쪽으로 밀어 넣었다. 거기 그대로 놔두고 왔다.

"차 내에서요."

"센세키선? 발견한 역무원도 깜짝 놀라겠군. 무거우니까."
다카스기는 이미 볼링공에 대해 흥미를 잃은 듯했다. "아무튼
하던 이야기로 돌아가지." 다카스기가 노트북에 시선을 주었
다. "영상에 나온 건 너야."

"그렇다면요?"

"이 동영상에 대해 설명해 줘. 이건 트릭 영상이야? 아니면
뭔가 다른 조작 방법이 있는 건가?"

"재미있으면 방송에 내보내 주실 건가요?"

"재미 나름이지." 방송의 영향력을 등에 업고 유세하는 듯한
말투였다.

그럼, 하고 나는 자세를 바로 했다. "제 이야기를 들어 주시
겠어요?"

그리고 샐러드유 이야기를 하다가 도중에 다카스기에게 참
견을 당하면서도 '그것'에 대한 설명을, 요컨대 내가 어릴 적
부터 겪었던 일들을 들려주었다.

처음으로 그걸 자각한 건 초등학생이 되고 나서다. 진정한
의미에서는 샐러드유를 몸에 발랐던 다섯 살 때가 처음이었지

만, 그때는 무슨 일이 일어났는지 이해하지 못했다. 또 하나의 나, 이쯤 되면 왜 자꾸 그딴 식으로 부르나 싶을 테니 이제부터는 이름으로 부르겠다. 후가 역시 마찬가지였던 듯 "그걸 자각한 건 초등학교 2학년 생일 때야" 하고 나중에 말했다.

국어 시간이었다. 한자 읽기와 쓰기 시험 도중에 나는 '十本'의 독음을 '줏폰'이라고 적고 나서, '이건 분명 아닌데' 하고 고개를 갸웃거렸다. 분명 초등학교 1학년 때 배운 단어다. 답이 어디 적혀 있지 않을까 싶어 교실 안을 둘러보는데 정면의 시계가 눈에 들어왔다. 10시를 지나 10시 10분쯤 됐겠다고 생각한 순간, 찌릿찌릿하니 살이 떨렸다. 앉은 채로 몸이 굳어 버렸다. 연필을 쥔 손도 포함해 온몸이 식품 랩에 감싸인 듯한 감각이 느껴져 '어라?' 싶었다. 정전기만큼 강하지는 않고 아픔도 없었지만, 마침 전날 텔레비전에서 해파리 독 이야기를 본 탓인지 독에 마비되면 이런 느낌일까 하고 멍하니 생각하고 있는데 눈앞에 칠판이 있었다.

칠판 앞에 앉아 있었다. 깜짝 놀라 일어서자 "이 녀석아, 칠판에 연필로 글씨를 쓰면 어떻게 해" 하고 오른쪽 뒤편에서 남자 목소리가 들렸다.

그 직후, 뒤쪽에서 터져 나온 아이들의 웃음소리가 등에 와 닿았다.

나는 연필을 들고 칠판과 마주하고 있었다.

분필 대신 연필로 쓰다니 웃겼으리라. 하지만 내게도 할 말은 있다.

방금 전까지 한자 시험을 치르고 있었는데.

칠판에는 숫자가 적혀 있었다.

배운 지 얼마 안 된 구구단 문제가 칠판에 가득했다.

국어 시간에서 산수 시간으로 갑자기 넘어갔다.

잠들어 버린 걸까. 아니면 시험을 치르던 도중부터 지금까지의 기억이 싹 날아가 버린 걸까. '十本'의 독음을 몰라서 화딱지가 났다거나? 아아, 맞다, '짓폰'이었다.

"자, 분필." 선생님이 다가와 손을 내밀었다.

이상하다.

그제야 나는 잘못된 걸, 이걸 잘못이라 해야 할지는 분명치 않지만, 깨달았다. 옆 반 담임인 오카자와 선생님이 어째서 여기에?

우리 반 담임인 다카코 선생님이 없을 때는 자기 반과 함께 맡아 주기도 하지만, 아까 분명 다카코 선생님이 한자 시험지를 나누어 줬는데?

혼란에 빠진 내게 오카자와 선생님이 중요한 말을, 그야말로 이 현상을 설명하는 해답이라고도 할 수 있는 한 마디를 꺼냈다.

"이제 구구단쯤은 술술 나와야지, 후가."

선생님은 나를 동생으로 착각했다. 그렇다기보다 여기는 동생 반이다.

산수 시간이 끝나고 공기를 찾아 물 밖으로 고개를 내밀듯 허겁지겁 복도로 뛰쳐나오자 우리 반에서 후가가 나왔다. 온 얼굴에서 곤혹스러움이 묻어났다. 나도 그랬으리라.

당황스러운 나머지 아무 말도 못 하고 상대의 반과 자기 반, 상대의 몸과 자기 몸을 번갈아 가리켰다.

어느 틈엔가 있었던 장소가 서로 뒤바뀌었다.

"뭐야, 이거?" 후가가 먼저 말을 꺼냈다.

"어떻게 된 거지."

짧은 쉬는 시간이 끝나 우리는 고개를 갸웃거리며 원래 자기 반으로 돌아갔다. 둘 다 반을 착각했나 보다고 억지로 납득한 측면도 있었다.

하지만 한 번으로 끝나지 않았다.

12시가 지났을 무렵, 지금이라면 12시 10분이라고 단언할 수 있는데, 급식을 먹는 도중에 또 찌릿찌릿 떨리고 막에 감싸인 듯한 감각이 밀려왔다.

빵을 입에 넣으려던 자세 그대로 굳어서 앗, 하고 생각한 직후에 다른 광경이 보였다. 교실이기는 했지만 앉은 자리가 달랐다. 이미 빵을 씹고 있는데 식판에 빵이 하나 더 있었다. 그리고 급식을 먹기 위해 붙인 책상에는 옆 반 아이들이 앉아 있었다.

거의 빵을 떨어뜨릴 기세로 책상 속 노트를 꺼내 '도키와 후가'라는 이름을 확인했으니, 혼란스러운 상태였다고는 하나 스스로 생각하기에도 눈치가 빨랐다. 또 후가와 자리가 바뀌었는지도 모른다고 짐작했다.

"순간 이동." 후가는 눈을 반짝이며 말했다. "얼마 전에 본 옛날 애니메이션에도 나왔잖아. 이빨 속에 있는 스위치로 작동하는 거."

"그건 가속장치."

그 무렵 우리는 수업이 끝나면 교문에서 만나 함께 집에 돌아갔다.

"과연 쌍둥이답게 사이가 좋구나" 하고 뭔가 아름다운 경치라도 본 것처럼 말하는 선생님도 있었고, "신발 한 켤레!" 하고 똑 닮은 얼굴을 놀리는 반 아이도 있었다. 어머니가 귀찮아서 늘 엇비슷한 옷을 입힌 탓인지도 모르겠다. 언제나 둘이 한 세트로 취급받았다. 어떤 이웃은 형제애가 눈부시다며 흡족하게 웃음 짓기도 했다. 하지만 다들 생각하는 것과는 달리 쌍둥이는 다른 형제를 특별한 존재로 여기지 않는다. 나이가 가까운 형제와 딱히 다를 바 없다. 우리 입장에서는 아버지의 폭력과 변덕에 지배되는 집에 혼자 돌아가기가 무서웠을 뿐이었다. 깜박하고 먼저 돌아갔다가 "너 유가냐, 후가냐? 기분 잡치게 똑같이 생겨 가지고"라는 말과 함께 얻어맞은 적이 몇 번 있었다. 둘이 함께 돌아가도 기분 잡친다며 걸어찰 때도 있지만, 고통을 공유할 수 있는 만큼 혼자보다는 함께인 편이 훨씬 나았다.

그렇다, 공유. 우리가 가진 유일한 무기는 '공유'였음이 틀림없다. 오직 그 무기 덕분에 살아남은 셈이다.

국어 시간에 일어난 일이, 후가에게는 산수 시간이었지만, 급식 시간에도 일어났다. 그 후에도 또.

"유가, 나 알았어." 후가가 자랑스럽게 말했을 때 무슨 말을 하려는지 상상이 갔다.

"맞아, 두 시간 간격이야."

"에이, 뭐야."

"그 정도는 알지." 10시 지나서 일어난 일이 12시 지나서 다시 일어났고, 오후 2시에 또 일어났다.

"지금 몇 시일까?"

후가가 무슨 생각을 하는지는 짐작이 갔다. 오후 4시 이후가 궁금한 것이다.

당시 우리는 실험이라는 말이 뭔지도 잘 모르지 않았을까 싶지만, 아무튼 한 번 더 그것이 일어난다면 이번에는 마음의 준비를 하고 맞이해 보자고 생각했다.

일하러 나가는 요일이었지만 집에 가자 어머니가 있었다. 일하는 곳에서 무슨 말썽이 생긴 건지, 아버지가 변덕이 나서 집에 오라고 난리를 친 건지는 모르겠지만, 아무튼 그럴 때면 어머니는 대개 기분이 별로라 우리도 영 마음이 편치 못하다. 그날도 마찬가지라 다녀왔습니다, 하고 집에 들어가자 왜 돌아왔느냐는 듯한 눈으로 쳐다본 게 기억난다.

돌아올 곳이 여기뿐인데 어쩌랴.

나와 후가는 책가방을 내려놓고 자명종을 가까이 가져다 놓았다.

오후 4시가 지나기까지 30분 넘게 남아서 안심하는 한편, 시간이 빨리 가기를 바라는 마음도 들어 안절부절못했던 것 같다. 기억은 떠올릴 때마다 가공된다는 말을 들은 적 있다. 우리는 첫 번째 실험을 몇 번이고 되새겨 왔으므로 당시 상황이 사실인지, 과장과 변경이 덧붙었는지는 나도 장담할 수 없다.

뭘 어떻게 할지 구체적으로 의논하지는 않았다.

그저 오후 4시가 되었을 즈음에 후가는 텔레비전이 있는 방에 갔다. 만약 우리의 상상이 맞는다면 서로 최대한 멀리 떨어져 있어야 알기 쉽기 때문이다.

이왕 할 거면 명확하게 떨어진 장소, 후가와 격리된 공간에 있는 편이 낫겠다 싶어 나는 화장실에 들어가 있기로 했다.

문을 잠그고 나서야 화장실 안에서는 시간을 알 수 없다는 사실을 깨달았지만, 이미 늦었으니 한동안 가만히 기다리기로 했다.

소변이 마려워 괜히 참을 것 없이 변기에 앉아 소변을 보았지만, 지금 이 순간 이동하면 방이 소변 바다가 된다는 걸 깨닫고 부랴부랴 소변보는 속도를 높였다. 지퍼를 올리고 안도했을 때 그게 일어났다. 찌릿찌릿한 떨림과 온몸이 얇은 막에

24

감싸이는 감각, 그리고 시야에 들어오는 광경의 전환이다.

나는 텔레비전 앞에 앉아 있었다.

와, 하고 환성을 지를 뻔했다.

화장실에서 후가 나왔다. 웃음을 억누르지 못한 얼굴로 눈을 반짝이며 다가와 "내가 물 내렸어" 하고 말했다.

우리가 기쁨을 공유하기 위해서 악수한 것은 이때가 처음이었다.

"유가, 굉장해. 우리는 굉장하다고."

"쌍둥이라서 그런가." 어린 마음에도 나는 이치나 이유를 찾았다.

"이걸 이용해서 어떻게 할 수 없을까?"

"어떻게 한다니?"

"놈을."

나는 검지를 입에 댔다. 그 남자가 들으면 또 몸 다치고 마음 상하는 꼴을 당한다. 집에 없어도 방심은 금물이다. 집에 오자마자 "너희들 내 욕 했지" 하고 무섭게 소리치며 어머니와 우리를 두드려 팬 적이 한두 번이 아니다. 그때마다 이 남자는 나가는 척하고 방바닥 밑에라도 숨어 있는 것 아닌가 하는 생각이 뼈에 사무칠 정도였다. 입 밖에는 내지 못했지만 속으로는 늘 그 남자를 욕했다.

그 후로는 어땠을까?

오후 6시와 8시가 지났을 때도 서로 위치가 뒤바뀌었다. 후가는 그저 순수하게 기뻐했지만, 나는 복잡한 심경이었다. 두 시간마다 한 번씩 서로 위치가 바뀌면 얼마나 어수선하겠는가. 이건 이것대로 골치 아프다.

아마 잠든 사이에도 위치가 뒤바뀌었을지 모르지만, 작고 얇은 이불을 덮고 같이 잤으니까 잠버릇이 나빠 이리저리 굴러다니는 것과 큰 차이 없었을 듯싶다.

그리고 다음 날이 됐다. 아무 일도 일어나지 않았다.

날짜가 바뀌자 나와 후가의 위치가 한 번도 교환되지 않았던 것이다. 교실에서 온다, 온다, 슬슬 바뀐다, 하고 히죽거리며 기다리고 있었지만 나는 내 자리에서 꼼짝도 하지 않았다. 시계를 몇 번이나 확인하며 10시에는 안 되더라도 12시에는, 12시에 안 되더라도 오후 2시에는 하고 계속 기다렸고, 분명히 시계가 늦게 가서 시간이 안 맞는 거라며 스스로를 다독였지만 결국 아무 일도 일어나지 않았다. 쉬는 시간마다 교실과 교실 사이에서 후가와 만나 미심쩍은 기분을 나누었다. 집에 돌아온 후에도 마찬가지였다. 우리는 의미도 없이 화장실을 들락거렸고, 텔레비전을 봐도 뭘 보는지 모를 만큼 전에 없이 초조하고 싱숭생숭한 마음으로 작은 이불을 덮고 잠들기 직전까지 희망을 버리지 않았다.

결국 위치 교환은 일어나지 않았다.

"그건 꿈이었을까?" 후가의 말에 나는 "둘이 동시에? 잠도 안 들었는데?" 하고 반론했지만 어쩌면 쌍둥이 중에는 그런 체질도 있을지 모르겠다 싶기도 했다.

그날을 끝으로 우리는 싹 다 잊어버리고 다시 평소로 돌아와 늘 그랬듯 혹독한 나날을 보냈다.

"정확하게는 그게 혹독한 나날이었는지도 잘 모르지 않았을까 싶네요. 일상생활은 다 그런 법이라고 믿었거든요."

"다 그런 법이라." 다카스기가 미간에 주름을 잡았다. 처음에 내가 들려준, 아버지에게 폭력을 당한 이야기가 떠오를 테지.

"쭉 그랬거든요. 기분 따라 때리는 아버지와 보고도 못 본 척 한숨만 쉬는 어머니. 텔레비전에 흔히 나오는 다정한 부모는 판타지 속 등장인물이라고 생각했죠."

"어, 아까는 자세하게 안 물어봤지만, 샐러드유를 바르고 도망쳤을 때는."

"돌이켜 보면 기억에 남아 있는 첫 번째 위치 교환이 그때였네요."

"그게 아니라 그 후에 아버지한테 된통 당하지 않았어?"

"당했죠." 당연한 거 아니냐고 대답하고 싶었다. 그 남자가 우리한테 한 방 먹어 놓고 조용히 넘어갈 리 없다. "미끌미끌한 몸으로 도망쳐 나왔지만 다섯 살배기한테 갈 곳이 어디 있겠어요. 집에 돌아가는 수밖에요."

그 남자도 무슨 일이 일어났는지 몰라 동요했겠지만, 그 이상으로 우리에 대한 분노가 컸다. 윗몸이 기름으로 번질번질한 나를 들고 욕실로 달려가 욕조에 힘껏 내던졌다. 머리가 깨진 듯이 아프고 숨이 콱 막힌 순간 샤워기로 물을 뿌린 건 기억난다. 나머지는 잊어버렸다기보다 그런 폭력이 워낙 잦다 보니 다른 날의 다른 고통이며 괴로움과 구분이 안 되게 뒤섞였다.

동정심이 들었는지, 아니면 불쾌감을 느꼈는지 다카스기가 인상을 찌푸렸다. 어쩌면 가학적인 성향에서 비롯된 기쁨일 가능성도 있다. "그래서?" 다카스기가 물었다. "그, 위치가 바뀌는 현상은 그 후로 안 일어난 거야? 대체 뭐였어?"

"아니요, 일어났습니다. 그러니까 여기." 나는 그의 노트북을 가리켰다. "방금 전 영상은 저와 동생의 위치가 교환된 장면이에요. 그걸 확인하러 오신 거죠?"

다카스기의 얼굴이 굳어졌다. "설마 그런."

확실히 화장실의 몰래카메라에 찍힌 인물은 순식간에 일어섰고, 얼굴에는 없었던 반창고까지 생겼다. 영상을 편집한 게 아니라면 어떻게 했는지 의문이다. 그래서 널 만나러 왔다. 재미있는 사연이라면 방송 기획에 채택할 생각이었다. 하지만 쌍둥이가 공간을 뛰어넘어 위치가 뒤바뀐 순간이 찍혔다니 상상 밖의 밖이라고 다카스기는 말했다.

'상상 밖의 밖'이라는 표현이 마음에 탁 걸려서 나도 한마디 하련다. 상상 밖의 밖은 대체 어디일까. "어디까지 이야기했었죠?"

"다음 날도 일어날 거라고 기대했는데 일어나지 않았다는 부분까지."

"순간 이동이 말이죠." 일부러 소년 만화에 나올 법한 말을 선택했다. 어차피 안 믿을 거라는 마음과 상대에게 강한 인상을 주고 싶다는 마음에서다. "그런데 잊어버렸을 즈음에 또 일어났습니다."

"순간 이동이?"

나는 고개를 끄덕였다.

그때도 학교였다. 체육 시간이라 나는 운동장에 있었다. 철봉에서 다리 걸고 앞돌기인지 뒤돌기인지를 하려고 선생님의 설명을 듣고 있었던 것 같다. 히로오가 시범을 보였다. 유소년 배구팀 소속으로 운동신경이 좋아 학교에서도 주목을 받는 녀석이었다. 머리카락에 윤기가 자르르 흘러 후가는 자주 "저 자식 분명 린스 쓰는 거야. 폼 잡기는" 하고 툴툴거렸다. 우리 말고 대부분 린스를 쓴다는 건 더 나중에야 알았다. 히로오는 아주 쉽사리 빙글 돌고서 "이 정도는 간단하죠" 하고 아니나 다를까 잘난 척하는 소리를 했다. 분명 그랬을 것이다. 히로오는 언제나 잘난 척했으니까. 내 앞 순서였던 와타보코리*가 평소처럼 창피를 당한 것도 기억난다.

와타보코리? 그런 이름도 있나?

다카스기는 사소한 부분을 자꾸 걸고넘어진다. 약간 발끈해서 "본명은 기억이 안 나네요. 와타보코리는 별명이었습니다" 하고 대꾸했다.

"와타보코리를 먹었으니까 그렇게 불린 건 아니겠지."

"그것밖에 더 있겠어요?" 나는 귀찮아서 퉁명스레 대답했다.

알따랗고 핏기가 없는 것이 주걱같이 생긴 와타보코리의 얼굴이 생각났다. 말수가 적어 등교하고 나서 하교할 때까지 거의 아무와도 이야기하지 않고 교실 구석에서 책만 읽어 반에서 붕 떠 있는 녀석이었다. 아니면 가라앉아 있었다고 해야 적당할까. 당시는 그저 반 아이들 대부분이 얕잡아 보는 그를 '좀 더 저항하는 게 나을 텐데' 하는 심정으로 바라보았다.

아무튼 와타보코리가 철봉에서 떨어져 아이들이 웃었고, 히로오가 일부러 모래를 끼얹었을 때였다.

그게 덮쳐 왔다. 피부가 바르르, 찌릿찌릿 떨리고 얇은 막에 감싸이는 감각이.

앗, 하고 놀랐을 때 나는 이미 교실에 있었다.

갑자기 주변에서 왁자지껄한 웃음소리가 터져 나와 펄쩍 뛰

✤ 먼지처럼 흩어진 솜 지스러기 또는 쌓여서 솜처럼 된 먼지라는 뜻.

어오를 만큼 놀랐다.

"후가, 왜 체육복을 입고 있어!" 선생님, 우리 반이 아니라 후가 반의 담임선생님이 눈을 동그랗게 뜨고 날 가리켰다. "어느 틈에?" "초스피드로구나!" 하고 호들갑을 떨었다.

또 그게 일어난 것이다. 반사적으로 시계를 보니 10시 10분이었다.

수업이 끝나고 만난 후가는 눈이 초롱초롱했다. "일어났어." "응, 그게 또 일어났어."

후가는 후가대로 사복 차림으로 철봉 앞에 서 있게 되는 바람에 아이들이 깜짝 놀랐고, "어느 틈에 갈아입었어?" 하고 선생님도 어리둥절해했다고 한다.

그리고 그날, 두 시간마다 순간 이동, 즉 순간적인 위치 교환이 발생했다.

"드디어 정말로 손에 넣었네." 자기 직전에 후가가 말했다.

"하지만 이건 이것대로 골치 아파. 귀찮다고." 화장실에 있을 때 그게 일어나면, 재미있는 방송을 보는 도중에 위치가 바뀌면, 배가 터지도록 음식을 먹은 후에 후가의 몫까지 또 먹어야 하는 상황이 발생하면, 하고 다양한 사례가 떠올라 조금이 아니라 상당히 힘들겠다는, 걱정스럽고 울적한 기분이 더 크게 다가왔다.

"유가, 어떻게든 될 거야." 후가는 평소와 다름없이 낙관적이었다.

"쌍둥이는 다들 이런 데 익숙할걸."

"쌍둥이는 다들 이런가."

"그렇지 않겠어?"

그리고 다음 날, 또 아무 일도 일어나지 않았다. 나는 안도했고, 후가는 부루퉁해졌다.

"대체 어떻게 된 거야. 부정기적인 현상인가?" 다카스기가 고개를 갸웃했다. 내 이야기를 얼마나 진지하게 받아들이는지는 모르겠지만 흥미는 품었다.

"생일."

"뭐?"

"분명 중학교에 들어간 때였을 텐데, 후가가 그 설을 제창, 제창이라고 하면 거창하지만, 하여튼 그러더라고요. 우리의 그건 1년에 한 번, 생일에만 일어나는 일 아니겠느냐고."

다카스기가 노트북 화면을 자기 쪽으로 돌리고 얼굴을 가까이 가져갔다. "어디 보자, 9월 6일?" 패스트푸드점에서 찍힌 영상의 녹화 일시를 확인한 것이리라.

"공식적으로는 10월 10일이지만요."

"생일에 공식과 비공식이 있나?"

"출생신고를 해야 한다는 걸 부모님이 10월 들어서야 알아서 그럴 거예요."

언제 태어났지? 기억하기 쉽게 10월 10일로 할까.

다카스기가 나를 무시하는 표정을 지었다. "출생신고를 하려면 의사나 조산사가 발급한 출생증명서가 필요해."

"우리 어머니는 집에서 출산했거든요. 돈이 없어서 정기검진 한 번 제대로 못 받아 봤을걸요." 나는 대답했다. 이 부분과 관련해서는 감정을 담지 않고 이야기하는 게 바람직하다. 내 부모가 얼마나 일반적인 사람인지 자신이 없는 만큼, 어떻게 전달하면 좋을지 모르겠으니까. "아무튼 저희 생일이 10월 10일이 아닐 가능성은 있어요. 덧붙여 한 가지 중요한 증언이."

"증언?"

"그 남자가." 나는 그렇게 말하고 나서 "아버지가" 하고 바꾸어 말했다.

"옛날부터 자주 말했거든요. 너희는 두 시간 차이로 태어났다고."

정확하게는 "너희가 빨리 안 나와서 애먹었어. 두 시간이라고, 두 시간. 두 시간이면 영화도 보고 올 수 있는 시간이야"라는 식으로 말했다. 어머니는 그 연립주택에서 불시에 출산했으므로 아버지라는 작자는 분명 그 자리에 없었을 것이다. 마치 함께 있었던 것처럼 말하지만 늘 그렇듯 거짓말이리라. 다만 어머니에게 '두 시간'에 대해서는 들었을 가능성이 있다. 나와 후가가 두 시간 차이로 태어났다고.

"그래서 그게 두 시간 간격으로 일어나는 것 아닐까 싶은데요." 나는 말했다.

"두 시간 차이로 태어난 쌍둥이가, 두 시간 간격으로 순간 이동을?" 다카스기는 아무래도 영 심드렁한 눈치였다.

"누가 먼저 태어났는지, 그러니까 나왔는지 어머니는 모릅니다. 집에서 출산하느라 그럴 정신도 아니었겠죠. 그래서 편의상 저를 형으로, 후가를 동생으로 정한 거예요."

어쩌면 자기가 먼저였을 수도 있다고 후가는 말했다. 그건 이제 아무도 모른다. 그래서 균형을 맞추기 위해 생일에는 두 시간마다 바뀌고 싶어진 것 아닐까? 고등학교 다닐 무렵에 후가가 그렇게 말한 적이 있다.

누가 먼저 태어났는지, 누가 형이고 누가 동생인지 이제 정답은 알 수 없으니 생일이면 두 시간마다 교환해서 이득과 손해의 균형을 맞추고 싶었던 것 아닐까.

그런 계산이 필요할까, 애당초 누가 이득이고 누가 손해인가, 등등 의문은 많았지만 후가의 생각에도 일리가 있는 것 같았다.

아무튼 그 이후 매년 생일이면 나와 후가는 이 순간적인 위치 교환 현상을 체험하게 됐다.

"생일에 그게 일어난다는 걸 파악해서 다행이었죠."

"왜?"

"대비할 수 있으니까요. 전날, 순간 이동이 일어날 때 뭘 시도하고 뭘 조심해야 할지 상의할 수 있잖아요. 시행착오라고 할까요. 그걸 되풀이하며 규칙도 정하고요."

"규칙?"

"처음에 정한 규칙은 두 가지였어요."

"그 시간에는 여자와 육체관계를 가지지 않는다." 멀끔하게 생긴 다카스기는 표정 변화 하나 없이, 여자와 잘 때도 저렇게 시선이 차갑겠지, 하고 상상되는 냉랭한 표정으로 말했다.

"그건 좀 더 나중에 정한 규칙이에요."

"흐음."

"생일에는 최대한 똑같은 옷을 입을 것. 그리고 그게 일어날 시간이 되면 최대한 남의 눈에 띄지 않는 곳으로 피할 것. 최선은 화장실 칸이죠."

그렇구나, 하고 대꾸하는 다카스기가 내 이야기에 관심이 있는지 없는지조차 확실치 않았다. 스마트폰을 만지작거리며 메일도 확인한다. 그러다 갑자기 "아, 그러고 보니 볼링공 괜찮아?" 하고 물었다.

"네?"

"전철에 두고 왔다면서. 연락 안 해 봐도 돼?"

"어디에 연락하면 될까요?"

"센다이역에 분실물 센터 같은 게 있겠지."

나는 역무원이 볼링공 케이스를 들고 "하필이면 왜 이렇게 무거운 물건을" 하고 투덜대며 보관 장소로 옮기는 모습을 상상했다. "아니요, 괜찮아요. 어떻게든 되겠죠."

지금은 그럴 때가 아니다.

우리의 순간적인 이동은 그야말로 순간적인 일이라고는 하나, 서로 위치가 바뀌므로 주변 사람들이 보기에는 분명 위화감이 느껴질 것 같았다. 완전히 똑같은 자세로 바뀌는 건 아니다. 위치는 동일하지만 예를 들어 내가 서 있었다면 이동한 후에도 선 채로, 앉아 있었다면 앉은 채로 바뀐다. 즉, 서 있던 내가 앉은 자세의 후가와 바뀌면, 보는 사람 입장에서는 서 있던 남자가 순식간에 앉은 것처럼 보일 것이다. 실제로 학교에서 처음으로 이동했을 때는 그랬다. 나는 칠판 앞에 앉아 있었다.

몇 번인가 시험하는 동안 우리에게 그게 일어날 때, 즉 우리가 서로의 위치로 이동할 때 주변 사람들의 움직임이 한순간 멈춘다는 게 판명됐다. 일상에서는 전혀 의식하지 못할 정도, 녹화해서 프레임 단위로 끊어서 보아야 겨우 파악할 수 있을 정도지만 정지한다. 중학교 3학년 생일에 후가가 어디선가 빌려 온 비디오카메라로 실험하고 분석해서 알아냈다. 그러니까 우리가 물리적으로 사라졌다 나타나는 그 순간은 보이지 않는지도 모른다.

동물도 정지한다. 개나 고양이가 있는 경우, 녹화 영상에서는 그들도 멈췄다.

무기물은 멈추지 않는다.

처음에는 그게 그리 큰일이라고는 생각지 않았다. 아아, 생물 말고는 순간 정지를 하지 않는구나, 그도 그런가 하고 받아들였는데, 얼마 지나지 않아 심각한 문제가 내포되어 있음을 깨달았다.

내가 택시에 탔다고 치자. 주행 중에 그것이 일어나서 나와 후가의 위치가 바뀐다. 그 순간 택시 기사는 정지한다. 하지만 택시와 주변에서 주행 중인 차량은 멈추지 않는다. 운전사는 1초를 더 잘게 자른, 그야말로 찰나의 순간만 정지하지만 아주 잠깐 한눈을 팔아도 사고가 나는 게 자동차다.

우리는 이동하는 시간에 가능한 한 화장실에 들어가 있기로 정했지만, 만약 그러지 못하더라도 차량 탑승은 최대한 피하기로 합의했다.

무엇보다 스스로 운전하기가 두려웠다. 운전 중에 후가와 위치가 바뀌면 순간적으로 운전대나 가속페달을 조작해 그때그때의 상황에 맞추어 운전할 자신이 없었기 때문이다.

그래서 고등학교를 졸업하고 운전면허는 땄지만, 거의 장롱면허 신세였다.

우리는 다양한 시도를 해 보았다.

1년에 한 번, 그것도 두 시간에 한 번밖에 기회가 없으므로 아주 계획적으로 '실험할 사항과 확인할 사항'을 정해 하나씩 검증했다.

상대가 있는 곳과 거의 똑같은 장소로 이동한다. 아까도 말했듯이 장소는 똑같지만 자세까지 똑같지는 않다.

소지품도 함께 이동한다. 컵을 들고 있으면 담긴 음료도 함께 이동하지만, 위치가 바뀐 직후에 대개 쏟아진다.

몸을 기둥에 묶어 놔도 이동한다. 이동해서 위치가 바뀐 사람은 묶여 있지 않다. 이동하지 않도록 뭔가 붙잡고 있어도 소용없다.

그게 무슨 도움이 되냐?

그렇게 묻는 사람이 있을지도 모르겠다. 그런 이동에 의미가 있느냐고.

모른다. 우리 입장에서는 그렇게 대답할 수밖에 없으리라.

특정한 꽃가루가 늘어나면 재채기와 콧물에 시달리듯, 이는 좋든 싫든 발생하는 신체적 성질 같은 현상이었다. 익숙해지고, 타협하고, 그 현상을 전제로 살아가는 수밖에 없다.

그렇다고는 하나 나와 후가에게 이건 큰 힘이었다.

폭력을 휘두르고 고함을 지르는 아버지와, 아버지에게 복종하며 스스로를 지키기에 여념이 없는 어머니, 좁고 허름한 집, 늘 똑같은 식사와 똑같은 옷, 둘이 나눠 쓰는 학용품, 게다가 게임도 스마트폰도 없이 하루하루 살다 보면 기분이 암울해질 따름이다. 그런 생활이 기본이었던 우리에게 1년에 하루라고는 하나 남과는 다르게 특별한 일을 할 수 있다는 건 정신적인 구원이었다.

생일이 오기만을 손꼽아 기다리다 전날이 되면 뭘 할지 후가와 설레는 마음으로 계획했다. 생일이 있었기에 어떻게든 살아올 수 있었다 해도 과언이 아니다.

초등학교 2학년 때부터 자각했던 우리의 특수한 생일은 그로부터 열몇 번 찾아왔다. 규칙도 늘었다. 위치가 바뀌면 원래 거기에 있었던 사람으로 행세할 것. 예를 들어 내가 후가가 있는 곳에 갔을 때는 어디까지나 후가로서 행동한다. 반대도 마찬가지다. 안 그러면 성가셔진다. 그리고 거기서 경험한 일은 세세하게 보고할 것.

지금까지 생일에 기묘한 일, 유쾌한 일, 불쾌한 일, 무서운 일을 체험했다.

그중 몇 가지를 소개하려 한다.

일단 동창생인 와타보코리에 관한 일화부터.

와타보코리가 반 아이들의 계층 조직에서 제일 아래쪽에 있는 건 분명했다. 몇천 번이나 빨았느냐고 핀잔을 주고 싶을 만큼 빛바랜 옷을 입고 다녔고, 언제 샀느냐고 물어보고 싶을 만큼 낡은 학용품을 사용했다. 우리 집도 유복함이나 넉넉함과는 거리가 멀고 입고 다니는 옷도 후줄근했지만, 와타보코리처럼 하층부에 속하지 않은 건 아마 아이들과 나름대로 친분이 있었기 때문이리라. 나는 공부, 후가는 운동이라는 명확한 특기가 있었던 것도 이유 중 하나가 틀림없다. 와타보코리는 아무것도 없었다. 말수가 적고 주변 사람들과 터놓고 지내려는 기색도 없이 책만 읽었다. 무해하다면 무해하지만 그 무해함과 얌전함을 얕잡아 보는 인간도 있다.

히로오 도모야가 그랬다.

철봉에 관련된 일화에서 후가가 린스를 쓰는 거라고 했던 그 히로오다.

반의 중심인물이자 학급 내부 카스트제도에서 브라만* 같은 위치라 할 수 있는 그는 날마다 학교생활을 즐기고 있는 것처럼 보였다. 그야말로 우리나 와타보코리와는 정반대의 인생을 살고 있는 존재였다. 언제나 친구에게 둘러싸여 있었고, 여학생과도 교류가 활발했으며, 선생님에게도 신뢰를 얻었다.

"히로오네 집 본 적 있어?" 언젠가 후가가 미심쩍은 투로 말했다. "우리 연립주택이 다 들어갈 만큼 크다던데."

"크다고 다 좋은 건 아니야." 나는 그렇게 말했지만 물론 오기에 가까웠다. 우리 집은 좁은 데다 환경도 최악이었으므로 이길 만한 요소는 하나도 없었다. "그 자식 아빠는 무슨 일을 하더라?"

"빌딩을 많이 가지고 있는 사람이래."

건물주와 부자가 무슨 관계인지 당시의 나는 이해가 안 됐지만, 건물주라면 빌딩만큼 큰 집을 가지고 있어도 이상할 건

---

* 인도의 카스트제도에서 가장 높은 계급.

없으리라고 단순하게 받아들였다.

히로오는 와타보코리를 자주 못살게 굴었다. 먼지를 먹으라고 명령했더니 정말로 먹었다는 둥 여자 화장실에 가두었다는 둥 히로오가 무용담처럼 떠들어 댔기 때문에 모르는 사람이 없었다. 그걸 재미있어하는 아이들이 히로오 주변에 모였다.

폐쇄적인 공간과 한가함이 왕따의 요인이라고 예전에 신문에서 읽었는데, 다름 아닌 학교가 그런 장소다.

먼 훗날의 대학 입시까지 염두에 두고 유명한 입시 학원에 다니던 히로오는 공립 초등학교의 수업이 너무 쉬워 따분한 나머지, 심심풀이 겸 자신의 지위를 더욱 공고히 하기 위한 손쉬운 놀이의 일환으로 와타보코리에게 더 심하게 장난을 친 것이리라.

책상에 가만히 앉아 있는 와타보코리에게 일부러 부딪치거나 짐을 숨기는 건 일과나 마찬가지였다. 학교에서 이른바 왕따 사안으로 거론될 만한 나쁜 짓은 거의 다 해 봤을 것이다.

나와 후가는 와타보코리의 왕따에 관여하지 않았지만, 딱히 동정도 하지 않았다. 후가는 "무슨 짓을 해도 화 한 번 안 내고 가만히 있으니 자업자득이지" 하고 비판적인 태도를 보였다.

자업자득이라니 말도 안 된다.

나는 반론했다. 와타보코리는 남에게 피해를 주지 않는다. 그냥 가만히 있는데 공격을 받았으니 이만저만 재수 없는 게 아니라고.

하나 나도 와타보코리를 동정하는 마음은 전혀 없었다. 집에서 긴장감과 폭력으로 물든 생활을 견디는 게 고작이라 남을 걱정할 처지가 아니었다.

중학교에 들어가 와타보코리의 현실에 관여하게 된 건 마침 그날 그를 만났기 때문이다.

중학교 2학년 때다.

우리는 축구부 소속이었다. 나는 후가에 비해 운동을 잘 못했지만, 함께 공을 차는 건 좋아했다.

동아리 활동이 없는 주말에는 아침부터 함께 집을 나와 밤까지 밖에서 시간을 보냈다. 가능하면 집에는 있고 싶지 않았다. 초등학생 시절에는 집 말고는 갈 곳이 없다고 생각했지만, 중학생이 되자 뭐라고 하든 말든 일단 밖에 나가면 그만이라는 걸 알았다.

덧붙여 괜찮은 일자리도 찾았다.

와카바야시구에 있는 재활용 업체. '재활용 업체'라는 추상적인 간판밖에 없는 점포는 수상쩍고, 신원이 불분명한 주인은 더 수상쩍었다. 무뚝뚝한 그녀가 '편굴'하다는 불만에 "편굴인지 암굴인지" 하고 말장난하듯 대꾸하는 걸 들은 다음부터 우리는 그녀를 '암굴 아줌마'라고 불렀다. 암굴 아줌마는 재활용 업자에게 필요한 고물상 허가증도 없었던 모양이니 제대로 된 가게는 아니었을 것이다.

제대로든 아니든 일을 시켜 주었으므로 우리 입장에서는 고마웠다.

　암굴 아줌마가 운전하는 트럭을 타고 돌아다니며 사람들이 필요 없어서 버리는 물건을 수거한다. 몸을 움직인 대가로 용돈을 버는 건 정신 건강에도 바람직했다. 손님에게 감사 인사를 받을 때도 있었다. 집에서는 어림도 없는 일이었다.

　암굴 아줌마는 무뚝뚝하지만 무섭지는 않았고, 처음에는 육체노동에 지원한 중학생 쌍둥이에게 경계심을 품었을지도 모르나, 그래도 정식 직원으로 대해 주었다.

　아줌마 입장에서도 우리는 쓸 만한 일꾼이었으리라. 값싸고 일도 잘한다.

　얼른 가자, 이거랑 이거 실어, 수고했어, 등등 암굴 아줌마는 주로 사무적인 지시를 내렸지만 때로는 잡담이나 농담도 했다. 언젠가 느닷없이 후가를 가리키며 혀 굴리는 발음으로 "후가?" 하더니, 나를 가리키고 "유가" 하고 나직이 말한 적도 있었다. Who가? You가. 그 전에도 우리 이름을 이용한 농담이나 말장난은 자주 들었다. 음악 용어인 '푸가'*에 빗대는 선생님도 있었고, 옛날 애니메이션에 나오는 쌍둥이, 이신풍뢰권의 시전자** 이름을 꺼내는 사람도 있었다. 하지만 영어 버전

---

* 주제를 나타내는 성부를 다른 성부가 모방하면서 대위법에 따라 좇아가는 악곡 형식.
** 만화 『북두의 권』의 등장인물인 '후가'와 '라이가'를 가리킨다.

은 처음이었고, 지금도 기억나는 걸 보면 나름대로 재미있었던 모양이다.

이야기가 옆길로 샜다. 무슨 이야기였더라.

맞다, 와타보코리다.

그날도 우리는 재활용 업체에서 노동을 마치고 내키지 않는 기분으로 집을 향해, 소걸음 전술까지는 아니더라도, 느릿느릿 걸어가고 있었다.

"그건 뭐야?"

후가가 들고 있는 봉제 인형이 신경 쓰였다. 크기는 농구공만 할까. 무슨 편의점 봉지라도 되는 듯 아무렇게나 들고 간다.

"백곰이야. 아줌마 가게에 널브러져 있더라."

"백곰치고는 빨간데." 분명 원래는 하얬을지도 모르지만, 시커멓게 때가 탄 건 넘어가더라도 얼굴을 비롯해 이곳저곳이 붉게 물들어 있었다. "그림물감?"

후가는 인형을 눈높이로 들어 올렸다. 진하고 연한 붉은색 액체가 마른 탓인지 군데군데 털이 뭉쳤다. "피 같은걸."

"웬 섬뜩한 소리야"라고 대꾸했지만 인형을 물들인 붉은색은 분명 굳은 피처럼 보였다.

"이 녀석이 흘린 피는 아니겠지." 후가는 백곰을 들여다보며 "아픈 곳은 없으세여?" 하고 장난스럽게 말했다.

"그거 어쩌려고?"

"아줌마가 기분 나쁘니까 갖다 버리래."

"그럼 빨리 버려."

"어디 버릴지 찾는 중이야. 부근에 버리면 결국 아줌마가 주워 올 테니."

설마 그럴 리가 있겠느냐며 나는 웃었다. 후가가 인형을 잡고 뭔가 뺐다 끼웠다 하는 걸 알았다. "그건 뭐야?" 하고 재차 물었다.

"아아, 이거. 못."

"못?" 아무리 인형이라지만 못으로 찌르다니 가슴도 안 아픈가. 혐오감이 솟았다. 아픈 곳은 없으세여? 당연히 거기가 아프겠져.

"원래부터 박혀 있었던 거야. 구멍이 뚫렸는지 뽑으니까 안에서 솜이 나오네. 마개 같은 건가."

"못을 박았으니까 구멍이 뚫렸겠지. 못이 박힌 데다 피투성이라니 무섭네."

학구 내에 새로 생긴 주택지에 들어선, 고층 맨션 두 동의 부지를 가로질렀다. 같은 반 아이도 많이 살아서 혹시 누군가와 마주치면 시간을 때울 수 있기 때문이다. 특별히 친한 친구는 없고, 어느 친구와도 한 반으로서 얕은 관계를 유지할 뿐이었지만, 암흑 같은 우리 집과는 다른 세상과 접촉을 유지하는 건 소중한 일이었다.

"어, 저기 와타보코리다." 후가가 맨션 옆을 보며 말했다.

맨션 출입구와는 다른 방향에 조립식 주택이 있다. 분양할 때 개발업자가 사용했던 것인지도 모르겠다.

소년 몇 명이 그 뒤편으로 슥 사라졌다. 우리와 같은 학교 학생이라는 건 알았지만 누구인지까지는 못 봤다.

"방금 와타보코리였지? 휴일에도 고생이 많네." 후가는 알아본 모양이었다.

"와타보코리의 집이 여기였나?"

"여기는 부르주아용 주택지잖아. 녀석의 집은 분명 훨씬 허름할걸."

우리와 마찬가지로. 굳이 말을 꺼낼 필요도 없다. 부르주아의 뜻을 정확히 아는 건 아니었지만, 우리 이외의 대부분은 우리 입장에서 보면 부르주아다. 재정적인 면에서도 정신적인 면에서도 풍족하겠지.

와타보코리를 동정하는 마음은 전혀 없었지만, 우리는 조립식 건물 뒤편을 엿보러 갔다. 그저 조금이라도 집에 늦게 돌아가고 싶은 마음에서. 이유 따위 없이도 둘이서 시간을 때우면 그만이고 그럴 때도 많았지만, 이유나 목적 없이 시간을 보내는 건 나름대로 따분하다. 그래서 집에 가지 않아도 될 핑곗거리를 늘 찾았다.

조립식 건물 벽에 몸을 숨기고 동태를 살피자 분명 와타보코리였다. 그는 피자 배달부처럼 양손으로 상자를 들고 있었다. 발치에 대형 가전제품 판매점의 종이봉투가 있는 걸로 보아 거기서 꺼냈으리라.

와타보코리 앞에는 소년이 세 명 있었다. 같은 반인 브라만 히로오와 그의 패거리다.

"휴일이겠다, 학교 밖에서는 좀 가만히 놔두면 좋으련만." 후가가 질렸다는 듯 말했다.

"어쩌다 마주쳤겠지."

"와타보코리가 들고 있는 상자, 저거 뭘까?"

"컴퓨터인가."

상자에 적힌 제조사명과 함께 '노트'라는 글씨가 가까스로 보였다.

그때 히로오가 상자를 빼앗았다. 너무 재빨라서 와타보코리는 아무 대응도 못 하고 나중에야 돌려달라며 허둥지둥 손을 내밀었다.

"충격이로군." 후가가 불쑥 말했다.

"뭐가?"

"컴퓨터를 살 수 있다니. 저 녀석, 실은 부자였던 거야. 사기꾼 같으니라고."

딱히 속일 생각은 없었으리라. "아니면 엄청 노력해서 구한 걸지도 모르지."

"엄청 노력해서? 훔쳤다는 거야?"

우리 같으면 그럴지도 모르지만, 와타보코리는 그런 부류가 아닐 것이다. "죽어라 돈을 모았다든가."

아하, 하고 후가는 말했다. "그걸 히로오한테 저렇게 허무하게 빼앗기는 건가."

"글쎄." 아무리 그래도 저걸 빼앗으면 히로오는 누가 보기에도 강탈자 입장에 서게 된다. 애당초 히로오는 돈이 궁하지도 않으니 그런 위험을 무릅쓰면서까지 컴퓨터를 뺏을 필요가 없다. "내가 히로오라면" 하고 말을 꺼내자 후가도 "실수인 척 떨어뜨려서 망가뜨릴지도" 하고 말을 이어받았다.

우리 예상은 적중했다. 소리와 함께 히로오의 발치에 상자가 떨어졌다. "손이 미끄러졌네"라는 작위적인 목소리와 패거리의 알랑거리는 웃음소리가 바람에 풀숲이 흔들리는 소리처럼 두런두런 들려왔다. 평소 말을 거의 하지 않는 와타보코리가 이때는 작게 비명을 지르며 부리나케 상자를 주우려 하자 히로오가 "발이 미끄러졌네" 하고 기도 안 차는 말을 하며 쪼그려 앉은 와타보코리의 머리를 걷어찼다. 중학교 수험에 실패한 탓일까, 히로오의 공격성은 초등학생 때보다 더 강해졌다.

"꼼짝없이 당하네." 후가는 웃었지만 나는 웃지 않았다.

와타보코리가 어찌 되든 알 바 아니다. 다만 히로오 패거리에게는 화가 났다.

내 마음의 기복에 민감한 후가가 바로 "유가, 약한 상대를 괴롭히는 건 잘못이라고 생각하는 건 아니겠지" 하고 말했다.

뭘 어떻게 생각하든 내 자유 아닌가. "그런 거 아니야. 와타보코리는 어찌 되든 상관없어." 현재 상황이 싫다면 알아서 어떻게든 해라. "그저 힘만 믿고 제멋대로 구는 건방진 놈을 보고 있자니."

"히로오, 힘은 그렇게 안 셀걸." 배구부에서 활약하고 있었지만, 근력 면에서 탁월하지는 않았다.

"신체적인 힘 말고도 여러 가지 힘이 있잖아."

자금력과 권력, 머릿수, 싸움 실력 등 남보다 우위에 서는 힘은 얼마든지 있다.

아아, 확실히 그러네.

후가의 목소리가 갑자기 차가워졌다. 지금까지의 무책임한 구경꾼 같은 느낌이 줄어들고 마음을 다잡은 말투였다. 이유는 안다. 힘으로 약한 자를 지배하는 인간은 우리 집에도 있다. 바로 그 남자다.

두렵고도 증오스러운 그 남자와 히로오가 겹쳐 보인 것이리라.

"와타보코리를 도와줄 마음은 안 생기지만." 후가는 어느 틈엔가 돌을 들고 있었다.

"야, 후가."

"남을 지배하려는 놈은 마음에 안 들어." 그런 말과 함께 돌을 높이 쳐들었다. 왼손에 쥔 인형이 대롱대롱 흔들렸다.

야, 하고 불렀지만 과연 진심으로 말렸는지는 스스로도 잘 모르겠다.

후가는 이럴 때 앞뒤를 가리지 않는다. 지금 이 순간만 현재진행형으로 살아간다. 말하면서 깨달았는데, 나는 반대로 과거와 미래만 신경 쓴다. 후가가 흥미를 품지 않는 곳을 두리번 두리번 살피며 경계하는 역할일지도 모르겠다. 아마 내가 먼저 죽어도, 후가의 앞날이 걱정돼 어디선가 지켜보지 않으면 속이 편하지 않겠지. 반대로 후가가 먼저 죽으면 "유가, 앞으로는 힘껏 즐겁게 살아" 하고 쏙 사라지지 않을까. 제 동생은 저보다 훨씬 터프합니다. 이건 후가를 설명할 때 자주 입에 담는 말이다. 언제나 후가가 나를 끌고 간다.

히로오가 카랑카랑한 비명을 질렀다. 돌이 멋지게 뒤통수에 명중한 것이다.

쾌재를 부르며 기뻐할 때가 아니었다. 후가는 기뻐했지만, 나는 곧바로 동생을 붙잡고 뒤쪽으로 내뺐다.

야, 누구야! 히로오 패거리가 고함을 지르며 달려오는 소리가 들렸다.

마음이 급해서 다리가 꼬일 뻔했다. 그들이 무서웠던 건 아니다. 집에 있는 그 남자보다 무서운 인간이 어디 있겠는가. 일이 귀찮아지는 게 싫었을 뿐이다. 같은 반 아이들과 부딪쳐서 득 되는 건 없다. 손해뿐이다. 적어도 학교에서는 평화롭게 지내고 싶었다.

후가도 웃음을 터뜨리기 일보 직전이었지만 피투성이 인형을 붕붕 휘두르며 열심히 달려 준 덕분에 무사히 맨션 입구 안쪽에 숨는 데 성공했다.

허리에 손을 짚고 호흡을 가다듬은 후에 "돌은 위험하잖아"

하고 주의를 주었다. "게다가 머리를 맞히다니."

후가는 괜찮아, 걱정 마, 하고 대답하면서 유쾌하게 웃었다. 놈의 비명 들었어? 뒤에서 공격받을 줄은 몰랐겠지. 한순간 굳어 버렸잖아.

"그야, 누구든."

"통쾌하다."

"하지만 그런다고 뭔가 달라지는 건 아니야." 히로오가 반성할 리 만무하고, 와타보코리에 대한 왕따를 그만두는 계기가 되지도 않을 것이다.

"우리 속이 시원하면 그만이지 뭐."

우리라고 한데 묶어 버리는 건 좀 그랬지만, 부정할 마음은 들지 않았다.

맨션을 나섰을 때 주변을 두리번거리며 돌아다니는 히로오 패거리와 마주쳤다.

저쪽에서 말을 걸기도 전에 후가가 "어, 뭐야, 무서운 표정이네" 하고 말했다. 참 넉살도 좋다 싶었지만 나도 장단을 맞추는 수밖에 없다. "무슨 일 있었어?"

뭐야, 머리에 돌 맞은 표정이네. 후가는 그렇게 말하고 싶은 걸 꾹 참았으리라.

"어떤 놈이 돌을 던졌어." 히로오가 뒤통수에 손을 댔다.

"진짜? 봐 봐." 후가는 눈살을 찌푸린 채, 웃음을 참는 거겠지만, 히로오 뒤로 돌아가 "와, 피 나잖아. 누가 이랬어?" 하고 동정하는 목소리로 말했다. 그러고는 "그럼 우린 간다" 하고 나를 잡아끌다시피 그 자리를 뒤로했다.

맨션 부지를 나서자 와타보코리가 가전제품 판매점 봉투를 들고 서 있었다.

"오, 그건 뭐야?" 후가가 시치미를 뚝 떼고 말을 걸었다. "컴퓨터?" 하고 인형으로 가리켰다.

와타보코리는 후가를 본 후 내게 힐끔 시선을 주었다. 으스스한 빨간색 백곰에 대해서는 아무 말도 꺼내지 않았다.

"뭐야, 누가 누군지 헷갈려? 어, 내가 유가고 이쪽이 후가."

거짓말하지 말라고 내가 지적하기 전에 와타보코리가 "반대 잖아" 하고 나직하게 말했다.

"오, 알겠어?"

나와 후가는 생김새가 똑 닮은 데다 점이나 흉터 같은 힌트도 거의 없으므로 얼핏 봐서는 구별하기 어렵다.

"말투." 와타보코리가 퉁명스럽게 말했다.

"적당히 얼버무리기는. 너랑 말한 적 거의 없잖아. 뭐, 하지만 맞았어. 내가 운동을 잘하는 후가고, 이쪽이 공부를 잘하는 유가."

내 동생은 나보다 훨씬 터프하다. 그 문구가 머리를 스쳤다.

"그거, 너무 한쪽에 치우친 판단인데."

"갑자기 뭔 소리야."

"일란성 쌍둥이는 유전자 구조가 동일하고, 운동도 공부도 기본적으로는 유전자의 영향이 크니까 한쪽이 운동을 잘하면 다른 쪽도 잘할 거야. 그러니 각자 한쪽 면만 보고 평가한 거 아닐까. 무의식적으로 둘 사이에 차이를 만들고 싶어서."

나는 "이야" 하고 감탄했다. "말을 제법 많이 하는구나. 와타보코리."

"그거, 이름 아니거든."

잠시 걸어가다 책가방을 멘 소녀와 마주쳤다.

길가에 서서 주변을 둘러보며 어디로 갈지 망설이는 듯한 그 모습을 와타보코리도 나도 곁눈질하며 지나치려 했다.

말을 건 사람은 후가였다. 남에게 관심 같은 건 없을 텐데 "뭐 하니?" 하고 말을 걸어서 의외였다.

나중에 물어보자 후가는 "변덕이었어" 하고 대답한 후 "말을 걸지 말 걸 그랬어"라며 한탄했다. 맞는 말이었다. 그 소녀와의 짧은 대화가 우리 인생의 밑바탕에 내내 깔려 있게 될 줄은 상상도 못 했다.

소녀는 "엄마랑 싸우고 가출했어" 하고 대답했다.

"책가방을 메고?" 묻지 않을 수 없었다.

"내일 학교에는 가고 싶으니까." 또랑또랑하게 대답하는 모습이 어쩐지 어른스러웠다. "그런데 웬 친한 척? 로리콤*이

✢ 롤리타 콤플렉스의 준말. 아직 성인이 되지 않은 미성숙한 소녀에게 성적 욕망을 갖는 것을 가리킨다.

야?"

딱히 그 말투에 화가 난 것도 아니었겠지만 후가는 "이거 줄게" 하며 들고 있던 붉은 백곰 인형을 떠넘겼다.

소녀는 귀여운 백곰 인형이라면, 하고 받아 들었지만 피로 붉게 물든 것처럼 괴상망측한 생김새를 보고 비명을 지르며 인형을 떨어뜨렸다.

"잘 들고 다녀. 부적이니까."

"부적? 이게?"

"마법의 인형이거든. 무서운 일이 있어도 이 녀석이 지켜 줄 거야."

"이게?"

"보통 인형하고는 다르게 생겼지? 사람들의 무서운 일을 대신 받아 주다 보니 이렇게 너덜너덜해진 거야. 이른바 땜빵을 해 준 셈이지." 후가는 웃음을 참으며 되는대로 주워섬겼다.

조금 걸어가다 돌아보자 소녀는 인형을 안고 어떻게 할지 고민하고 있었다.

"장난도 정도껏 쳐." 내가 주의를 주어도 후가는 주눅 드는 기색 없이 소리 높여 웃었다.

우리보다 약한 상대를 괴롭히는 취미는 없었지만, 후가도 평소 울적했던 기분을 발산시키고 싶었는지도 모르겠다.

나 스스로도 돌아가서 소녀를 다독여 줄 마음까지는 없었다. 무엇보다 귀찮았다.

설마 그때 그 일이 내내 가슴에 회한으로 남을 줄이야.

"컴퓨터는 무사해?" 후가가 물었다.

와타보코리는 잠자코 있다가 잠시 후에 나를 보았다.

"아까 히로오 패거리한테 붙잡혀 있었잖아."

"보기 싫은 놈과는 보고 싶지 않을 때 마주쳐."

"아무렴. 그러니 보기 싫은 놈과 한집에 살면 오죽하겠냐."

내 말에 와타보코리가 또 시선을 주었지만 딱히 대꾸는 하지 않았다.

"야, 이대로 계속 당하기만 할 거야?"

"당하는 거 아니야."

"당하고 있잖아. 그나저나 컴퓨터를 사다니 부르주아였어? 우릴 속였군."

"속이다니 뭘. 가진 돈을 다 털어서 겨우 산 거라고."

"망가졌으면 놈들한테 변상해 달라고 해."

"그런 말을 어떻게."

"눈물만 삼키시겠다?" 나는 그렇게 말했다. 그 무렵 나와 후가 사이에서 자주 사용하는 표현이었다.

"변상을 해 주겠어? 오히려 더 꼬이기만 할걸."

뭐, 그럴지도 하고 가슴 한구석으로는 이해했다. 하지만 당하기만 하는 것도 분하지 않은가. 그렇게 말하자 와타보코리는 나와 후가를 번갈아 보고 "너희는 둘이니까" 하고 말했다.

"둘이니까 뭐?" 발끈했는지 후가가 받아쳤지만 나는 또 뭐,

그럴지도 하고 생각했다. 둘이니까 극복할 수 있는 일도 있다.

"와타보코리, 귀찮답시고 남과 말을 섞으려 들지 않는 건 바람직하지 못해." 후가가 삿대질했다.

"괜찮아. 딱히 남과 말하지 않고도 살아갈 수 있으니까."

"물론 살아갈 수야 있겠지만, 남과 대화하지 않으면 안 되는 상황은 제법 많다고. 훗날 택시에 탔는데 택시 기사가 말을 걸면 어떻게 할 거야?"

"어떻게든 되겠지."

집에 돌아가자 아버지가 저기압이었다. 아마 여자에게 껄떡대다 냉대를 당했다든가 그런 이유로, 별반 드문 일은 아니었지만, 전에 없이 공격적이었던 게 기억난다.

우리가 보던 텔레비전을 끄고 "무슨 돼먹지 않은 거나 보고 있어" 하며 시비를 걸었다. 나와 후가는 아무 말 없이 그 자리에서 물러나 만화책을 봤다. 주워 와서 권수가 군데군데 비는 『터치』나 『러프』 아니었을까 싶다. 아다치 미쓰루가 그려 내는 세계는 고통과 공포로 가득한 우리 일상과 아주 동떨어져 있어 그야말로 『반지의 제왕』 같은 판타지물이나 다름없었기에 달아나고 싶은 곳 중 하나였다.

그러자 아버지가 만화책을 낚아채 집어 던지더니 "이것들이, 감히 내 말을 씹어?" 하며 발길질을 했다. 후가가 차였지만 내가 걷어차인 느낌이 들었다.

후가가 벌떡 일어나 아버지 앞에 섰다.

"어쭈, 이 자식이, 한판 붙어 보자는 거냐!"

그 남자는, 아버지는 힘이 세고 몸이 다부졌다. 오랜 세월 육체노동을 해서인지 얼핏 보기에 야리야리한 것과는 딴판으로 온몸이 탄탄한 근육질이었다. 키도 아직 우리가 더 작았다.

후가는 아버지와 마주 서서 노려보았다.

"한참 재미있는 참이었단 말이야." 후가는 바닥에 떨어진 만화책을 가리키며 "아미가" 하고 격앙된 목소리로 말했다. 그렇구나, 그건 『러프』였다.

후가가 아버지와 정면으로 부딪친 건 그때가 두 번째였다. 첫 번째는 중학교 1학년 때로, 이유는 잊어버렸지만, 후가도 축구부에서 근력 훈련을 하며 힘이 조금 붙어 싸워 볼 만하겠다고 여겼을지도 모르겠다. 씩씩거리며 아버지에게 덤벼들었지만 결과는 허무했다. 휘두른 주먹은 간단히 막혔고 도리어 턱을 얻어맞아 반쯤 실신한 상태로 쓰러져 실컷 밟혔다. 내가 몸으로 후가를 감싸자 발길질은 멈췄지만, 결국 후가는 발가락이 부러졌다. 좀처럼 병원에 데려가 주지 않아 암굴 아줌마한테 상의해 의사의 진찰을 받고 어찌어찌 나았다.

그로부터 1년도 지나지 않았지만, 후가는 또 붙어 볼 마음이 생긴 모양이었다.

선제공격이 필승의 지름길이라 여겼는지 후가가 먼저 양손으로 그 남자를 떠밀었다. 주저하면 패배라는 것을 알고 있었던 듯, 상당한 힘이 담긴 공격이었다.

우리의, 엄밀히 말하자면 후가 혼자였지만, 기분상으로는 우리 둘의 반격이 처음으로 통한 순간이었다.

그 남자는 균형을 잃고 뒤로 비틀거리다 벽에 등을 부딪쳤다. 명백하게 당황한 눈치였다. 그 사실에 후가도 흠칫한 것이 화근이었다.

연이어 공격을 퍼부었으면 상황은 달랐으련만.

바로 주먹을 쳐든 그 남자는 씹어 먹을 것처럼 살기등등한 눈으로 후가를 노려보았다. 몸에서는 분노의 가시가 삐죽삐죽 튀어나왔다. 나는 온몸의 털이 곤두섰다. 두려움 탓인지 주변의 온도가 단숨에 떨어진 것 같았다.

그 남자가 팔을 날렵하게 휘두른 순간, 후가의 얼굴이 옆으로 튕겨 나간 것처럼 보였다.

후가가 뒤로 쓰러졌다.

그 남자는 멈추지 않았다. 쓰러진 후가를 걷어찼다. 여기가 뒷골목인 것처럼, 상대가 쓰레기봉투인 것처럼, 아무 망설임도 없이 계속 발길질했다. 연립주택 전체에 퍽퍽, 하는 소리와 후가의 신음 소리가 울려 퍼지는 것 같았다.

그 남자가 나를 보고 움직임을 멈췄다.

어느 틈엔가 나는 식칼을 쥐고 있었다.

"야, 무슨 헛짓인지 알고 그러는 거냐?"

나는 고개를 저었다. 몰랐다. 식칼을 언제 어떻게 들고 왔는지, 왜 들고 왔는지 전혀 몰랐다. 무엇보다 앞으로 내가 어떻게 할지가 제일 의문이었다.

쓰러진 후가가 미동도 없어서 조바심이 났다. 빨리 병원에 데려가지 않으면 큰일 나는 거 아닐까?

후가에게 다가가고 싶다는 일념으로 한 발짝 앞으로 나서자 그 남자가 반응했다. 칼끝을 내밀었다고 여겼는지도 모르겠다.

그 남자는 어디서 그런 반사 신경과 폭력성을 기른 걸까.

가끔 자랑인지 신세 한탄인지 모를 투로 늘어놓는 이야기에 따르면 소싯적에 복싱을 했지만 프로 자격증은 일부러 따지 않았으며 싸움에는 져 본 적이 없다는 모양이었다. 너무 진부한 일화인 데다 자신을 부풀려 상대를 위압하기 위한 허풍으로도 들렸지만, 실제로 그랬다고 해도 믿길 만큼 그 남자는 재빠른 몸놀림과 공격성을 갖추고 있었다. 악어인지, 표범인지, 아무튼 법률 규범이나 도덕심은 전혀 개의치 않고 지금 이 순간의 감정에만 지배돼 움직이는 짐승 같았다.

그 남자가 식칼을 빼앗아 주저 없이 내 배를 찔렀을 가능성도 있었다.

그렇게 되지 않은 건 초인종이 울렸기 때문이다. 우리는 현관문에 시선을 주었다. 바로 문을 세게 두드리는 소리가 났다.

"도대체 뭘 하는 거예요. 시끄럽잖아요."

분노와 공포, 긴장감으로 빵빵하게 부풀었던 분위기가 슈욱

59

쪼그라들었다. 그 남자의 굳은 표정도 조금 풀어진 것처럼 보였다. 식칼을 빼앗았지만 겨눌 낌새는 없었고, 악어나 표범에서 겨우 인간의 얼굴로 되돌아와 "야, 사과하고 와" 하고 턱짓으로 내게 명령했다.

현관문을 열자 가끔 보는 뚱뚱한 여자가 눈에 쌍심지를 켜고 "저기요, 전부터 계속 참았는데, 우당탕우당탕 시끄러워 죽겠어요" 하고 화를 냈다.

죄송합니다, 하고 나는 머리를 숙였다. 죽음의 공포를 느낄만큼 폭력을 당한 것도 모자라 아무것도 모르는 제삼자에게 사과까지 해야 하는 상황에 한숨이 나왔다.

머릿속 내용물이 작게 오그라져 까매지는 감각에 휩싸였다. 생각이 꽉꽉 압축돼 작아져 간다.

방으로 돌아가자 그 남자는 어느새 텔레비전 앞에 앉아 섹시한 연예인들이 떠들썩대는 방송을 보고 있었다.

세면실에서는 후가가 거울 앞에 서서 다친 곳을 확인하고 있었다.

"눈이 부었어." 나는 거울에 비치는 후가를 가리켰다.

아아, 응, 하고 후가는 고개를 끄덕였다.

똑같이 생긴 얼굴이 거울 속에 나란히 있었다. 우리도 합치면 네 개의 똑같은 얼굴이라 암담한 심정도 네 배로 느껴졌다.

잠시 후에 다시 아버지가 있는 방을 보았다. 채널을 변경했는지, 시간대 때문인지 텔레비전에서는 뉴스가 나오고 있었다. '센다이 시내에서 뺑소니'라는 글씨가 보였다. 한탄인지 분노인지, 아무튼 격한 감정을 표현하는 자막 같았다. '초등학생 사망.'

그 후였다. 화면에 뜬 피해자 사진을 보고 나는 덜컥 굳어 버렸다. 그러다 퍼뜩 생각나 고개를 돌리자 후가도 텔레비전을 가만히 들여다보고 있었다.

그 소녀였다.

엄마랑 싸우고 가출했다며 책가방을 메고 길에 서 있던 그 아이다.

뭐가 어떻게 된 건지 잠시 후에야 이해가 갔다.

그 후에 차에 치인 것이다.

"유가" 하고 후가가 불렀다.

"아아, 응."

방금 전에 만났던 초등학생이 지금은 이 세상에 없다니 좀처럼 실감이 나지 않았다.

가출이라는 말을 가볍게 넘겨듣지 말고 잘 달래서 어딘가 연락을 취했다면, 그랬다면 그 애는 뺑소니를 당해 죽는 걸 피할 수 있지 않았을까.

그런 후회가 가슴 안쪽에 낚싯바늘처럼 푹 꽂혔다. 뽑으려 해도 꼼짝도 않고 아픔만 커졌다.

"그딴 인형을 주는 게 아니었나." 후가가 불쑥 중얼거렸다.

농담인 줄 알았는데 얼굴을 보자 잔뜩 일그러진 표정이었다. 내 표정도 비슷하다는 걸 깨달았다.

"인형이랑 사고는 아무 상관도 없잖아?" 후가를 위로한다기보다 나 자신을 설득하는 느낌이었다. 상관있을 리 없다고.

하지만 차에 치이면서도 인형을 끌어안은 채, 무서운 일이 있어도 이 녀석이 지켜 줄 거라는 후가의 거짓말을 믿고 기도하는 소녀의 모습이 머릿속에 떠올랐다. 그것만으로도 가슴이 아팠지만, 설마 현실이 더욱 처참했을 줄이야 그때는 상상도 못 했다.

다음 날 후가의 눈은 얼핏 봐서는 모를 만큼 붓기가 빠졌다. 다만 자세히 봐야 눈에 들어오는 푸르스름한 멍을 히로오가 귀신같이 알아차리고 놀렸다. 무슨 표현을 썼는지는 잊어버렸지만 차별적인 말이 섞여 있었는지도 모르겠다. 후가는 울컥했지만 딱히 받아치지 않았고, 나는 쓴웃음만 지었다.

우리가 얼마나 힘들게 싸우고 있는지, 날마다 생존하기 위해 얼마나 격투를 벌이고 있는지 히로오 네가 어떻게 알겠냐. 그렇듯 답답하면서도 불만스러운 기분이 가슴속에서 살짝 솟았다.

그래서일까, 수업을 마치고 후가와 함께 복도를 걸어가는데 같은 반 아이 몇 명이 흥분된 표정으로 "와타보코리를 조진대", "어디서?", "뒤쪽, 뒤쪽" 하고 떠들며 축제에 늦지 않기 위해서인지 바쁘게 뛰어서 지나갔을 때, 평소 같으면 무시했겠지만 우리도 뒤따라갔다.

연례행사용 장식과 소도구, 운동회용 기구 등을 보관해 둔 체육관 뒤편의 창고는 마치 폐가 같은 느낌이라 볼일이 없으면 드나들기는커녕 아무도 가까이 가지 않는다. 덤으로 그럭저럭 넓어서 누구누구가 밀회에 사용한다는 소문도 있거니와, 여학생이 끌려 들어갔다는 등, 온갖 체취가 배어들어 여름철에 5분만 안에 들어가 있으면 기절한다는 등 다양한 화젯거리를 제공해 준다. 골칫거리를 피하고 싶은 선생님들이 일부러 창고에는 얼씬도 하지 않는다는 이야기를 들은 적도 있다.

와타보코리는 그 창고 앞에서 표적 역할을 하고 있었다.

창고 벽과 마주 보고 선 와타보코리의 뒤통수와 등, 엉덩이에 골판지로 만든 과녁을 붙여 놓았다.

떨어진 곳에서 히로오를 비롯한 다섯 명 정도가 돌을 던지고 있었다.

움직이지 마. 아이 씨, 빗나갔잖아. 네가 실력이 없는 거지. 피 나면 점수 다섯 배. 그들은 왁자지껄 떠들면서 돌을 높이 쳐들었다가 던지고, 높이 쳐들었다가 던지고를 되풀이했다.

"후가, 어제 네 돌에 맞은 걸 화풀이하는 모양인데."

"화풀이할 상대가 잘못됐는걸. 돌은 내가 던졌으니까."

"와타보코리는 정말 손해만 보고 사는구나."

우리는 멀찍이 떨어진 곳에서 소곤거렸다.

"저 자식들, 진짜 시간이 남아도는 모양이네."

"오히려 상대해 주는 와타보코리에게 감사는 못 할망정."

"어떻게 할래?" 나는 후가에게 물었다.

"어떻게 하다니, 뭘?"

어제처럼 와타보코리를 구해 줄 거냐는 말이 턱밑까지 올라왔지만, 그때도 딱히 구해 주기 위해 그런 것은 아니었다. 남의 마음이 아프거나 말거나 힘만 믿고 제멋대로 구는 히로오에게 화가 났을 따름이다.

"와타보코리, 넌 평생 그렇게 당하는 쪽에 서서 살아가겠지."

히로오가 그렇게 말한 직후에 한층 큰 소리가 났다. 돌이 뒤통수를 강타하는 소리였다. 비명은 지르지 않았지만 와타보코리가 비틀거렸다.

머리는 위험하다. 크게 다치기라도 하면 문제가 될 테니 히로오 패거리도 자제하지 않을까 싶었지만, 그들은 더욱 신나하며 더 비틀거리라는 듯 차례차례 돌을 던지기 시작했다.

후가가 혀를 차더니 뒤를 돌아보았다.

쌍둥이라 이심전심이 통했는지는 제쳐 놓고, 뭘 확인했는지는 나도 금방 짐작이 갔다.

시간이다. 학교 건물 높은 곳에 설치된 고색창연한 원형 시계가 오후 4시 5분 전을 가리키고 있었다.

후가와 눈이 마주쳤다.

할까.

후가가 그렇게 말하는 게 말없이도 전해졌다.

뭘?

둘이서 실험은 대충 해 봤으니 슬슬 실전에 응용해 봐야 하지 않겠어?

후가는 그렇게 말하고 싶은 듯했다.

그날은 1년에 한 번뿐인 특별한 날, 생일이었다.

그래서 개입하기로 마음먹었다.

우리는 일단 거기서 벗어나, 그래 봤자 고작 몇 미터 뒤쪽 히로오 패거리의 사각으로 이동했을 뿐이지만, 뭘 어떻게 할지 즉석에서 계획을 짰다.

시간과의 싸움이었다.

몇 분만 더 있으면 그게 일어난다.

순서를 얼추 정한 후, 나는 지금 막 지나가던 척 히로오에게 다가가 뭐 하는 거냐고 말을 걸었다.

그들은 와타보코리에게 돌을 던지는 걸 내가 나무란다고 생각했는지 한순간 움찔했지만, 바로 뭐냐는 표정을 지었다.

그들에게 나는 반에서 어떤 계층에 속하는 아이였을까. 공부는 잘했다. 시험 점수만 따지면 전교에서 한 자리 등수였지만, 그렇다고 다른 아이들이 경의를 표하지는 않았다. 운동은 젬병이었으므로 구기 대회에서는 거의 도움이 안 된다. 후가 역시 운동은 잘했지만 공부는 못했고, 더 나아가 우리 둘 다

교실에서는 거의 입 다물고 지내는 타입이라 말을 걸면 대답하지만, 자청해서 친구들과 적극적으로 어울리려고 들지는 않았다. 누군가와 친밀해지면 우리 집 환경이 얼마나 혹독한지 들통날까 봐 무서웠다.

히로오가 보기에 학교 안에서 우리는 전혀 위협적이지 않은 무소속 계층이었으리라. 더 나아가 잘 유도하면 필요할 때 아군으로 삼을 수 있는 존재, 지지 정당 없는 부동표로 여기지 않았을까.

"오오." 히로오가 내게 웃음을 지었다. "너도 해 볼래? 으음, 유가 맞지?"

"뭘 하는 건데?"

"투구 폼 확인 차 연습하는 거야."

"돌로?" "응." "와타보코리를 세워 놓고?"

"그래. 그게 왜?" 히로오의 눈빛이 험악해졌다. 불만 있느냐는 기색이었다.

"아니, 재미있을 것 같아서." 아무 재미도 없는데도 그렇게 말하려니, 연기라고 해도 불쾌했지만 가까이 다가갔다. "나도 해 볼래."

나는 히로오에게 받은 돌을 서둘러 와타보코리의 엉덩이에 던졌다. 딱히 봐줄 마음 없이, 이왕 연기할 거면 힘껏 해 보자는 생각이었지만 힘을 너무 줬는지, 시간이 촉박한 탓이었는지 돌은 와타보코리의 다리를 스치고 지나갔다.

"아깝다. 자." 히로오가 돌을 하나 더 주었다.

"아니, 이제 됐어. 이딴 게 뭐가 재미있다고."

"야, 말을 해도 그딴 식으로."

"이미 너희끼리 실컷 던졌잖아. 이제 와서 맞혀 봤자 무슨 재미야. 이왕이면 다른 걸 하자."

"다른 거, 그게 뭔데?"

"와타보코리를 고향에 돌려보내는 거야."

"고향? 어딘데?"

"와타보코리니까 당연히 먼지로 가득한 곳이겠지." 나는 그렇게 말하고, 급하기도 했지만 히로오 패거리가 이의를 제기하지 못하도록, 성큼성큼 와타보코리에게 다가갔다.

인간 과녁이 된 와타보코리의 어깨에 손을 얹자 몸을 움찔 떨었다. 감정을 잘 드러내지 않는 와타보코리도 돌팔매질은 무서웠던 모양이다.

"야, 어쩌려고?" 히로오 패거리도 뒤따라왔다.

"창고에 가두자."

와타보코리가 나를 보았다. 지금까지 적극적으로 왕따에 가담하지 않았던 내가 앞장서서 놀랐으리라.

히로오 패거리는 도키와 유가도 우리와 목적과 사상을 함께하는 동료였나 싶어 기뻤는지 내 의견을 받아들였다.

"좋아, 그러자. 굿 아이디어야" 하며 와타보코리를 질질 끌고 갔다.

어딘가에 가두다니 너무 전형적이고 케케묵은 수법이지만.

속에 있던 말이 입 밖으로 나왔는지 히로오가 신입의 제안을 상냥하게 치켜세우듯 "전통적이라고 할 수도 있지"하고 맞장구쳤다.

와타보코리를 창고에 밀어 넣었다. 먼지와 땀, 그리고 기타 등등이 뒤섞인 냄새에 와타보코리의 표정이 구겨졌지만, 히로오와 다른 한 명이 안쪽까지 끌고 가서 내친김이라는 듯 발로 뻥 찼다. 두 사람은 와타보코리가 쓰러져 있는 사이에 돌아와서 문을 닫고 녹슨 빗장을 채웠다.

"다른 출구는 없던가?"

"뒤편에 작은 창문이 있을 거야."

뒤로 돌아가 확인하자 위쪽에 가로로 길쭉한 창문이 보였지만 격자가 달려 있었다. 아무리 용을 써도 저기로 나오기는 불가능하다.

창고 문을 세차게 두드리는 소리에 우리는 다시 빙 돌아가서 빗장이 단단히 채워져 있는 걸 확인했다.

꺼내 줘, 하는 목소리가 들렸다.

히로오 패거리가 킥킥 웃었고, 나 역시 표정이 느슨해진 걸 알았다. 시계를 확인했다. 시간 여유는 없었다.

"내일까지는 가둬 놔도 안 죽겠지." 나는 그렇게 말한 후 "오줌은 구석에다 싸"하고 창고 안쪽을 향해 소리쳤다. 설마 그 말이 나중에 내게 되돌아올 줄 그때는 몰랐다.

히로오 패거리가 시끄럽게 떠들었다.

아, 잠깐만 기다려. 좋은 걸 가져올게.

나는 그들에게 들릴락 말락 하는 목소리로 말하고 거기서 멀어졌다. "와타보코리가 나오지 않는지 잘 감시해"라는 말도 덧붙였다.

아마 1분도 채 안 남았으리라. 눈에 띄면 곤란하니까 안 보이는 곳에 숨어야 한다. 운동장에 심긴 녹나무의, 그렇게 굵지 않은 줄기 뒤쪽에 몸을 숨겼다.

보이지 않는 막에 감싸여 그것이 시작됐음을 알았다. 이 무렵쯤 되자 찌릿찌릿하니 떨리는 감각이 얼굴과 목부터 온몸으로 퍼져 나가는 걸 냉정하게 확인할 여유도 생겼다.

이동하는 순간은 보이지 않는다.

순간 이동으로 위치가 교환될 때 엇갈려 지나가는 후가나 움직이는 풍경이 보이지 않을까 궁금하기도 했다. 그래서 둘 다 상당히 의식적으로 시선을 집중했지만, 너무나 찰나의 순간이라 아무것도 알 수 없다는 사실만 확인했다.

냄새가 확 다가들었다.

쿰쿰하다.

그리고 어둡다.

재채기가 났다.

발치에 눈길을 주었다. 막대기로 바닥을 긁은 걸까, 얇게 깔린 석회에 낙서 같은 글씨가 보였다.

'재채기한다.'

그렇게 적혀 있었다. 여기로 이동한 내가 재채기하리라는 걸 예측하고 후가가 써 놓은 것이리라. 이동한 상대에게 상황을 알리거나, 지시를 하기 위해 우리는 가끔 종이나 땅에 메시지를 남기곤 했다.

어두운 창고에는 만국기가 담긴 상자, 조립식 텐트, 공 넣기 경기에 사용하는 도구 등이 쌓여 있었다.

그것들을 피하며 안을 돌아다녔다. 무의식중에 숨을 참고 있었는지 물속을 나아가는 기분이었다. 작은 창문으로 비쳐 드는 희미한, 그러나 소중한 햇빛에 의지해 돌아다녔다.

창고치고는 크지만, 아무도 없다는 걸 금방 확인할 수 있는 크기였다.

문에 다다르자 옆으로 살짝 당겨 보았다. 빗장이 채워져 있어 열리지 않았다.

바깥 상황을 살피려고 문틈에 눈을 댔다. 상당히 가느다란 틈새였지만 그럭저럭 잘 보였다.

히로오 같은 사람이 눈에 들어왔다.

펑, 하는 소리와 함께 히로오 패거리가 비명을 질렀다. 잠깐 공백이 이어진 후 그들은 요란을 떨었다.

"와타보코리, 너 이 자식, 언제." "어디로 나온 거야." "우리를 가지고 놀겠다!"

아무래도 일이 잘된 모양이라 나는 코를 움켜쥐며 웃음을 지었다.

"말하자면 인체 실험이었죠. 저와 후가 이외의 제삼자를 끌어들인." 나는 그렇게 말했다.

잊어버릴까 봐 짚어 두는데, 나는 현재 패밀리 레스토랑에서 다카스기에게 이 이야기를 들려주고 있다.

"인체 실험?" 그의 눈이 살짝 빛났다. 흥미가 생긴 걸까.

"저희 위치가 교환될 때 가지고 있는 물건도 함께 이동합니다. 그럼 남과 손을 잡거나 안고 있으면 어떻게 될까? 검증해 보고 싶은 안건 중 하나였거든요. 그래서 그때 해 본 거예요. 체육 창고에 갇힌 와타보코리의 도움을 받아서."

"즉, 동생이 미리 창고 안에?"

"숨어 있었죠. 거기에 와타보코리를 밀어 넣었고, 때가 되자 후가 와타보코리의 손을 잡은 거예요."

"와타보코리 엄청 겁먹었더라. 내가 모습을 드러냈더니 제자리에 푹 쓰러질 뻔했어." 히로오 패거리가 없어진 틈에, 그야 달아난 와타보코리를 쫓아갔기 때문이지만, 후가 체육 창고 빗장을 열고 나를 꺼내 주었다.

혼자 안에서 기다리는 동안 소변이 마려워 몸을 비비 꼬며 참고 있었으므로, 나는 곧바로 운동장 구석에 가서 소변을 보았다.

"창고 안에서 내가 손을 잡으니까 더 무서워하는 것 같더라고."

"와타보코리도 이동에 성공했네."

"아무래도 얼떨떨한 눈치던데. 지금도 뭐가 어떻게 된 건지 이해 못 하지 않았을까?"

"그 폭죽 같은 소리는?"

"창고에 몇 개 있었어. 행사 때 쓰고 남은 건가. 아무튼 그것도 같이 가져와서 와타보코리한테 줬지. 히로오 패거리는 네가 안에 있는 줄 아니까 이걸로 놀라게 해 주라며."

"와타보코리, 제법인걸."

"꿈인지 생시인지 혼란스러웠겠지."

창고에서 후가가 손을 잡자 눈 깜짝할 사이에 녹나무 뒤편에 서 있었다. 현실로 받아들이지 않는 편이 자연스럽다.

"어쨌거나 이제 알았어. 사람도 이동해." 나는 그렇게 말하고 교문으로 걸어갔다.

"자동차 같은 건 어떻게 될까?" 후가가 따라왔다.

"자동차?"

"그게 일어날 때 차에 손을 대고 있으면, 차도 이동할까? 이론상으로는 똑같잖아."

쇠사슬로 묶어 놓은 물건이나 건물처럼 옮길 수 없는 물건은 이동이 안 된다는 걸 알고 있었다.

나는 잠시 생각하다가 "안 되지 않을까" 하고 솔직하게 대답했다. 혼자 힘으로 차를 옮기기는 불가능하다. 인간 정도라면, 와타보코리 정도 몸집이라면 안아 들 수 있으니까 이동한 것 아닐까.

"뭐, 그렇겠지." 후가도 동의했다. 그 이듬해 과연 차와 함께 이동하는지 실제로 실험해 보았는데, 만에 하나 차가 이동하면 눈에 확 띄는 데다 사고가 발생할 우려도 있으므로 아주 신중하게 진행했다. 우리 둘만 이동하는 결과가 나왔다. 덧붙여 우리와 일정 거리 이상 떨어져 있는 사람은 움직임이 멈추지 않는다는 사실도 알았다. 그러니까 예를 들어 비행기를 타고 있다가 그것이 발생하더라도 파일럿이 경직되는 사태는, 시험해 본 적은 없지만, 일어나지 않을 것이다.

걸어서 교문을 나서자 와타보코리가 있었다.

아니나 다를까 혼란스러웠던 듯 "그거" 하고 물었다.

"깜짝 놀랐어?"

"그야" 하고 대답하는 그의 얼굴은 부어 있었다. 히로오 패거리에게 붙잡혀 얻어맞은 것이리라.

"그 자식들, 평소에는 들키지 않도록 얼굴은 피하더니만." 후가 와타보코리를 가리켰다. "간이 철렁했었나 보네."

창고에 가둔 후 지키고 있었는데 갑자기 뒤쪽에서 나타나 폭죽을 터뜨렸다. 놀라기도 했겠지만, 뒤통수를 맞았다는 굴욕감이 더 컸을 것이다. 늘 얕잡아 보던 와타보코리가 예상도 못 한 방법으로 한 방 먹이자 피가 거꾸로 솟아 자제력을 잃은 것이리라.

죄의식이 느껴져 나는 "어쩐지 미안하네" 하고 말했다. 널 구해 주고 싶었을 뿐이라는 거짓말은 하지 않았다. 우리의 목적은 어디까지나 인체 실험, 또는 멍든 눈을 보고 놀린 히로오에게 앙갚음하는 것이었다. 결코 와타보코리를 위해서 한 일은 아니었다.

"뭐, 불평은 없다. 폭죽을 터뜨릴지 말지는 네가 결정한 거잖아. 터뜨려서 얻어맞았으니 네 탓. 그렇지?" 후가는 씨알도 안 먹힐 소리를 술술 꺼내 놓았다. 얼굴을 다친 건 너 자신의 책임이라고.

"그거, 어떻게."

"탈출 마술 같은 거야. 내가 너를 데리고 밖으로 나왔다. 너무 순식간이라 넌 눈 뜨고도 몰랐다."

"그 창고에서 어떻게?"

"창고 창문이 쇠창살인가 돌창살인가 안창살인가 참고해서 창고를 나선다."

"뭐야 그게."

"빨리 말하기 놀이. 지금 생각해 냈어." 후가는 딴청을 부렸다. 우리의 그것에 대해 밝힐 생각이 없어 적당히 얼버무리고 싶었으리라.

우리는 와타보코리와 함께 집으로 돌아가는 길을 한 줄로

슬렁슬렁 걸어갔다. 동네 저편의 하늘이 붉게 물들기 시작해 구름에서 희미하게 피가 비치는 것 같았다. 분명 저 구름도 누군가에게, 예를 들면 아버지에게 폭력을 당하고 있는 것이다. 석양을 볼 때마다 어렴풋이 그런 느낌이 든다. 아니면 우리를 위해 하늘이 피눈물을 흘린다거나. 내리는 비를 보고 눈물로 여긴 적은 없건만, 불그스름한 하늘을 보면 마음 한구석에 자극을 받았다.

"너희 집, 이쪽이야?"

후가가 묻자 와타보코리는 고개를 끄덕였다.

"어디쯤?"

와타보코리가 오른편 앞쪽을 가리켰다.

"진짜 무뚝뚝한 녀석일세. 그러니까 그런 놈들이 자꾸 집적대는 거야."

우리는 다시 좁은 길을 한 줄로 터벅터벅 나아갔다. 피곤하지는 않았지만 즐겁지도 않았다. 왜 가야 하나, 집에 가 본들 좋은 일도 없는데, 하고 누군가 말을 꺼내도 이상하지 않았다.

그때 음악 소리가 들렸다.

오래되어 철거된 개인 병원이 있었던 곳으로, 아직 아무 건설 예정도 잡히지 않았는지 잡초만 무성한 공터다. 울타리는 있지만 들어가려고 마음먹으면 얼마든지 들어갈 수 있다.

들어가려고 마음먹었는지 가벼운 옷차림의 어른들이, 지금 생각하면 대학생이었을지도 모르겠지만, 아무튼 가벼운 차림의 경박한 남녀 일고여덟 명이 울타리 안에서 음악에 맞춰 춤추고 있었다.

그 같은 일을 경험한 건 그때가 처음이자 마지막이었다. 따라서 내 생각에는 우리 세 명이 우연히 함께 맞닥뜨린 저녁녘의 환상, 현실을 도피하고 싶은 마음에서 생겨난 공상 속 광경 아니었을까 싶기도 하다.

휴대용 스피커를 사용했는지, 음악은 나름대로 크게 흘러나왔다.

장르로 따지자면 펑크, 또는 레게였을까, 몸을 이리저리 흔드는 젊은이들의 춤도 한데 어우러져 여유로운 행복감이 감돌았다.

여느 때 같으면 그대로 지나쳤겠지만 후가가 반쯤 장난삼아 그 자리에서 춤을 춘 게 계기였다.

몸을 비틀며 발로는 현란하게 스텝을 밟는다. 나도 호응해서 몸을 살짝살짝 흔들었다.

야, 와타보코리. 같이 추자.

후가가 불렀다. 물론 그는 춤추지 않았지만, 어이없어하며 떠나지 않고 나와 후가의 어색한 춤동작을 바라보았다.

공터의 젊은이들이 우리를 보고 놀라면서도 반기며 이쪽으로 오라고 손짓했다. 달아나지는 않았지만 우리는 그냥 그 자리에서만 춤을 췄다.

저녁놀이 지는 가운데, 여유로우면서도 밝고 흥겨운 음악

소리가 우리 세 사람의 마음을 손으로 감싸 주는 것만 같았다.

"어제 떨어뜨렸던 컴퓨터는 어떻게 됐어?" 그 환상 같은 시간이 끝나고 다시 걸음을 옮겼을 때 물어보았다.

와타보코리가 나를 힐끗 보았다. 화난 건지 업신여기는 건지 모를 눈빛이었다. "무사했어."

"다행이네."

"그거, 히로오한테 맞은 거야?" 와타보코리가 후가의 얼굴을 보지 않고 말했다.

"그거? 아아, 이거. 잘도 알아차렸네." 후가가 자신의 눈을 가리켰지만, 와타보코리는 시선을 주지 않았다.

"히로오에게 맞았을 리가 있겠냐? 맞았으면 가만 안 놔두지."

와타보코리가 바로 말을 꺼내지 않아 운동화 세 켤레가 땅을 밟는 소리만 간헐적으로 들렸다.

"때려도 가만 놔둘 수밖에 없는 상대한테 맞았구나?"

"뭘 그렇게 복잡하게 말하냐." 후가는 쓴웃음을 지었다.

때려도 가만 놔둘 수밖에 없는 상대. 나는 그 표현을 곱씹으며 확실히 그렇다고 생각했다. 그 남자, 아버지는 내내 가만 놔둘 수밖에 없었다.

좁은 길을 빠져나오고 잠시 후, 와타보코리가 "그럼 여기서 이만" 하고 말했다.

"그런 얼굴로 돌아가면 부모님이 놀라지 않을까?"

와타보코리는 그제야 얻어맞아 다쳤다는 게 생각났다는 듯 뺨 언저리를 만졌다. 분명 아플 텐데 이미 신경 끈 걸까.

"괜찮아. 우리 부모님은 내 얼굴 안 볼 테니까."

저런, 하고 나는 생각했고 후가도 저런, 하고 말했다.

어느 집이나 그런 법인가 싶어서.

"컴퓨터를 사용해서, 어, 해커가 돼 버려." 해커가 뭔지도 모르면서 후가가 갑자기 그렇게 말했다. "돈깨나 벌걸."

와타보코리가 후가에게 무시하는 듯한 시선을 던졌다.

"내가 연구하고 싶은 건 소리야, 소리."

"소리?"

"특정한 주파수의 소리로 컵을 깨뜨릴 수 있다는 이야기 못 들어 봤어?"

나와 후가는 얼굴을 마주 보고 어깨를 으쓱했다.

"소리는 정말 대단하다니까. 컴퓨터도 소리로 망가뜨릴 수 있을 거야."

"그건 또 무슨 말이야?"

"특정한 소리를 가까이에서 발생시키면 하드디스크에 이상이 생길 거고, 좀 더 지속하면 파괴할 수도 있겠지."

"그걸 연구해서 어쩌려고?"

"분명 수요가 있을걸."

"소리로 컵을 깨뜨리다니, 무슨 마술사냐?"

"마술이 아니야. 소리와 주파수, 공명의 문제지."

"주파수인지 슈마허인지 모르겠다만."✢ 후가가 귀찮다는 듯 말했다.

"슈마허?"

"네가 장래에 주파수와 관련된 가게라도 차리면 가게 이름을 슈마허로 하면 딱이겠다." 내가 장단을 맞추듯 이어받아 말했지만, 와타보코리는 흘려들었다.

와타보코리가 향하는 방향에는 단층집이 있었다. 콘크리트 색깔의 직육면체라 분위기가 칙칙했다. 외벽에 스프레이 같은 걸로 빨간 가위표가 그려져 있었다. 굳이 알고 싶지도 않았지만 와타보코리가 "저거, 대금업자가 그린 거야" 하고 말했다.

"빚졌어?"

"다리가 안 좋아서 일도 못 하는 데다 성추행 합의금을 왕창 물어 주느라 빚 천지지."

나는 반신반의하는 기분으로 들었다. 빚이 있는 집에서 어떻게 컴퓨터를 살 수 있단 말인가.

"아버지가 성추행범이라니." 후가는 감탄한 투로 말했다. "참 별별 인간이 다 있다니까."

"매일 이불을 덮어쓰고 누워만 있어. 도롱이벌레 같아."

"쩝, 너도 고생이 많구나" 하고 나는 마음에도 없는 소리를

✢ 주파수와 슈마허의 일본어 발음은 각각 '슈하스'와 '슈맛하'다.

했다.

와타보코리는 표정 변화 없이 "그래도 때리지는 않으니까"라는 말을 남기고 등을 돌려 집으로 향했다.

며칠 지났을 무렵, 집에 돌아오자 어머니가 텔레비전을 보고 있었다.

그 자체는 드문 일이 아니었지만 우리를 돌아보고 "이거 봐봐" 하고 부른 건 해가 서쪽에서 뜰 일이었다. 뭔가 싶었는데 뉴스가 나오고 있었다. 긴급하고 중대한 소식인지 화면 너머로도 긴박감이 전해져 왔다.

"너희랑 비슷해."

"뭐가?" "범인의 나이."

뺑소니 사건의 범인이 체포됐다는 소식이었다. 얼마 전에 센다이 시내에서 발생한 그 사고, 초등학생이 사망한 사고다.

나와 후가, 그리고 와타보코리가 걸어가다 마주친 소녀가 뺑소니를 당했다.

후가와 얼굴을 마주 보았지만 아무 말도 나오지 않았다.

15세의 고등학생이 무면허로 운전하다 소녀를 치었다. 아직 확실한 정황은 판명되지 않은 모양이지만, 체포된 소년은 덤덤한 태도고 현재까지 피해자에게 사과 한마디도 하지 않았다고 한다.

"무서워라." 어머니가 말했다.

나는 아무 대꾸도 하지 않았던 것으로 기억한다.

"너희는 괜찮겠지?" 어머니는 호기심 가득한 표정으로 텔레비전을 보며 물었다.

괜찮겠지? 그건 무슨 뜻일까.

남에게 죽지는 않겠지, 라는 뜻? 아니면 남을 죽이지는 않겠지?

그로부터 얼마쯤 지나 암굴 아줌마가 들려준 소문이 우리에게 더 큰 충격을 안겼다.

"그 사건의 범인 있잖아. 무면허로 아이를 치어 죽인."

책가방을 멘 채 백곰 인형을 끌어안은 소녀가 떠올랐다. 마음의 거스러미가 벗겨졌다. 욱신욱신 아프고 피도 조금 났다.

"요전에 폐품을 수거하러 갔을 때 꺼림칙한 소문을 들었어."

"무슨 소문요?" 후가도 흥미를 보였다.

"범인이 고등학생이랬나? 아무튼 그놈이 일부러 친 거 아니냐고."

"네?"

"그것도 그냥 친 게 아니라."

"그럼 어떻게."

"도망치지 못하도록 아이를 묶어서 세워 놓고 정면에서 차로."

"그럴 리가요." 아무래도 받아들이기 힘들어 나는 강한 어조로 대꾸했다.

"그것도 몇 번이나. 후진했다가 돌진, 후진했다가 돌진."

"설마." 후가도 한마디 했다.

"뭣 때문에 그런 짓을. 아무튼 그럼 뺑소니 사건이 아니죠."
살인 사건이다.

"뭣 때문일까." 암굴 아줌마는 얼굴을 찡그려 불쾌함을 고스
란히 드러냈다. 뭔가 뭉개 버리는 데서 쾌감을 얻는 인간이 있
잖아, 하고 혼잣말처럼 말을 이었다. "망가지지도 않은 가전제
품을 부수면서 희희낙락하는 인간이라든가. 그런 부류일지도
모르지."

그 여자애는 물론 가전제품과는 다르다.

마음대로 부수면 안 된다.

가슴이 꽉 짓눌리는 기분이었다.

역시 그때 우리가, 내가 도와줬어야 했다.

무서운 일이 있어도 이 녀석이 지켜 줄 거라는 거짓말을 믿
고서 백곰 인형을 부적처럼 끌어안은 채, 몇 번이나 차에 치이
는 고통과 공포를 참으려 애쓰는 아이의 모습이 머릿속을 떠
나지 않았다. 그 인형에는 못이 박혀 있었다. 아이가 끌어안고
있었다면 차에 치인 충격으로 못이 몸에 박히지는 않았을까.

그렇다면 우리도 고통을 가한 가해자 아닐까.

몸 안쪽이 갑자기 무거워져 그 자리에 주저앉을 뻔했다. 후
가의 얼굴도 볼 수 없었다.

"여기까지 어떤가요?" 나는 거기서 이야기를 끊고 다카스기의 얼굴을 보았다.

"예상보다 재미있네." 다카스기의 표정에는 거의 변화가 없었지만, 흥미를 품은 건 알 수 있었다.

텔레비전 방송의 소재로 채택 가능하겠냐고는 묻지 않았다. "계속하겠습니다."

중학교 졸업 후 우리는 처음으로 학교가 갈렸다. 나는 센다이 시내에 있는 공립 고교, 소위 진학교*로 분류되는 학교에 들어갔고, 후가는 아예 고등학교에 진학하지 않고 일을 시작했다.

고등학교에 가라고 중학교 3학년 담임선생님이 열과 성을 다해 설득했다. 내게도 후가를 설득해 달라고 부탁했고, 고교 진학이 얼마나 중요한지 설명하기 위해 부모님을 만나려고도 했다. 면담을 거절당하자 집으로 찾아왔지만, 그 남자가 폭력적으로 위협해 쫓아냈다.

담임선생님은 방과 후에 우리를 불러 놓고 "학력에 연연할 필요는 없지만, 지금 일본에서는 학력이 없으면 고생이야" 하

✤ 주로 합격하기 어려운 대학교에 진학하는 비율이 높은 고등학교를 가리킨다.

고 앞으로 살면서 겪을 일들과 수입 등을 칠판에 적어 가며 설명도 해 주었다.

"왜 그렇게 애를 쓰세요?" 졸업하면 일하겠다는 방침을 끝까지 바꾸지 않았던 후가가 마지막에 그렇게 물었다.

선생님은 안경을 낀 각진 얼굴에 고지식한 표정을 지으며 "그냥 걱정돼서" 하고 대답했다.

"선생님도 저희 집에 와 봤으니 아시겠지만, 그런 의미에서 저희한테는 선생님이 걱정할 일 천지라고요. 가난뱅이에, 무관심한 어머니와 끔찍한 아버지."

선생님은 어안이 벙벙해진 것 같았다. 해당 기관에 상담이 어떻고, 아동복지시설이 저떻고 하는 이야기를 꺼냈다.

"괜찮아요." 나는 그렇게 말했고, 후가도 동시에 고개를 끄덕였다.

"마음 써 주셔서 감사해요. 하지만 간단히 해결될 일이 아니라는 건 저희가 더 잘 알아요."

후가는 운동 능력이 뛰어났으므로 선생님이 체육 특기자 전형을 권했지만, 후가의 마음은 달라지지 않았다.

내가 일하고 유가는 고등학교에 간다.

후가는 그렇게 주장했다.

"저희 둘이 합쳐 100퍼센트라는 마음으로 해 나갈게요."

"함께 음악 유닛을 결성하기로 했다는 것처럼 쉽게 말하지 마." 선생님은 역시 걱정스러워 보였지만, 그래도 웃어 주었다.

"그 무렵에 집에서는 어땠어?" 다카스기가 물었다.

종업원이 다가와 테이블의 유리잔에 물을 따라 주었다.

"집에서는?"

"그 나이쯤 되면 덩치도 커졌을 텐데."

아버지의 폭력에 대항할 수준이 되지 않았느냐고 묻고 싶은 건가? 확실히 일리 있는 말이었다. 일리 있지만, 천 리 길도 한 걸음부터라고 머릿속으로 말장난을 해 봤다. "저희 아버지는 그때도 여전히 셌거든요. 싸움에 익숙한 데다 무자비하기까지 해서 남에게 피해를 입히고도 양심의 가책을 느끼지 않아요. 오히려 즐겁게 폭력을 휘두르죠. 그러니 강할 수밖에요."

우리가 고등학생 때 후가가 두 번쯤 그 남자와 맞붙었다. 오랜 경험상 덤벼 봤자 본전도 못 건진다는 걸 우리는 알고 있었다. 그 남자의 명령과 화풀이, 언짢음을 합기도처럼 받아넘기는 기술을 익혔다고 봐도 되겠다. 따라서 그 두 번은 아주 열받은 상황이었다.

"어떻게 됐어?"

"실패였죠. 어찌 된 건지 못 당해 내겠더라고요." 근력이나 체격과는 별개의, 원래부터 정해진 규칙 같은 것에 우리는 늘 짓눌려 있었다.

고교 생활은 중학교 생활보다 즐거웠다. 즐거웠다는 건 지나친 평가인가. 편해졌다는 쪽에 가까울지도 모르겠다.

중학교 때와는 달리 반 아이들은 다양한 지역에서 통학했고, 덤으로 후가도 없었으므로 학교에 있을 때는 또 다른 내가 된 기분이었다. 여기 있는 또 다른 내가 진정한 나라고 느껴질 정도였다.

한편 암굴 아줌마의 재활용 업체에서 일하는 후가도 나와 생활환경은 다르지만 나름대로 즐겁게 지냈다.

아침에 나보다 늦게 일어나 일하러 나갔다가 밤늦게까지 돌아오지 않았다.

그러다 보니 평일에는 거의 얼굴을 못 봤다.

외로웠느냐고 묻는다면 그 정도는 아니라고 대답하겠지.

처음 한동안은 늘 함께하던 후가가 없는 게 영 어색했고, 마치 한쪽 날개가 사라진 것 같아 똑바로 걷기도 어려웠지만 점점 익숙해졌다.

집에 그 남자와 나만 있는 상황도 늘었다. 긴장되고 불안하기는 했지만, 역시 우리가 나이를 먹자 그 남자도 무작정 공격을 퍼붓지는 않게 됐다. 무엇보다 집에 있기 싫으면 나갈 수 있다는 게 컸다. 예전에는 우리 둘만의 외출과 장거리 이동에 한계가 있었다. 경찰관에게 붙잡혀 훈계를 듣기도 했다. 고등학생이 되자 시간을 때울 장소와 방법도 많아져, 그런 점에서도 편해졌다.

우리는 그때까지 신발 한 켤레처럼 2인 1조로 함께 행동하던 시기에서, 따로 행동하는 나날을 보내는 시기로 옮겨 간 것이다.

아아, 맞다.

신발이다.

예전에 우리는 그야말로 신발 한 켤레처럼 어딜 가든 보통 함께였고, 따라서 시야도 거의 똑같았으며, 한쪽이 체험하는 일을 다른 쪽도 옆에서 볼 수 있었다.

열다섯 살 때부터 그게 바뀌었다.

신발이 아니라 경화, 즉 동전의 양면이 됐다. 고등학교에 다니는 내 일상과 재활용 업체에서 일하는 후가의 일상은 전혀 다르다. 한 면에서 무슨 일이 일어나는지 다른 면에서는 알 수 없다. 뒷면이 체험하는 일이 앞면에서는 보이지 않는다. 오히려 다른 누구보다도 안 보일 정도다.

물론 우리 사이는 나쁘지 않았다. 좌우 신발짝보다 동전 앞뒷면의 친밀도가 높듯이 도리어 유대감이 깊어졌음이 느껴졌고, 얼굴을 마주하면 자신이 체험한 일과 얻은 정보를 이야기했다.

하지만 후가에게 여자 친구가 생겼다는 것은 바로 알지 못했다.

그날, 센다이역 서쪽 출입구의 아케이드 상점가를 걷고 있었다. 크리스마스가 되려면 좀 남았지만, 늘어선 가게는 전구로 반짝반짝 꾸며졌고 음악도 평소보다 흥겹게 느껴졌다. 예년보다 추워서 지나다니는 사람들은 제법 두툼하게 껴입었다.

어린 시절에 부모님이 옷을 제대로 마련해 주지 않아 헤어져도 똑같은 옷만 입고 다녔으므로 추위에는 나름대로 강하다고 자부했지만, 그래도 후가가 암굴 아줌마한테 얻어 온 중고 다운재킷이 없이는 힘들었다.

동서 방향으로 이어지는 클리스로드에 들어선 직후에 남녀가 스쳐 지나갔지만, 걸음을 서두르느라 거들떠보지도 않았다. 그런데 여자가 멈춰 서서 "아, 똑같이 생겼다" 하고 말했다.

그 목소리에 돌아보자 후가가 서 있었다. 그 옆에서 똑같이 생겼다고 말한 여자는 아담하고 약간 통통하니 다람쥐를 닮은 인상이었다.

"하하." 검은 가죽점퍼를 입은, 나와 똑 닮은 후가가 이를 보였다.

"하하." 검은 다운재킷을 입은, 후가와 똑 닮은 나도 웃었다.

사귄 지 두 달 됐어.

후가는 그렇게 설명한 후, 고다마라는 이름의 여자에게 "이쪽이 또 하나의 나, 유가야" 하고 나를 소개해 주었다.

"유가와 후가." 고다마는 우리를 번갈아 손가락으로 콕콕 가리키며 이름의 리듬감을 즐기듯이 말했다.

거기서는 그렇게 헤어졌다. 며칠 후에 후가가 고다마와 어떻게 만나게 됐는지 들려주었다.

주말이었지만 둘 다 딱히 할 일이 없어서 야구 글러브를 가지고 쓰쓰지가오카 공원에서 캐치볼을 할 때였다.

"고다마하고는 그때 만났어."

"그때?"

"그게 일어났을 때." "언제?" "이번에."

두 달 전 생일을 가리킨다는 걸 바로 이해했다.

무슨 일이 있었는지 기억을 더듬었다.

그날은 평일이라 학교에 있었다.

매년 그렇듯 그날만큼은 서로 옷을 맞추어 입고, 이게 굳이 사복이 허용되는 학교를 선택한 이유지만, 10시부터 두 시간 간격으로 그게 일어나는 시간이 되면 최대한 주변에 영향이 없을 만한 곳으로 이동했다. 화장실이 최선, 거기가 안 된다면 남의 눈에 띄지 않을 좁은 장소를 찾는다. 주변 사람들은 움직임이 멈추지만, CCTV 카메라 등 기계에는 기록되니까.

"몇 시에?" "오후 2시."

오후 2시 10분에 이동했을 때는 교실에 있었다. 수학 시간 아니었던가.

"맞아, 수학이었어. 내가 그쪽으로 갔을 때 칠판에 공식이 잔뜩 적혀 있었지." 후가가 공을 잡았다. "현기증 나더라."

"나는." 나도 생각났다. "역이었어. 센다이역 2층. 화장실인 줄 알았는데 아니었어."

포물선을 그리며 날아온 공을 받았다.

거대한 기억 창고의 한구석에서 과거의 장면을 비추듯 형광

등이 켜졌다.

과거에 센다이역 화장실로는 몇 번인가 이동했지만, 그때 교환된 위치는 화장실이 아니라 동쪽 출입구로 이어지는 구내 통로였다. 예정된 시각에 마침맞게 화장실이 눈에 띈다는 보장은 없는데, 그때 후가도 그랬으리라.

뒤에서 누가 "야, 잠깐" 하고 붙잡아서 당황했다.

돌아보니 체격 좋은 남자 두 명이 서 있었다. 한 명은 머릿결에 윤기가 흐르고 미남인 데다 키까지 커서 무슨 남성 패션 잡지에서 빠져나온 것처럼 생겼다. 다른 한 명은 안경을 끼고 양복 차림이라 얼핏 보기에는 패션모델과 소속사 매니저 같은 인상이었는데, 느닷없이 남의 팔을 붙잡더니만 "지금 얘한테 지갑 받았지?" 하고 다그쳐 물었다.

"지갑?"

얘라고 불린 쪽을 보자 여자가 서 있었다. 내 또래로 보여 고등학생인가 싶었지만, 정상적인 고등학생이라면 평일 이 시간에 역에 있지는 않을 것이다.

여자는 말없이 고개를 숙이고 있었다.

"아까 얘가 나한테 부딪치면서 뒷주머니에 있던 지갑을 빼 갔어." 모델풍 남자가 입을 삐죽거렸다. 잠시 후에 도둑맞았다는 걸 깨닫고 쫓아오자 여자가 내게 지갑을 몰래 건네는 모습이 보였다고 한다.

"자, 딱 걸렸으니까 빨리 내놔."

안경을 낀 매니저풍 남자가 여자의 옷을 탁탁 더듬었다. 지갑이 없다는 걸 확인하는 것이리라.

"자꾸 잡아떼면 경찰에 가는 수밖에." 모델풍 남자가 내 어깨를 꽉 누르듯이 잡았다.

"이러지 말아요. 오해라고요."

"사내자식이 깨끗하게 단념할 줄도 알아야지. 다 봤다니까."

너희가 본 건 내가 아니라 후가야.

"아, 정말 안 받았다고요." 나는 자신만만했으므로 두 손을 들었다. "맘대로 찾아 봐요."

두 남자는 거리낌 없이 윗옷이며 바지며 호주머니를 뒤졌다. 남자가 더듬는 게 마음에 들지는 않았지만, 지갑이 나오지 않자 그들이 조바심을 내는 건 재미있었다. 웃음을 참느라 애먹었다.

모델풍 남자에게 붙잡혀 있던 여자도 눈이 동그래졌으므로 역시 훔친 지갑을 넘긴 것은 사실이었으리라. 어디로 갔느냐며 놀란 표정이었다.

네가 넘긴 지갑은 후가와 함께 우리 학교로 이동했어.

"저어, 정말로 없는데 이만 가 봐도 될까요?"

최대한 얄밉게 말했다.

도무지 납득이 가지 않아서인지 그들이 노려보았다. 태어나서 지금까지 아버지에게 느껴 온 공포에 비하면 밖에서 만나는 사람들의 웬만한 위협과 폭력은 별것 아니었다. 둘이 아무리

으름장을 놓아 본들 모기에 물린 만큼도 신경 쓰이지 않는다.

아무리 찾아도 지갑은 나오지 않았다. 그들은 다시 여자를 몸수색하고, 나를 또 더듬더듬하던 끝에 고개를 갸웃거리며 물러가려 했다.

"아, 사과는 하셨던가요?" 잊지 않고 그들의 뒤통수에 한마디 쏴 주었다.

울컥한 그들이 덤벼들 듯한 표정으로 돌아본 것도 예상대로였다.

"사람을 대뜸 붙잡아서 범죄자 취급하다니, 엄청 민폐였다고요. 무슨 배상금을 내놓으라는 것도 아니고, 사과 한마디쯤은 받아야죠."

"미안하다." 그들이 마지못해 말을 꺼내자 나는 "죄송합니다, 겠죠?" 하고 몰아붙였다. 이걸 양보해 줄 마음은 없었다.

"그러고 보니 그때 일은 못 들었네." 후가가 말했다. "그래서 어떻게 됐어?"

공이 공중에 선을 그리며 우리 사이를 오갔다.

"사과하더라. 내키지 않는 표정이었지만." 그 두 명은 굴욕과 분통으로 얼굴이 시뻘겋게 달아올랐다. "집에 가면 너한테 이야기하려고 했는데 그만 잊어버렸네."

"그날 늦게 들어왔으니까."

"지갑은 어쨌어?"

"그게 그러니까 두 시간 후에 다시 이동했잖아. 원래 있던 곳으로."

그때 나는 분명 역 근처 서점에 있지 않았던가. 그날 아침에 반 아이들이 화제로 삼았던 정통파 아이돌의 누드 사진집이 궁금했기 때문이다.

"아아, 맞아. 이동했더니 사진집이 쌓인 판매대 앞이었어." 생각났는지 후가가 웃었다. "거기서 역 구내로 돌아가서 찾았지."

"누구를."

"그, 지갑을 넘긴 여자. 걔가 고다마야."

아아, 그렇구나.

그때 역 통로에서 모델풍 남자에게 붙잡혀 있던 여자와 아케이드 상점가에서 후가와 함께 걸어가던 여자의 얼굴이 겹쳤다. 역에서 봤을 때의 기억은 어렴풋하지만, 듣고 보니 닮은 것 같기도 했다.

"닮은 것 같기도 한 게 아니라 동일인이야." 후가가 말했다.

두 시간 후에도 고다마가 역에 있을 가능성은 낮지 않을까.

후가도 그렇게 생각한 모양이지만, 뜻밖에도 고다마는 남아 있었다. 게다가 후가가 오기를 기다리고 있었다고 한다. 어디선가 뛰어와 "다행이다" 하더니 "트릭을 알려 줘" 하고 졸랐다고 한다.

"무슨 트릭?"

"지갑 어디다 숨겼어?"

아아, 하고 후가는 재킷 안주머니에서 지갑을 꺼내 돌려주었다. "가져가서 미안."

"어떻게 한 거야?"

"어떻게라, 뭐, 이러저러한 방법으로."

"대단하다. 그렇게 찾았는데도 안 나왔어."

후가도 고다마가 왜 감탄하는지 짐작이 갔던 모양이다. "그정도야 얼마든지."

고다마가 존경하는 눈빛으로 흥미진진하게 쳐다보는 바람에 후가도 기가 죽어서 "1년에 한 번 정도야" 하고 덧붙였다고 한다.

정확함에 초점을 맞추자면 1년에 하루, 생일에 몇 번이라고 후가는 말해야 했다.

"그때부터 친해진 거구나. 걔, 고등학생?"

"나이는 우리랑 동갑이고, 시내에 있는 고등학교에 다니지만 학교에는 거의 안 가. 고다마도 우리랑 좀 비슷해."

"비슷하다고?" "집보다 밖이 좋다나 봐."

"아버지가 돼먹지 못한 건가."

"아니, 우리 같은 건 아니고." 후가가 정정했다. "부모님은 오래전에 교통사고로 돌아가셨대. 운전자는 술에 취한 게 들통날까 봐 그대로 달아났고."

"최악이로군."

"아니, 가장 나쁘다고 할 수는 없지. 세상에는 더 나쁜 일이 더 많으니까."

"그건 그래."

"그래서 당시 초등학생이었던 고다마는 친척 집에 얹혀살게 됐어." 후가는 아무 일도 아니라는 듯 말했지만, 표정이 조금 딱딱했다. "아무래도 집은 편하게 지낼 수 있는 곳이 아닌가 봐."

"그렇군, 그런 의미에서는 우리랑 비슷한 셈인가."

"동병상련은 아니지만." 후가는 자조하듯 말했다. "고다마하고는 마음이 잘 맞아."

"그러셔."

후가가 던진 공이 엄청난 기세로 날아왔다. 글러브로 받자 묵직한 소리가 울려 퍼졌다.

뒤에서 불어온 바람이 공원의 나무들을 흔들었다. 발밑의 잔디에서도 소리가 났다. 개를 산책시키는 사람이 왔다 갔다 했다. 아이들 몇 명이 조금 떨어진 곳에서 축구공을 차며 이리저리 뛰어다녔다.

그건 초등학생 시절이었다.

문득 이 공원에서 있었던 일이 생각났다.

집에서 쓰쓰지가오카 공원까지는 자전거 페달을 힘껏 밟아도 30분은 걸려서 짧은 여행길 같은 느낌이지만, 초등학생 때도 둘이서 몇 번 왔었다.

　야구 글러브는 암굴 아줌마의 재활용 업체에서 일을 시작하고 일당을 현물로 지급받았을 때 처음 만져 봤으므로, 그때는 어디서 주워 온 고무공을 맨손으로 서로 던지며 놀았다.

　아이를 야단치는 아버지를 나와 후가 중 누가 먼저 봤을까. 아마도 과거의 수많은 장면들과 마찬가지로 동시였을지도 모르겠다.

　아버지로 보이는 남자가 초등학교 저학년쯤 되는 소년 앞에 서서 벌겋게 달아오른 얼굴로 불호령을 내리고 있었다. 손가락을 들이대며 큰 소리로 꾸중했다.

　후가와 눈이 마주쳤다.

　불쾌한 표정이었다. 나도 마찬가지였으리라. 우리 집에 있는 그 남자와 비슷한 부류라고 일단 생각했다.

　지금이라면 꼭 그렇지만은 않다는 걸 안다. 공원에 있던 아버지는 아주 감정적으로 화를 냈지만, 분명 감정이 통제가 되지 않았을 뿐이다. 발끈해서 자제력을 잃었다. 나중에 꼭 발끈했던 걸 반성하리라. 한편 우리 집에 있는 그 남자는 감정적이지 않을 때도 우리에게 발길질을 하고, 반쯤 장난삼아 폭력을 휘두른다. 아이를 아무렇지 않게 벌레처럼 다루고, 반성은 절대로 하지 않는다. 악질적이라는 측면에서 공원에 있던 아버지와는 완전히 다르다.

　하지만 그때 우리 눈에는 똑같아 보였다.

아이를 못살게 구는 아버지는 곧 그 남자고, 아버지에게 폭력을 당하는 아이는 곧 우리였다.

우리를 구할 수 있는 건 우리뿐이다.

그런 심정이었는지 어땠는지.

어느덧 후가가 공을 들고 내 옆에 서 있었다. 눈과 눈이 마주쳤다. 하자, 하고 말하는 건 알았지만 나는 눈빛을 보내지 않았다. 귀찮아질 뿐이라는 걸 알고 있었으니까.

후가가 엄지를 세운 주먹을 가볍게 획획 흔들었다.

익숙한 동작이다.

집에 있을 때 그 남자 앞에서 섣불리 이야기를 나눴다가는 지독한 꼴을 당하기에 우리는 말없이 표정과 몸짓으로 의사소통을 하곤 했다. 엄지를 세우는 수신호를 언제부터 사용했는지는 모르겠다. 뭔가 딱 들어맞는 말이 있는 건 아니고 '부탁한다', '부탁했다', '맡긴다' 등의 표현으로, 요컨대 협력을 요청할 때 사용하는 신호다.

"왜 그렇게 화를 내요?"

말릴 틈도 없이 후가가 아저씨 앞에서 뻣뻣하게 굳어 있는 소년 옆으로 다가가 말했다.

"뭐라고?" 아저씨의 눈이 동그래졌다.

"저기요, 뭣 때문에 화가 났는지는 모르겠지만, 자기보다 작고 힘도 없는 상대한테 그렇게 무서운 얼굴로 고함을 지르다니 치사하잖아요."

"네 친구야?" 아저씨는 소년에게 확인했다.

소년은 고개를 저었다.

하는 수 없다 싶어 나는 후가의 반대쪽, 소년의 오른편으로 가서 "아저씨, 아무 상관도 없으면서 끼어들어서 죄송해요. 하지만 다 함께 사용하는 공원에서 이러시면 분위기가 어수선해져서요" 하고 말했다.

"안 돼. 자기가 뭐라도 되는 것처럼 고압적으로 소리부터 지르는 부모는 용서할 수 없어. 어차피 대단한 이유도 아닐 거야." 후가가 화를 냈다.

"왜 화가 나셨어요?" 내가 물어보았다.

아저씨는 여전히 얼굴이 벌겋다. 척 보기에도 몸속에 분노의 마그마가 가득했다. "너희가 무슨 상관이야. 썩 저리로 가."

"아저씨가 다른 데로 가요. 우리는 여기서 캐치볼을 하는 중이거든요. 공원 말고는 할 데가 없다고요. 아저씨야말로 얼간이처럼 흥분해서 아이를 혼내고 있잖아요. 집에서 하든가."

후가의 말투가 명백하게 도발적이라 걱정됐다.

나는 후가와는 다른 말투로 균형을 잡았다. "저희가 너무 함부로 끼어들었는지도 모르겠지만, 공원 분위기가 안 좋아지는 게 걱정돼서요."

당혹스러운지 계속 고개를 숙이고 있던 소년이 문득 고개를 들어 좌우에 있는 나와 후가를 번갈아 바라보고 풋 웃었다.

"웃기는 왜 웃어?" 아저씨가 방금 전보다는 목소리가 낮아졌지만 화를 꾹 참는 듯한 어조로 말했다.

소년은 약간 머뭇거렸지만 자신이 발견한 걸 알려 주고 싶은 마음이 더 컸는지 "어쩐지" 하고 입을 열었다. "어쩐지 천사와 악마 같아서."

"뭐라고?" 하고 되물은 건 나였던가, 후가였던가.

"마음속의 천사와 악마라고 흔히들 그러잖아."

양옆에 있는 우리가 똑같이 생긴 데다, 후가는 입이 험하고 나는 비교적 부드러운 말투라 그렇게 연상했으리라.

아아, 그렇구나 싶었고 후가도 동감이었을 것이다.

그 후에 아저씨도 흥분이 가라앉았는지 결국 소년을 데리고 돌아갔다. 기묘한 두 아이에게서 아들을 대피시키려는 낌새마저 보였다. 뭐, 그건 그것대로 나쁘지 않게 느껴졌다.

"유가, 알았어." 그 후에 후가가 말했다.

"네가 악마고, 내가 천사라는 걸?"

"아니야." 후가는 나를 가리키고 나서 자신을 가리켰다. "우리를 처음 본 사람은 일단 얼굴이 똑같이 생겼다는 것에 놀라."

"그럴 수도 있겠지." 그게 어떻다는 걸까.

"아까 그 아저씨도 그랬는데, 나랑 유가가 나란히 서 있으면 얼굴을 번갈아 봐. 나를 보고, 유가를 보고, 다시 나를 보며 얼굴을 확인하지."

"그렇겠지." 자주 경험하는 일이다. 어라, 이 녀석과 이 녀석

똑같이 생겼네, 하고 재차 확인한다.

"그때 빈틈이 생겨."

"뭐야 그게."

"얼굴을 움직이지 않아도 시선은 움직이지. 나, 유가, 나로 이동해."

"그래서 그게 뭐 어쨌는데?"

"빈틈이 생기니까 싸움이 났을 때 유리해. 상대가 눈을 움직인 순간에 선제공격을 가하면."

"무슨 생각을 하나 했더니만."

나는 그저 어이가 없었지만, 사실 그 후로 이게 몇 번 도움이 됐다.

예를 들면 중학교에 입학하고 얼마 지나지 않았을 무렵, 집을 나왔지만 갈 곳이 없어 근처 신사 뒤편에서 시간을 때우고 있었을 때였다. 어디선가 10대 남녀가 줄줄이 나타나 담배를 피우며 소란을 떨었다.

괜히 얽히면 성가셔질 것 같아 떠나려는데 그들이 시비를 걸었다.

너희들 이런 곳에 있으면 형이랑 누나들한테 혼난다고 놀리는 것까지는 견딜 만했지만, 돈을 내놓으라는 둥 바지를 벗으라는 둥 자꾸 수준 낮은 시비를 걸어서 결국 일이 귀찮게 되고 말았다.

후가는 노리고 있었으리라.

우리가 창피당하는 장면을 사진으로 남기려는지 그들 중 한 명이 스마트폰을 들이댔고, 그 불빛에 우리 얼굴이 살짝 드러났다. 맨 앞에 있던 남자가 나를 봤다가 후가를 보고, 다시 확인하려는 듯 내게 시선을 돌렸다.

후가는 그 빈틈을 놓치지 않았다.

움직였다 싶었을 때는 이미 오른손 손목 언저리로 상대의 턱을 힘껏 후려갈긴 뒤였다. 그리고 바로 뒤에 있는 남자의 명치를 발끝으로 쿡 지르고는 "가자" 하고 뒤쪽으로 달렸다.

사고를 치고 달아나는 후가를 뒤쫓는 나, 언제나 이 패턴이다. 도망치는 후가의 뒷모습을 보며 '내 뒷모습도 이럴까' 늘 생각했다. 그리고 대개 발이 빠른 후가와 거리가 벌어진다.

제 동생은 저보다 훨씬 터프합니다. 그 소개문이 머리를 스쳤다.

하얀 공이 날아왔다. 공중에서 정지한 것처럼 보였지만, 천천히 커지다 내가 벌리고 있는 글러브에 소리와 함께 안착했다. 글러브 너머로 공을 쥐자 마치 떨어진 곳에 있는 후가와 악수를 하는 듯한 느낌이었다.

머릿속에 옛날의 다른 장면이 되살아났다.

암굴 아줌마와 처음 만났을 때니까 중학교 1학년 시절이다. 여름방학 전이었던가.

우리는 여느 때와 다름없이 주말에 남아도는 시간을 주체

하지 못해, 아마도 축구부 연습이 없었든지 끝난 후였을 텐데, 센다이역 주변을 어슬렁어슬렁 돌아다녔다. 돈이 없어 산책만 하다가 가끔 도움이 필요한 사람이 있으면 말을 걸었고 나쁜 짓을 하는 사람이 있으면 경찰을 부르기도 했다. 물론 전부 친절한 마음이나 정의감에서 우러난 행동이 아니라 시간을 때우기 위한 심심풀이였다.

그때도 중년 여자가 덩치 큰 남자 두 명에게 위협을 당하는 것 같아서 눈여겨보았다.

나중에 알았는데 그 여자, 암굴 아줌마가 뒷길에 방치된 가전제품을 자기가 운영하는 재활용 업체로 가져가려고 하자 남자들이 가로막고 "그건 우리 거야" 하며 다그치던 중이었다.

"우리 거라니, 그럼 텔레비전의 주인이라는 뜻?"

"이제 주인이 되려고."

"그럼 나랑 같은 입장이네. 먼저 찜한 사람이 임자지."

"아니, 원래 우리가 먼저 발견하고 지금 가지러 온 거야."

"그렇게 우기면 나도 당신들보다 먼저 발견했어. 지금 가지러 왔으니까 내가 먼저 발견하고 먼저 가지러 온 거지."

그렇듯 어린아이가 생떼 부리는 것 같은 말다툼이 이어졌다. 조금 더 지나면 어린이 모의재판에서 유능한 변호사의 필살기인 "언제 발견했나요? 몇 월 며칠 무슨 요일, 지구가 몇 바퀴 돈 날?" 하는 말마저 튀어나올 지경이었다.

그때 일단 후가가 암굴 아줌마 왼쪽에 척 섰다.

그리고 한 박자 늦게 내가 아줌마 오른쪽에 섰다. 이쯤 되자 나란히 서는 타이밍에도 익숙해졌다.

남자들이 그 행동을 취했다.

우선 후가를 봤다가 나를 보고, 약간 당황하는 표정을 지으며 다시 후가에게 시선을 돌린다.

빈틈이 생긴 걸 놓치지 않고 후가가 뛰어올랐다.

첫 번째 남자의 턱, 두 번째 남자의 명치를 연속해서 공격했다. 우리는 남아도는 시간을 활용해 어떻게 하면 상대가 꼼짝 못 할 타격을 입을지 늘 연구했으므로, 얼굴과 가슴의 급소를 적당한 힘으로 노리는 데는 도가 텄다.

후가가 달아나고 나도 뒤따라갔다. 어느 정도 달아나서 호흡을 가다듬고 있자니 아줌마도 헐레벌떡 뛰어와서 놀랐다.

고마워할까, 아니면 야단칠까 싶어 헉헉대는 아줌마의 숨소리가 잦아들기를 기다렸지만, 아줌마 입에서 나온 말은 "아까 그 가전제품 옮기는 것 좀 도와줘"였다. "나 혼자서는 역시 안 되겠어."

"에휴."

결국 아줌마와 함께 거기로 돌아갔다. 남자들은 우리를 찾으려고 주변을 돌아다니는 중인지, 가전제품이 그대로 남아 있었으므로 미니 트럭에 실었다.

"원래 직원이 한 명 더 있는데, 요즘 자꾸 농땡이를 부려서."

미니 트럭 짐칸에 가전제품을 싣자 아줌마는 우리에게 명

함을 주었다. 쌍둥이니까 둘이 한 몸 아니냐고 말하고 싶은 건
아니었겠지만, 한 장만 건네고 "한가할 때 도우러 와" 하고 말
했다.

"누가 간다고 그래요?" 후가가 반사적으로 대꾸했지만, 나는
아마도 가게 될 거라고 예감했다.

누군가를 돕는 게 한가한 우리가 시간을 제일 즐겁게 보내
는 방법이었기 때문이다.

"지금 옛날 일이 생각났어." 공을 받은 후가가 다시 던지지
않고 걸어왔다.

"나도. 공원 저쪽에서." 잔디밭 바깥을 가리켰다.

"아버지가 아들을 야단쳤지."

"그리고 신사에서 있었던 일이랑."

"아줌마를 만났을 때, 맞지?"

한 가지 실마리를 출발점으로 연상 게임 하듯 수많은 것들
을 떠올리다 보면, 신기하게도 나와 후가는 똑같은 과정을 거
쳐 똑같은 걸 떠올릴 때가 많았다.

그건 그렇고 고다마 이야기다.

고등학교 시절의 일화를 이야기할 때 고다마를 빼놓으면 화

룡점정을 빠뜨리는 걸 넘어서 용 자체가 없어진다.

"늘 고다마랑 뭐 해?" 후가에게 물어본 적이 있다. 후가가 고다마와 사귄 지 1년 가까이 지났을 무렵이다.

둘이서 밤길을 걸을 때였다. 좁은 집에 있는 시간은 고통 그 자체이므로 대개 밖으로 나오지만, 딱히 할 일도 없어서 널찍하게 쭉 뻗은 아스팔트 도로를 정처 없이 어정어정 돌아다니는 게 대부분이었다.

후가는 표정을 풀더니 "유가한테는 미안하지만, 난 이미 총각 딱지를 뗐어" 하고 말했다.

얼굴이 화끈 달아올랐지만 바로 태연한 척 "늘 그런 일만 하지는 않을 것 아니야" 하고 받아쳤다.

"적어도 생일에는 안 할게."

"제발 조심 좀 해 주라."

그것이 일어나서 이동했더니 눈앞에 고다마가 알몸으로 있는 상황만큼은 피하고 싶었다.

"뭘 고민하는 거야?" 내가 물어봐도 후가는 한동안 잠자코 있었다.

고민하는 줄 어떻게 알았느냐고 되묻지는 않았다. 아니까 아는 거다. 그건 서로 피차일반이다.

"그게, 고다마 일인데."

"알몸이라도 상상했어?"

"가르쳐 주질 않아."

"안 가르쳐 준다고?"

"걔, 분명 집에서 곤욕을 치르고 있을 거야."

"숙부네 집이랬나."

고다마는 초등학생 때 사고로 부모님을 잃은 후, 숙부네 집에 얹혀산다고 했었다. 숙부에게는 젊은 아내와 이미 성인이 된 외동아들이 있다.

"한 번 봤는데." 고다마는 집의 위치를 모호하게 둘러댔고 처음에는 에두르다 점차 직접적으로 '집이 어딘지 알려 주고 싶지 않다'는 뜻을 전했지만, 숨기면 숨길수록 궁금해지는 것도 인지상정이라 몰래 뒤를 밟았다고 한다. "엄청 커. 성 같다고 하면 뭐, 과장이 너무 심하지만 3층은 되겠더라."

"실은 잘사는 집 공주님이었다는 결말은 아닐 테고."

"고다마가 돈에 여유 있는 건 한 번도 못 봤어."

"숙부는 부자지만 고다마는 아닌 거지, 뭐. 친척이라는 이유로 돌봐 주고 있으니 그것만으로도 고맙잖아. 굳이 고다마에게 재산을 나누어 주어야 할 의무는 없어."

"나누어 주지 않는 정도라면 좋겠지만."

"마음에 걸리는 점이라도 있어?" 있다고밖에 볼 수 없는 말투였다.

학대라는 말이 머릿속에 번쩍 떠올랐다. 집에서 치르는 곤욕이라면 일단 그거다. 학대에 우리만큼 숙달된 경험자는 또 없다.

학대를 언급하자 후가도 고개를 끄덕였다. 자기도 처음에는 그걸 의심했다면서. "다만 폭행을 당한 흔적은 딱히 없어. 아니, 정확하게 말하면 조금은 있었지. 정강이랑 허벅다리에 멍 같은 게 생겼더라고. 고다마는 부정했지만. 뭐, 부모에게 맞아서 그 정도 상처가 생기는 게 그렇게 이상한 일은 아니니까."

"이상하지. 그 정도일지라도 가족에게 맞아서 다치면 안 되는 거야." 나는 쓴웃음을 섞어서 말했지만, 후가의 심정도 이해는 갔다. 부모의 폭력 없이, 부모를 두려워하지 않고 살아온 사람이 있다는 사실이 가슴에 딱 와닿지 않는 것이다. 부모님한테 얻어맞지 않은 건 물론이고, 가볍게 손찌검을 당한 적도 없다고 아주 당연하게 말하는 동급생에게 무슨 말 같지도 않은 거짓말을 하느냐고 쏘아붙일 뻔한 적도 있었다.

길이 완만하게 오른쪽으로 구부러지며 경사가 생겼다. 길쭉한 목을 약간 새우등처럼 구부린 가로등이 같은 간격으로 늘어서서 우리를 감시하고 있었다. 몹시 일그러진 우리의 그림자는 역시 쌍둥이였다.

"그래서? 고다마의 멍이 대체 어쨌는데?"

"문제는 멍이 아니야."

"문제가 있기는 있다는 거구나."

"요전에 아줌마네 일로 이즈미구의 주택지에 갔었는데."

"요전?" "일주일 전."

후가의 얼굴이 전에 없이 어둡게 그늘진 것처럼 보여서 나는 긴장했다.

　여기서부터는 후가에게 들은 일주일 전의 체험을 밑바탕 삼아 내 나름대로 장면을 상상해 설명해 보겠다.

　그날은 흐려서 낮인데도 어두침침했다. 나도 기억한다. 하늘을 뒤덮은 비구름을 뾰족한 물건으로 푹 찌르면 바로 물이 콸콸 쏟아질 것만 같았다.

　미니 트럭 조수석에 앉은 후가는 창밖의 그 먹구름을 보고 있었다. "오늘은 어디예요?"

　운전대를 단단히 붙잡은 암굴 아줌마는 앞 유리창 너머를 바라보며 "야구라초의 단독주택" 하고 대답했다.

　"고급 주택지네요."

　"부자가 내놓는 쓰레기는 뜻밖에 쓰레기가 아닐 때도 있어서 고맙지."

　"맞아요."

　얼마 후 번듯하게 생긴 흰색 집에 도착했다. "케이크 같더라" 하고 후가는 어린애도 꺼내지 않을 법한 비유를 했다. "벽돌 굴뚝 같은 것도 있었어. 케이크로 따지자면 그건 딸기겠지."

　그 케이크 집의, 설명하기가 귀찮아졌는지 후가는 그렇게 말했는데, 케이크 부인은 인터넷을 검색해 암굴 아줌마의 가게를 찾아냈다는 모양이었다.

현관으로 나온 케이크 부인은 낡아 빠진 미니 트럭과 성깔 있게 생긴 중년 여자, 그리고 머리를 되는대로 길러 척 보기에도 행실이 불량할 듯한 젊은 남자를 훑어보더니, 오물이라도 눈에 들어간 것처럼 시선을 홱 돌렸다.

"내놓으시려는 물건은 뭔가요?" 암굴 아줌마는 덤덤하게 작업을 진행하려 했다.

케이크 부인은 아무 말 없이 걸음을 옮겼다. 후가와 암굴 아줌마가 따라가자 차고 셔터를 열었다.

차고에는 후가가 알기로 아마도 포르셰 카이맨인 듯한 유선형의 아름다운 외제차와 로버 미니가 한 대씩 있었고, 그 안쪽에 커다란 텔레비전과 텔레비전 받침대, 에어컨 등이 쌓여 있었다.

"그럼 옮겨 볼까."

암굴 아줌마의 시작 신호와 함께 후가는 운반 작업에 들어갔다. 밀차를 이용해 차례차례 미니 트럭에 실었다. 일은 금방 끝났지만, 오히려 그 후의 대금 지불에 시간을 더 잡아먹었다.

"잠깐만요." 케이크 부인이 발끈한 태도를 보인 이유는 금방 짐작이 갔다.

암굴 아줌마가 제시한 금액이 못마땅했으리라.

"왜 내가 돈을 내야 하는 건데요?"

"처분 비용입니다."

"그쪽은 이걸 또 남한테 팔 거잖아요."

"사겠다는 사람이 있으면요."

"그럼 오히려 내가 돈을 받아야 하는 거 아닌가요? 나한테서 사들이는 셈이니까."

이 일을 하다 보면 흔히 생기는 말썽 중 하나다.

암굴 아줌마는 불필요한 물건을 거두어 가겠다고 말한다. 하지만 어느 쪽이 얼마를 부담하는지는 사전에 제시하지 않는다. 물어보면 대답하지만 "물품에 따라서는 고액으로 거두어 가지만, 실제로 견적을 내 보지 않고서는 정확한 답변을 드릴 수 없다"는 말을 덧붙인다.

상대는 '돈을 얼마쯤 주고 사 갈지도 모른다'고 기대한다. 하지만 실제로는 '이 상품은 판매가 어려우므로 처분 비용이 필요하다'는 식으로 결론이 난다.

상대는 대개 이야기가 다르다며 의아한 표정을 짓는다. 하지만 이미 큼지막한 짐을 포장했거나, 트럭에 실은 뒤라면 '조건이 안 맞으니까 원래대로 돌려놔라'라는 말을 꺼내기가 좀처럼 쉽지 않다. 반 이상은 수긍이 안 되는 표정을 지으면서도 불만을 표하지 못하고 참는다. 하지만 당연히 화내는 사람도 있다.

케이크 부인은 후자였다.

돈을 많이 못 받을 건 각오하고 있었지만, 도리어 내야 하다니. 그야말로 예상 밖의 밖, 있어서는 안 되는 일이라고 까랑까랑한 목소리로 따지고 들었다.

이렇게 좋은 집에 사는 사람이 기껏 그 정도 금액에 연연하는 건가. 후가는 그렇게 생각하지 않았다. 아무리 유복해도 돈에 연연하는 인간은 연연한다. 돈은 많지만 한 푼도 허투루 쓰기 싫어하는 사람이 있다는 걸 재활용 업체에서 일하면서 배웠다.

케이크 부인은 바가지를 쓰는 게 마음에 안 드는 모양이었다. 재활용 업체 아줌마와 불량아 같은 10대에게 깔보이고 넘어갈 수는 없었을지도 모르겠다.

암굴 아줌마와 후가를 오물인 양 바라보며, "뭐, 실제로 꾀죄죄한 차림새였지만"이라고 후가도 말하긴 했지만, 아무튼 경멸과 비아냥거림이 잔뜩 섞인 목소리로 닦아세웠다.

결국 어느 쪽이 양보했을까.

암굴 아줌마였다. "알겠습니다. 이번에는 처분 비용을 받지 않겠습니다" 하고 상황을 수습했다. 그래도 케이크 부인은 불만인 듯했지만 후가와 암굴 아줌마는 이만 가겠다며 담담하게 물러났다.

"뭐, 텔레비전도 받침대도 팔릴 것 같으니까 우리는 득 본 셈이지."

돌아오는 길에 암굴 아줌마는 그렇게 말했다. 물론 정신 승리가 아니라 현실적인 감상이었지만, 후가는 납득되지 않는 구석이 있었다.

처분 비용을 청구한 이쪽도 이쪽이지만, 그 태도는 너무했다.

뭐가 잘났다고 그렇게 거만하게.

부글부글 끓는 마음을 억누르지 못하고 케이크 부인의 집에서 회수한 노트북을 만지작거렸다.

"컴퓨터를 처분할 때 데이터를 완벽히 삭제하지 않으면 복원될 우려가 있어." 후가는 그렇게 말했다.

"복원하는 사람이 있다는 거야?" 나도 일을 도왔던 중학생 때는 그런 이야기를 못 들었으니, 암굴 아줌마네 업체에서도 최근에야 염두에 두기 시작했는지도 모르겠다.

"어디까지나 가능성의 문제야. 좀처럼 없겠지만, 우리는 친절하니까 만약을 위해 데이터를 완벽하게 삭제하고 나서 처분하지. 아는 사람 중에 그런 업자도 있거든."

"착하네."

"그래, 우리는 착해." 후가가 당연하다는 듯 고개를 끄덕였다. "하나 어디까지나 상대방이 좋은 사람일 때만. 그렇지 않다면" 하고 할 말을 찾았다. "악독해질 수도 있어."

"그렇겠지."

원래 우리의 본질은 그쪽이다. 폭력과 공포로 가득한 집에서 살아온 만큼 어떻게 하면 사람이 싫어하고 괴로워하는지에는 훤하다. 남과 잘 지내기 위해서는 친절하게, 적어도 예의 바르게 행동하는 편이 좋다는 걸 알기에 평소에는 최대한 그렇게 행동한다. 알맹이는 음험하지만, 겉으로는 최대한 온화하게. 어차피 아무도 남의 알맹이를 들여다볼 수는 없으니까.

후가는 케이크같이 생긴 집에서 회수한 노트북을 샅샅이 점검했다. 다행이라 해야 할까, 복원 가능한 상태였기에 업자에게 받은 소프트웨어를 사용하자 하드디스크에 저장됐던 정보가 되살아났다.

"뭐가 있었는데?"

"아마 그 집 주인, 주인이라고 표현해도 되려나?" 후가는 자기가 말을 꺼내 놓고 고개를 갸웃했다. 주인과 그 가족으로 나누면 꼼짝없는 상하 관계를 연상시키지 않느냐고. "어쨌거나 그 집 남편의 컴퓨터겠지. 야동이 몇 편 있더라."

전혀 이상할 것 없는 일이다.

그러니 후가의 표정이 어두운 이유는 따로 있을 것이다. "그 밖에는 뭐가 있었어?"

"사진."

"관광 명소의?" 적절한 농담이 생각나지 않을 때는 발언에 신중을 기해야 한다. 아니면 분위기가 썰렁해지고 자신이 무신경한 인간임을 통감하게 된다.

"고다마의."

"아는 사이였던 거야?"

최대한 무난한 말을 골랐지만, 몇 가지 상상이 머릿속을 맴돌았다. 후가의 태도로 보건대 분명 밝은 이야기는 아니다. 상당히 꺼림칙한 이야기, 꺼림칙한 사진이 틀림없다. 제일 먼저 떠오른 건 고다마의 알몸 사진, 또는 고다마가 성행위를 하거나 당하는 사진이었다. 젊은 여자가 피해를 입었다면 그걸 빼놓고는 생각할 수 없다. 성인 동영상에서 흔히 찾아볼 수 있을 법한 외설적인 설정이다.

분명 그거라고 단정하자 머릿속이 금세 분노로 뜨거워졌다.

후가의 설명은 내 상상과 조금 달랐다. 아예 다르지는 않았지만 예상보다 훨씬 심했다. 뭐가 심했느냐고? 불쾌감이.

물에 빠진 여자. 후가는 그렇게 말했다.

"처음에는 무슨 사진인지 몰랐어. 풀장인가 싶었지만 풀장 속을 옆에서 촬영할 수는 없잖아. 수조야. 물이 찬 수조에 여자가 빠져 있는 사진이었어."

금방은 이해가 되지 않았다. "물에 빠진 여자의 사진?"

그 여자가 고다마였으리라는 건 추측이 갔다.

"나중에 좀 조사해 보고 알았어."

"뭘?"

"여자가 괴로워하는 모습을 보며 흥분하는 작자들이 있다는 걸. 죽을 것처럼 괴로워하는 표정을 보면서 말이야."

"깜박이는 신호등을 보고 흥분하는 놈도 있을 테지."

"취향은 제각각이니까." 후가는 무표정했다. "고다마는 거기에 이용당하고 있었어."

"이용당했다고? 그것보다 그 수조는 어디 있는데? 사진은 어떻게 찍었고?"

"이건 선입관과 망상에서 비롯된 내 억측이야. 그래도 진실에서 그렇게 멀리 떨어져 있지는 않겠지."

"응."

"하고 있는 건 숙부겠지."

그렇다, 이 이야기는 원래 숙부에 대한 화제에서 시작됐다.

"뭘 하는데?"

"아마도 쇼 같은 걸 거야."

"쇼?"

"괴로워하는 여자를 감상하는 쇼."

"뭣 때문에?"

"쇼의 본질은 뭘까, 유가?"

"비즈니스?"

"그럼 이것도 그렇겠지." 후가는 퉁명스럽게 말했다.

"그런 쇼가 성립 가능하다고?"

"집에 대형 수조를 만들어서 물을 채우고 고다마를 빠뜨리면 돼. 전기세도 그렇게 많이 나오지는 않을 거야. 서커스와 달리 출연자를 훈련시킬 필요도 없고."

"숙부한테는 아내가 있잖아."

"꽤 오래전에 집을 나간 모양이야. 근처에서 알아봤지. 심한 가정폭력을 견디지 못해 도망쳤다는 소문이 있더군. 아들도 독립해서 집을 나갔고."

"그럼 그 커다란 집에 가정폭력범 숙부와 고다마 둘이서만 사는 건가?"

"그리고 가끔 쇼를 하지."

"그런 쇼를 보러 오는 손님이 있을까?" 나는 여전히 받아들이기가 힘들었다. 물속에서 숨이 막혀 죽을 것 같은 사람을 보는 게 뭐가 그리 재미있단 말인가. "죽으면 어쩌려고 그러지?"

"죽지 않도록 아슬아슬하게 조절하는 데서 주최자의 실력이 발휘되는 거겠지." 후가는 혐오감과 울화를 필사적으로 억누르고 있었다. 작은 봉지에 꾹꾹 쑤셔 넣은 이불 같다. 어떻게 넣어도 비어져 나온다. "나중에 조사해 봤어. 여자를 질식시키는 동영상에는 수요가 있더라고. 이불 압축팩이라고 있잖아, 거기에 여자를 넣어서."

"압축하는 건 아니겠지?"

"왜 아니겠어. 하려고 하면 얼마든지 할 수 있지. 그걸 보며 즐기기 위한 동영상인걸."

"고다마가 그런 짓을?"

"당하고 있지 않을까 예상돼. 그리고 그 밖에도 사진이 더 있었어."

"수조의?"

"온몸이 흠뻑 젖은 고다마와 남자들이 함께 찍은 기념사진."

"정말?" 기념사진을 찍다니 정신머리를 이해할 수 없었다.

"아마 보험이겠지."

"그런 보험이 있나?"

"고다마는 억지로 웃음을 짓고 있었어. 즉, 강요가 아니라

본인도 합의했다는 증거를 만들어 놓고 싶었던 것 아닐까? 어디까지나 쇼라는."

"설마." 그딴 사진으로 합의했음을 증명할 수 있겠는가.

"이건 내 생각인데, 부자는 분명 문제가 생겼을 때 법률적으로 이기기 위해 좋은 변호사를 두고 있을 거야. 그 변호사의 조언을 받아서 사진을 남겼겠지."

"그럴 수가."

"덧붙여 서로를 견제하기 위해서겠지. 발뺌하지 못하도록 모두 함께 사진을 찍어서 한 장씩 가지고 있어. 누군가 쇼에 대해 발설하면 다 같이 죽는 셈이야."

나는 멈춰 서서 하늘을 올려다보았다. 예쁜 밤하늘이라고 하기는 힘들다. 어두운 와중에도 검은색 아니면 회색 구름이 끼어 있는 게 보였다. 이쪽의 무거운 기분을 반영이라도 하듯 별은 하나도 보이지 않았다.

"고다마는 견디고 있어." 후가는 말했다.

얼마 전에 고다마와 만났을 때가 생각났다. "후가한테 들었는데 어릴 적부터 많이 힘들었다면서?" 하고 고다마는 말했다.

무슨 소리인지는 추측이 갔다. 부모의 폭력과 지배에 대한 이야기이리라. "둘이 힘을 합쳐 이겨 냈구나. 대단해."

애틋한 말투였기에 나는 단순히 동정하고 감탄하는 줄 알고 "응, 뭐, 그렇지" 하고만 대답했다.

고다마의 환경이 훨씬 가혹했을 줄은 상상도 못 했다. 우리는 둘이지만, 고다마는 오직 혼자서 견뎌 왔던 것이다.

과장이 아니라 나는 속으로 탄식하지 않을 수 없었다.

자신의 처지가 남보다 힘들다고 생각하는 사람은 많고, 그 반대는 드물다. 후자인 고다마는 억지로 애쓰는 기색 없이 우리를 칭찬해 주었다. 대단하다고.

"대단한 건 고다마였어." 후가가 불쑥 말했다.

가로등 불빛 아래를 후가와 함께 걸어가며 배 속에 욕망이 근질근질 솟아오르는 걸 느꼈다. 성욕과는 달리 좀 더 어두운, 이를테면 분노나 울화겠지만, 주체할 수 없는 감정이 몸속에 차오르기 시작했다.

"그래서?" 나는 가시 돋친 목소리로 물었다. 후가, 그래서 어떻게 할 건데? 지금 당장 고다마네 집에 가자. 나는 그런 대답을 기다렸는지도 모르겠다. 찾아가서 만약 현관문을 열어 주지 않으면 유리창을 깨든 문을 부수든 침입해서 고다마의 숙부와 대면할 수 있다. 대면한 후에는? 뭐든지 하면 된다.

근질근질한 욕망이 끓어올라 내 머릿속은 열기로 가득 찼다.

"좀 더 차분하게 대안을 생각해야 해." 후가가 타일렀다.

"난 아무 말도 안 했는데?"

"다 알아. 처음에 이 사실을 알았을 때 나도 그랬으니까. 바로 쳐들어가려고 했지. 하지만 그래서는 안 돼. 경찰에 신고당하고 끝. 그렇잖아? 놈들의 만행을 폭로하든가, 아니면 놈들이 경찰을 부를 수 없는 상황일 때 해치워야 해."

"그렇다면."

"그 즐거운 파티, 쇼 감상회에 가는 거야."

후가는 딱 잘라 말했다. 자신의 연인이 존엄성을 유린당하는 현장에 간다. 이미 각오는 된 것이리라.

"티켓을 구할 수 있을까?" 나도 농담을 꺼낼 수 있을 정도로는 마음이 진정됐다.

"품절이겠지."

"팬클럽에 가입해야겠네." 내친김에 꺼낸 말이 의외로 정곡을 찔렀던 모양이다.

"바로 그거야. 그런데 유가, 팬클럽에 가입하려면 어떻게 해야 하는지 알아? 현재 회원이 소개해 주는 게 제일 빨라."

"네 말이 맞아." 한 인물이 제일 먼저 떠올랐다. 케이크 부인네 집의 컴퓨터에서 고다마를 끔찍하게 학대하는 사진이 발견됐으니, 컴퓨터 주인은 회원이리라.

생각을 입 밖에 꺼내기도 전에 후가가 "아니, 그쪽은 틀렸어" 하고 말했다. "케이크 부인의 남편은 죽었더라고. 돌연사했대. 뭐, 몹쓸 취미를 가지고 있어서 벌을 받았는지도 모르지."

"죄와 벌의 균형이 안 맞는데."

"그러게. 하여튼 그 컴퓨터는 주인이 죽어서 처분된 거야. 그러니 그쪽은 도움이 안 돼."

"그럼." 어떻게 하지.

"기념사진을 찍었다고 했잖아."

"보험을 위해."

"그래. 그걸 보고 있으려니 어쩐지 낯익은 얼굴이 하나 있더라고. 기억은 어렴풋하지만 아는 사람 같은 놈이 한 명 있었어."

"재활용품을 수거하러 갔을 때 봤다든가?"

"그런 느낌이 아니라 사진으로 본 것 같은 기억이."

"사진?" 이야기의 흐름으로 보건대 후가는 이미 정답에 도달했으리라.

"유가, 고다마와 처음 만났을 때 기억나지?"

"처음 만났을 때라."

센다이역 안에서 고다마가 누군가의 지갑을 훔쳤을 때다. 훔친 지갑을 후가에게 넘겼지만, 우리의 그것이 시작돼서 이야기가 꼬였다.

그게 어쨌다는 걸까.

"그 지갑이 어떻게 됐는지 알아?"

"그러고 보니." 어떻게 됐더라. "분명 고다마와 다시 만났을 때 줬겠지."

"맞아. 하지만 면허증은 빼놨어."

"그건 또 왜?"

"개인 정보는 돈이 되고, 면허증도 도움이 될 때가 있거든. 그래서 뭔가에 써먹을 수 있지 않을까 싶었지. 딱히 무슨 꿍꿍

이속이 있었던 건 아니야. 아줌마한테 남의 면허증을 돈으로 바꿀 방법은 없느냐고 상담은 했지만.”

“아줌마가 뭐래?”

“방법이 없지는 않은데 번거로움에 비해서 이익이 적대. 뭣하면 업자를 소개해 줄 모양이더라. 아무튼 책상 속에 처박아 놨었어.”

그 이야기가 어떻게 연결될지는 상상이 갔다. “그 면허증 사진 속 남자가.”

“기념사진에도 찍혀 있었던 거야.”

“우연?”

“은 아니겠지. 고다마는 그 남자와 역에서 딱 마주쳤을 때 불쾌한 기억이 되살아나서 알아차린 거 아닐까?”

“팬클럽 회원이라고.”

“동요해서 울컥했는지 마음이 조마조마했는지는 모르지만, 어쨌든 지갑을 훔쳤다. 그런 거겠지.”

“어, 그러니까 이야기를 되돌리면.”

“내가 팬클럽 회원의 면허증을 가지고 있다는 말씀.”

“제발 이러지 마.” 오쿠야마는 완전히 겁을 집어먹었다.

의자에 꼼짝도 못 하게 묶고 덤으로 안대까지 씌웠으니 겁

이야 나겠지만, 아무리 그렇기로서니 이렇게 오두방정을 떨 것까지는 없지 않나 싶어 기가 찼다.

몸을 흔들자 의자도 함께 움직여 덜컥덜컥 소리가 났다.

스스로 생각하기에도 계획은 성공적이었다.

면허증의 주소를 단서로 오쿠야마를 찾아내 며칠간 미행하며 행동 패턴을 파악한 후 실행에 옮겼다.

얼굴을 보자 나도 생각났다. "지금 애한테 지갑 받았지?" 하고 나를 다그친 패션모델풍의 잘생긴 남자였다. 젊어 보였지만 어쩌면 나름대로 나이를 먹었을지도 모르겠다.

밤에 뒤에서 오쿠야마에게 접근해 머리에 종이봉투를 씌우고, 그가 혼란에 빠진 틈에 왜건에 실었다. 왜건은 암굴 아줌마의 업무용 차량이었다. 물론 면허를 딸 수 있는 나이가 아니라서 무면허 운전이었지만, 원체 운동신경이 뛰어난 덕분인지 후가는 눈동냥으로 익힌 운전 실력으로 안전하게 차를 몰았다.

목적지는 와카바야시구의 해안에 위치한 단독주택이었다. 겉으로 보기에는 멀쩡한 집이지만 아무도 살지 않는 데다 옛날 양식의 높다란 블록 담이며, 잡초가 무성하게 자란 정원이며, 몰래 숨어들어 뭔가 하기에 안성맞춤이었다. 재활용품을 수거하러 이동할 때 발견하고 점찍어 둔 곳이다.

할 일은 그렇게 어렵지 않았다.

꽁꽁 묶인 오쿠야마를 겁주고 위협하면 된다.

직접적으로 폭력을 휘두르지 않고, 휘둘러도 되지만 우리도 아프고 피곤하니까, 금방이라도 때릴 것처럼 굴며 압박을 가했다.

너희 누구야. 나한테 왜 이래.

오쿠야마가 목소리를 높였다.

청렴결백하게 살아온 걸로 보이지는 않는 만큼, 짚이는 구석이 많지 않을까. 몹쓸 짓을 당한 여자도 분명 고다마 혼자만은 아닐 것이다.

그래서 모호하게 네게 원한이 있는 사람이라고 말하자 알아서 상상의 나래를 펼쳐, 알아서 벌벌 떨다가, 알아서 목숨을 구걸하기 시작했다.

적당한 시기를 봐서 진짜 용건을 꺼냈다.

고다마라는 이름은 밝히지 않고, 오쿠야마가 이름은 모를 가능성도 있었지만, 이러이러한 비합법적, 비인도적, 비도덕적인 이벤트가 있다는데 거기에 한 명 데려가라고 제안했다. 제안이라지만 고개를 끄덕이는 것 말고는 선택지가 없는 제안이었다.

오쿠야마는 그 정도로 풀어 준다면야 얼마든지 협력하겠다는 듯 제안을 덥석 받아들였다.

대체 어떻게 응징할 것인가, 어떻게 고다마의 숙부 패거리들에게 복수할 것인가.

우리의 계획은 간단했다.

쇼가 한창 진행 중이라 경찰을 부를 수 없는 상황에서 무작정 날뛴다.

그뿐이었다. 번뜩이는 재치도 독창성도 없었지만, 악인을 응징하는 데 번뜩이는 재치나 독창성은 필요 없다. 아니, 응징이라는 말은 핑계에 지나지 않는다. 우리는 분노를 폭발시키고 싶을 뿐이었다.

"다음 쇼 때 부탁해." 우리는 오쿠야마에게 말했다. "악취미적인 시르크 뒤 솔레유*의 일정은 정해졌나?"

이때 나는 단순히 비꼬는 뜻에서 그렇게 말했지만, 나중에 진짜 시르크 뒤 솔레유를 봤을 때 정말 감동해서 농담이었다고는 하나 끔찍한 범죄 쇼를 비꼬느라 사용한 게 미안했다.

각설하고.

그 후 우리는 오쿠야마에게 다음 공연일이 정해지면 연락하라고 못을 박았다. 만약 배신하면 다시 납치해서 이번에는 주저 없이 가죽을 벗기겠다고 으름장을 놓자 오쿠야마는 순순히 고개를 끄덕였다. 놀랄 일은 아닐지도 모르지만 오쿠야마에게는 처자식이, 모델 뺨치게 생긴 아내와 어린 딸이 있었으므로 "뒤통수치면 가족을 가만두지 않겠어. 이번에는 너희 가족이 수조에 들어갈 차례야" 하고 후가가 거침없이 협박하자 "그것만은" 하고 벌벌 떨었다.

✤ 태양의 서커스.

그날 집에 돌아가는 길에 후가가 어처구니없다는 듯 말했다. "그것만은 봐달라고 애원할 짓을 남에게는 하다니, 정신 상태가 어떻게 된 거람."

　"자신들만 행복하다면 다른 건 어찌 되든 알 바 아니라는 인간은 많아."

　"손해를 보는 건 언제나." 후가는 말을 꺼내다 말고 "그러고 보니 변호사에 대한 이야기 들었어?" 하고 생각났다는 듯 화제를 바꾸었다.

　"무슨 변호사?"

　"사이좋은 팬클럽의." 후가의 말투에서 혐오감이 고스란히 묻어났다. 쇼를 보러 오는 손님을 가리키는 것이리라.

　"무슨 이야기?"

　"오쿠야마를 붙잡아서 협박했을 때 그러더라. 자기보다 훨씬 나쁜 놈이 있으니까 그놈을 노리라고."

　분명 내가 없었을 때 나눈 이야기일 것이다. "유능한 변호사를 소개받았어?"

　"돈을 위해서라면 무슨 변호든 맡는다나 봐. 왜, 예를 들면 그 사건 있잖아."

　"어떤 사건?"

　"초등학생이 뺑소니를 당한."

　"아아." 머리의 온도가 단숨에 상승했다. 커다란 거품이 하나 터지며 울분과 회한이 분출됐다. 그 소녀가 죽은 사건이다.

떠올릴 기회가 줄어들어 상처가 완전히 나았고 흉터도 새로운 피부에 덮여 지워졌다고 안심했다. 하지만 지워지지 않았다. 마치 기억의 그물에 엉켜 버린 실 같아서 풀 수도 없거니와, 살짝만 흔들어 기억에 자극을 주면 바로 그 장면이 고개를 내민다. 그 백곰 인형과 그 불안해 보이던 표정이. 평생 그 소녀를 잊지 못하는 것이 아닐까 두려워졌다.

"깜짝 놀랄 만큼 잠깐만 살다가 나왔대."

"그럴 수가. 일부러 친 거잖아?" 암굴 아줌마가 그렇게 말하지 않았던가.

"소문으로는."

초등학생을 도망치지 못하도록 세워 놓고 차로 몇 번이나 세게 들이받았다는 믿기 힘든 이야기였다.

"그거, 진짜인가 보더라." 후가가 눈살을 찌푸렸다.

"설마."

후가는 고통스러운 듯한 표정을 유지한 채 고개를 저었다.

"그럼 사고가 아니잖아. 악질적인 범죄, 엄연히 살인 사건이라고."

"하지만 수완 좋은 변호사가 애를 많이 썼어. 범인의 부모님이 재산가래."

"재산가, 재산가, 오늘 제산가?" 나는 발음에서 연상된 시답잖은 말장난을 해 보았다.

"범인은 이미 사회로 돌아왔다는 이야기야."

126

"그렇게 악랄한 짓을 저지른 놈이?"

"미성년자, 그것도 열다섯 살이면 상당히 어려."

"어리니까 뭐 어쩌라고."

"운전 실수였을 뿐 고의는 아니었다. 사고를 낸 후 어떻게든 소녀를 구하려고 했다."

"도망쳤잖아?"

"구하려고는 했다고 변호사가 주장했겠지. 아직 열다섯 살, 반성, 구하려는 마음은 있었다, 동요했을 뿐이다, 사용할 수 있는 카드를 모조리 투입해서 형량을 줄인 모양이야. 참 정성이 갸륵하다니까." 익살스러운 말투였지만 후가의 눈에서는 분노가 일렁였다. "변호사 지인의 양자로 들어가 유유자적하게 살고 있대. 나는 그렇게 들었어."

"매일 반성하면서라면 좋았을 텐데."

"어련히 그러시겠지." 후가는 마음에도 없는 말을 무감정하게 꺼냈다.

고다마의 집, 정확하게 말하자면 고다마가 얹혀사는 숙부의 집은 관록 넘치는 왕처럼 밤의 어둠 속에 떡하니 버티고 있었다. 몇 층짜리인지 파악이 안 될 만큼 형태가 복잡했고, 대문 근처에는 CCTV 카메라를 여봐란 듯이 설치해 두었다. 방문객용 인터폰은 있었지만, 오쿠야마는 그걸 사용하지 않고 CCTV 카메라 가까이에 숨겨진 작은 돌기를 누르더니, 거기 있는 스피커폰으로 이야기를 했다.

손짓을 하기에 나도 오쿠야마 옆에 섰다.

CCTV 카메라로 확인하는 것이리라.

오쿠야마는 사전에 나를 데리고 가겠다고 설명했다.

물론 오는 사람을 막지 않고, 누구나 회원으로 받아 주는 모임은 아니다. 오쿠야마는 내가 어떤 사람인지, 동료로 끼워 주기에 합당한 인물인지 아닌지에 대해 철저한 사전 조사를 받았다.

우리의 꼭두각시가 된 오쿠야마는 쇼에 데려가면 전부 용서하고 다시는 귀찮게 굴지 않겠다, 만약 데려가지 않으면 네 인생을 철저히 파괴하겠다는 말을 철석같이 믿고서 내가 초대받기에 합당한 인물임을 증명하기 위해 애썼다.

주최자인 숙부를 설득하기 위해서는 해당 인물인 내가 금전적으로 유복하고, 가학적인 취미를 갖고 있으며, 경찰에 신고할 우려가 없다는 점을 부각시키는 게 효과적이리라. 고등학생임은 숨길 수 있어도 젊다는 건 척 보면 안다. 젊은 나이에 성공한 사람으로 위장하는 건 현실적이지 못하다. 하는 수 없이 어느 유복한 집안의 도련님이라는 설정으로, 그럴듯해 보이는 증거를 준비했다. 시내 재산가 중에서 조건에 들어맞을 법한 사람을 골라서 가짜 주민표와 가짜 면허증을 만들어, 이건 암굴 아줌마가 소개해 준 업자에게 맡겼다, 내가 그 집 아들인 것처럼 꾸몄다. 여기에 얼마 없는 저금을 거의 다 썼다. 폭력적인 데다 욕망을 억제하지 못해 여자에게 몹쓸 짓을 몇 번 했지만, 부모의 힘으로 간신히 사건을 무마했다는 일화도 날조했다.

상대가 공공 기관이라면 이렇게 위장해 본들 당연히 곧장 들통나겠지만, 고다마의 숙부에게는 진실을 조사할 능력이 없다. 그리고 쇼 관람객이 보통 지불하는 금액보다 많이 얹어 주겠다는 뜻을 밝히자 쉽게 미끼를 물었다.

"돈의 노예로군. 돈의 노예는 No! Yeah~." 후가가 말장난을 즐기듯 중얼거렸다.

"돈은 어쩌지?" 관람료는, 물론 그런 명칭은 아니지만, 당일 선불이라는 이야기였다. 흔적이 남지 않는 현금으로만 결제가 가능하다고 한다. "일종의 보증금 같은 건가."

"그런 거야 어떻게든 되겠지. 정 여의치 않으면 컬러 복사라도 해서 가자."

"컬러 복사? 지폐를?"

법에 저촉된다는 건 물론 알지만, 내가 되물은 건 그딴 잔꾀는 바로 발각되지 않을까 걱정됐기 때문이었다. 가방에 넣어서 준들 내용물을 확인하면 위조지폐임을 바로 알 수 있다.

"아무래도 너무 위험해."

"그럼 빌리는 수밖에."

지금이라면 소비자금융이나 카드론을 사용할지도 모르지만, 당시 나이에는 그것도 어려웠다.

빌릴 곳은 있느냐는 질문은 하지 않았다. 그때 우리가 기댈 수 있는 어른은 한 명뿐이었으니까.

"너희에게 돈을 빌려주고 싶지는 않은데." 아줌마는 그렇게 말했다.

돈이 사이에 끼어든 순간, 그 인간관계는 끝난다면서. "지인에게 돈을 빌리는 건 진짜 마지막 방법이거든. 달리 다른 방법이 없을 때, 상대와 인연이 끊어질 각오를 하고 말을 꺼내야 하는 법이야."

그렇게까지 말해서 우리 둘은 굳어 버렸다. 후가의 고용주이자 연상의 지인인 암굴 아줌마가, 상담한 적도 업무 이외의 일로 만난 적도 없었지만, 소중한 존재임을 비로소 깨달았다. 인연이 끊어진다고 상상한 순간 갑자기 허전해지는 것이, 마치 등을 기대고 있던 나무가 갑자기 사라져 버린 듯한 기분이었다.

그래서 나는 부탁을 물리려고 했다. 돈은 다른 방법으로 준비하면 된다는 생각으로.

"아줌마, 그래도 부탁해요." 후가는 달랐다. 고다마가 걱정돼서 아줌마와의 관계가 끊어지느냐 마느냐로 고민할 여유가 없었으리라.

"하루만 빌렸다가 갚을게요. 반드시 갚을게요. 꼭 필요해서 그래요."

그때 암굴 아줌마가 엄한 표정을 지었다. 아줌마가 그렇게 엄한 표정을 지은 건 그때가 처음이자 마지막이었다.

"후가, 반드시라는 말 쓰지 마. 반드시라고 단언할 수 있는 일은 없어. 사람은 언젠가 반드시 죽는다, 정도니까 안이하게 쓰면 안 돼. 난 널 믿지만, 약속을 반드시 지키겠다는 말을 꺼낸 시점부터 네가 못 미더울 거야."

후가는 주눅 든 표정이었지만 "그래도 아줌마, 제발요. 반드시 갚을 테니 빌려줘요" 하고 강한 어조로 말했다.

아줌마는 아주 서글픈 표정으로 고개를 숙였다가 잠시 후에 다시 들었다. 스스로에게 힘을 북돋우기 위해서인지 억지로 미소를 짓고 있다는 걸 알 수 있었다.

후가가 엄지를 세운 오른쪽 주먹을 내게 휙휙 흔들었다. 옛날부터 우리 사이에서 통하는 수신호다. '부탁할게.' '뒷일은 맡긴다.'

하는 수 없이 나도 후가에게 힘을 보태기로 했다. 머리를 숙이며 "아줌마, 돈 좀 빌려주세요" 하고.

아줌마는 머리를 천천히 절레절레 흔들다가 크게 한숨을 내쉬었다.

"유가, 넌 머리가 좋으니까 돈을 빌려주는 자체는 전혀 문제가 아니라는 것쯤 잘 알겠지. 내 말인즉슨 돈 이야기를 꺼낼 때는 나름대로 각오가 필요하다는 거야. 너희랑 내 관계가 망가지는 것도 감수할 각오 말이야. 그걸 알고서도 너희가 돈을 빌려달라는 게 섭섭할 뿐이지, 돈을 못 빌려주겠다는 건 아니란다."

나와 후가는 고개를 푹 숙였다.

말로 아무리 변명하고 사과해 봤자 아무 의미도 없다.

이로써 우리와 아줌마 사이에는 금이 갔을지도 모르지만, 언젠가 꼭 금 간 부분도 붙을 것이다, 붙이고야 말겠다.

나는 그렇게 생각했고, 후가도 마찬가지였으리라.

빌린 돈은 200만 엔이었다.

돈다발로 치면 그렇게 두툼하지 않다. 김이 샐 지경이었다.

고작 이 정도로 고다마의 숙부에게 부유하다는 인상을 줄 수 있을지 불안했지만, 단 하룻밤의 이벤트 참가비로 안색 하나 바뀌지 않고 200만 엔을 척 내놓기는 결코 쉬운 일이 아니다.

"아마 1회 참가비라면 그걸로 충분할 겁니다." 오쿠야마도 그렇게 말했다. "다만 한 명분이에요."

누가 가기로 했느냐 하면 나였다. 후가도 "내가 가면 고다마의 숙부를 본 순간 냉정함을 잃을 것 같아" 하고 동의했다.

현관을 통과하자 일단 몸수색부터 했다. 그래도 일반 가정이라 검은색 복장의 건장한 외국인이 막아서는 대신, 중키에 중간 몸집의 중년 남자가 고무로 만들었는지 휘청휘청하는 경봉 비슷한 막대기를 들고 "주머니에 든 거 전부 꺼내 봐", "뒤로 돌아" 하고 지시했다.

정체가 드러난들 그렇게 난처할 건 없었지만, 가능하면 내 신원은 숨기고 싶었다. 머리를 바투 깎고 안경을 써서 평소 인상과는 다르게 바꾸고 왔다. 처음에는 가발을 써서 머리 모양을 바꿀까도 싶었지만, 그만두길 잘했다. 몸수색을 받다가 발각됐을 게 틀림없다.

몸수색이 끝나고 몇 가지 질문을 받았다. 그쯤에서 아무래도 이 남자가 고다마의 숙부인 것 같다는 감이 왔다.

내가 너무 젊은 탓인지, 어쨌거나 10대니까, 그는 몇 번이고 미심쩍은 눈으로 노려보았다.

적당히 쭈뼛쭈뼛하면서도 적당히 허세를 부렸다. 나는 부유한 재산가의 아들로서 윤리관이 결여된 자기중심적인 젊은이라고 자기암시를 걸며 행동했다.

사전에 학생증을 가져오라는 지시를 받았다. 물론 나는 위조한 학생증을 당당하게 내밀었다.

다른 방문객이 와서 나는 해방됐다. 안에 들어가 있으라는 말에 오쿠야마가 고개를 끄덕였다.

오쿠야마는 평소 다니는 피트니스 클럽에라도 온 것처럼 익숙하게 지하로 이어지는 계단을 내려갔다.

안 그래도 으리으리한 집인데 지하실까지 있는 건가.

허름한 우리 집을 떠올리자 그 격차에 쓴웃음이 나올 정도였다. 다만 남을 부러워하는 건 어릴 적에 이미 그만뒀다. 바닥의 바닥에서 살면서 위를 보고 부러워하기 시작하면 거의 모든 걸 시샘하게 되니까.

"지하실?" 다카스기가 거기서 또 끼어들었다.

"평범한 단독주택인데 있더라고요. 부자는 역시 생각이 깊다니까요. 튀어나온 말뚝은 얻어맞는다는 속담의 교훈을 본받아 지하로 파고들기로 한 거겠죠."

내 농담이 시시했다고는 하나 다카스기는 들은 척도 않고 "어느 동네에?" 하고 물었다.

"지하실이 있는 부호의 집을 소재로 방송이라도 만드시려고요? 별반 신기할 것도 없을 것 같은데요."

지하에 노래방이나 운동용 방을 만드는 사람이 그렇게까지 드물지는 않으리라.

"어떤 방인지 기억나?"

지금까지의 내 이야기, 어릴 적부터 10대까지의 일화보다 지하실에 흥미를 품다니 역시 유쾌하지는 않아 나는 울컥했다.

어떤 방인지 지금부터 설명할게요.

계단 아래로 내려가자 커다란 방이 나왔다.

"여기는 방음입니다." 오쿠야마가 설명했다.

그는 자신을 납치해 협박한 사람이 나인 줄 모른다. 고등학생이라는 것도 예상 범위 밖이리라. 우리가 쇼에 한 명 데려가라고 명령했으니까 나와 범인들은 어디까지나 별개의 인물이라고 생각지 않을까. 예전에 센다이역에서 한 번 얼굴을 보았지만, 이미 기억에 없는 것 같았다.

나는 묵묵히 방을 관찰했다.

거의 무료에 가까운 아마추어 밴드의 공연을 몇 번 본 적이 있는데, 그런 밴드들이 공연하는 라이브 하우스를 축소한 느낌이었다.

천장에 조명이 많이 달렸고 벽은 새하얗다. 바닥에는 약간 푹신한 소재를 사용했는지도 모르겠다. 비닐로 코팅했는지 매끌매끌했다.

이채를 발한 건 방 한복판에 있는 거대한 유리 상자였다. 그것만 보면 무슨 마술 쇼 공연장처럼 느껴졌다. 높이는 2미터쯤 되어 보였고 받침대 위에 놓여 있었다.

밑바닥에 달린 관에서 뻗어 나온 튜브가 방 안쪽으로 이어졌다. 저걸로 물을 공급하는 걸까.

뒤에서 다른 사람들이 들어왔다.

나와 오쿠야마를 제외하고 관람객은 네 명이었다. 단골이겠지만 서로 아무 대화도 나누지 않고 따로따로, 흡사 거기가 평상시의 지정석인 양 서 있었다.

나는 오쿠야마 가까이에 서서 무료한 기분을 달랬다.

음악 소리 하나 없이 고요했다. 결코 편안하지는 않았는데, 이 불편함 때문에 도덕에 등 돌린다는 죄책감이 더욱 부각되는지도 모르겠다.

심장박동이 빨라졌다.

다리도 떨렸다. 좋지 않은 일이 시작된다. 이제부터 아주 불쾌하고 무시무시한 일을 보게 된다.

그렇게 생각하자 몸 안쪽에서 벌레가 굼실굼실 기어가는 듯 역겨운 기분이 몰려왔다. 한편으로 그 역겨운 기분 속에 기대감과도 비슷한, 요컨대 어쩐지 고양감에 가까운 감정도 포함되어 있음을 깨닫고 내장을 전부 긁어내 제정신을 유지하고 싶어졌다.

공연은 시작을 알리는 신호도 없이 별안간 진행됐다.

불이 꺼졌다. 우리 주변은 어두워졌지만 수조 주위는 밝았다. 안쪽 문이 열리고 양복을 쫙 빼입은 고다마의 숙부가 고다마를 데리고 들어왔다.

얼굴을 돌려서는 안 된다.

그렇게 스스로를 격려했기에 간신히 참았지만, 양 손목과 발목이 쇠사슬에 묶인 고다마를 보자 눈을 돌리고 싶어졌다. 덧붙여 알몸이라 동생 여자 친구의 벗은 모습을 본다는 양심의 가책도 느껴졌다.

하지만 나는 눈을 돌리고 싶은 그 광경에 사족을 못 쓰는, 부도덕한 쾌락에 환장하는 재산가의 아들로 행동해야 하기에 혀로 입술을 핥으며 쇠사슬에 묶인 알몸의 소녀를 바라보는 척했다.

관객들은 박수도 치지 않았다. 이 정적이 더욱 잔혹하게 느껴졌다.

고다마의 숙부가 뭔가 말했다. 거의 들리지 않는 목소리였지만, 어쩌면 내 머리가 몽롱했던 탓인지도 모르겠다.

고다마는 수조 옆에 서서 머리 숙여 인사했다. 무표정한 얼굴이었다. 알몸으로 서 있는 걸 창피해하거나 두려워하는 낌새도 없었다. 이미 익숙해졌기 때문만은 아니리라. 체념했다. 고다마의 인생에서 이게, 이것과 유사한 일이 너무 흔하게 일어났다는 증거다.

고다마의 숙부가 내 앞으로 왔다. 정체가 들통났나 싶어 한순간 움찔했지만, 그는 개의치 않고 "자" 하며 조명 기구 리모컨같이 생긴 작은 물건을 건넸다. 검고 손안에 쏙 들어오는 크기다. 버튼이 세 개쯤 달려 있었다.

뭘까 싶어 주변을 슬쩍 둘러보니 다른 사람들도 가지고 있었다.

작은 소리가 나고 고다마가 비명을 지르더니 몸을 떨며 쓰러졌다. 또 소리가 나자 고다마의 입에서 꽉 억눌린 소리가 새어 나왔다.

이 리모컨으로 전기를 흘리는 건가. 각자 원할 때 버튼을 눌러 고다마에게 고통을, 고통이라기보다 공포를 주는 것이리라.

자세히 보니 고다마의 알몸에는 살색 테이프가 수없이 붙어 있었다. 전기 자극을 주는 기구를 붙여 놓은 것이리라. 분명 가슴과 사타구니에도 붙여 놓았을 것이라 생각하자 분노와 불쾌감으로 현기증이 날 것만 같았다.

버튼을 누가 언제 누를지는 모른다. 고다마의 몸이 사람을 놀래 줄 때 사용하는 인형처럼 간헐적으로 들썩거렸다.

원격 장치에 의한 불규칙적이고 기습적인 폭력은 당하는 쪽에게 공포를 안겨 주고, 가하는 쪽에게는 전능감을 부여한다.

불쾌감밖에 들지 않았지만, 컴컴한 방에서 조명 아래 신음하며 거의 눈을 까뒤집은 채 경련하는 고다마의 모습이 어쩐지 성적으로 다가왔다. 무심코 흥분해 버릴 것만 같은 내가 스스로도 무서웠다.

리모컨을 내팽개치고 싶었지만 그러면 의심받는다. 어쩌면 고다마의 숙부에게는 누가 언제 버튼을 누르는지 알아내는 방법이 있을지도 모른다. 첫 관람이라 좀 망설이는 건 현실감이 있겠지만 혐오감을 내비치면 수상쩍게 여길 가능성이 있기에 나도 버튼을 몇 번 눌렀다. 고다마는 그때마다 몸부림쳤겠지만, 나는 보지 않았다. 시선은 주었지만 그 광경을 머리로 이해하는 건 그만뒀다.

아직이다.

나는 속으로 말했다. 이건 후가의 말이기도 할 것이다.

원격 장치로 전기 충격을 가하는 놀이가 끝나자 드디어 수조 쇼, 아니 당하는 사람 입장에서 보면 가벼운 여흥 같은 측면은 전혀 없겠지만, 아무튼 고다마가 수조에 들어갈 때가 왔다. 상당히 깊어서 역시 2미터 가까이 되지 않을까 싶은 수조 옆에 위로 올라가기 위한 계단이 있었다.

고다마의 숙부는 거의 지시를 내리지 않았다. 고다마가 아무 저항 없이 순종적으로 구니까 딱히 경계하거나 강요할 필요가 없는 건지도 모른다.

그때 문득 지난여름에 셋이서 바다에 갔을 때가 떠올랐다. 시트와 파라솔로 가득한 쇼부타 해수욕장의 넓은 바닷가에서 간신히 빈 곳을 찾아 자리를 잡자 후가는 목줄 풀린 개처럼 바다로 달려갔다.

고다마가 뒤처진 내게 "후가는 바다를 참 좋아하는구나" 하고 말했다. "어릴 적부터 왔어?"

물론 우리 가족 역사상 다 함께 해수욕을 하러 온 적은 한 번도 없다. 애당초 가족 여행 자체가 아주 드문 일이었다.

나는 고개를 젓고서 솔직하게 말했다. "처음이야."

"처음이라니?"

"바다."

"오늘이?"

암굴 아줌마의 재활용 업체 일을 돕다가 연안 지역에는 와 봤고, 트럭 조수석이나 짐칸에서 바다를 바라본 적은 많았다. 하지만 이만큼 바다에 가까이 온 건 처음이라 정말 설렜다. 바다는 넓고 크다는 노랫말이 모든 것을 표현하기에 참 적절하다 싶었다.

"후가는 바다가 처음이구나." 고다마는 왠지 기쁜 목소리로 말하고 빨리 뒤따라가고 싶은지 서둘러 옷을 벗기 시작했다. 안에 입고 온 수영복만 남자 부끄러운지 두 팔을 바동바동하며 "이거 노출이 좀 심하지 않아?" 하고 물었다.

학교용 수영복을 약간 화려하게 바꾼 느낌이라 수영복을 잘 모르는 내가 보기에도 노출이 그렇게 심한 것 같지는 않았지만, 고다마는 쑥스러운 모양이었다. 그리고 "후가!" 하고 이름을 부르더니 모래를 박차며 쏜살같이 바다로 달려갔다.

그때의 고다마와 지금 내 앞에 있는 고다마는 동일 인물로 보이지 않았다.

알몸을 훤히 드러낸 채 무표정하게 계단을 올라가는 그 모습은 마치 혼이 빠져나간 인형 같았다.

누가 진짜 고다마일까 생각했다.

내게는 늘 후가 옆에서 생글생글 웃으며 서로 장난치는 고다마가 진짜로 느껴졌다. 하지만 고다마는 인생의 대부분을 이 집에서 보냈을 테니, 그렇게 따지자면 이 환경 속의 이 모습이야말로 진정한 고다마라 할 수 있을지도 모른다. 후가와 있을 때는 후가와 본인을 위해 웃으며 즐거운 척 연기하고 있었던 것 아닐까.

갑자기 서글퍼져 시야가 흐려졌다. 하지만 제일 서글픈 건 고다마다.

각설하고, 라는 말이 생각났다.

여담 후에 '그건 그렇고' 하며 본론으로 돌아갈 때 사용하는 표현이다. 축복받았다고는 할 수 없는 고다마와 우리 형제의 인생에 별안간 '각설하고'가 나타나 더 참다운 인생으로 돌아갈 수는 없을까. 그런 바람이 머리를 스쳤다.

그때 물이 튀는 소리가 났다.

고다마가 수조에 빠졌다. 숙부가 뭘 어떻게 조작했는지 수조 뚜껑이 닫혔다. 쇠사슬에 손목과 발목이 묶인 탓에 고다마는 물이 거의 가득 찬 수조 아래로 가라앉았다. 그렇게 길지 않은 머리카락이 가녀린 손처럼 힘없이 사방으로 뻗쳤다. 들이마시고 있던 공기를 생명의 거품처럼 뱉어 내고 나자 얼굴에는 오직 고통스러운 표정만 새겨졌다.

소리 없이 해파리처럼 너울대는 뽀얀 알몸이 환상적으로 아름다웠지만, 그 아름다운 육체의 끝에 달린 얼굴은 무섭게 일그러져 있어 혼란스러웠다.

주변의 단골 관람객들은 있는지 없는지 모를 만큼 조용하게 서 있었다. 옆에 있는 오쿠야마가 침을 삼키는 소리가 들렸다.

나는 거의 보지 않았다. 볼 수가 없었다. 물속에서 알몸의 고다마가 괴로운 표정으로 몸부림치고 있다는 것 자체에 현실미가 없었다. 그도 그럴 것이 이대로 가다가는 죽어 버리지 않는가. 뇌가 생각하길 포기했다. 사람이 이런 곳에서 포장 작업을 하듯 단순하고 건조한 방식으로 죽는단 말인가. 그런 일이 있어서는 안 되지 않을까. 즉 이건 '없어야 할' 일이다.

수조의 물이 조금씩 줄었다. 이것도 숙부가 조작한 것이리

라. 쳐다보니 컨트롤러 같은 걸 쥐고 있었다. 수조 어딘가의 배수구로 천천히 물이 빠지는 구조인 모양이다. 간신히 의식을 붙잡고 있었는지 고다마가 수면으로 얼굴을 내밀었다. 굶어 죽기 직전이라 앞뒤 가리지 않고 눈앞의 먹이에 달려드는 동물같이 처절하고 필사적인 그 모습이 고다마가 맛보는 공포를 대변했다.

고다마는 물이 반 정도 빠진 수조에 엉엉 울면서 떠 있었다. 긴장을 늦추면 쇠사슬 무게 때문에 가라앉으리라. 하얀 다리를 열심히 움직이며 발버둥 쳤다.

그리고 다시 물이 차올랐다. 고다마가 괴로워했다. 역시 나는 보고 있으면서 보지 않았다.

꿈을 꾸고 있다. 꿈이라고 치고 싶었다. 그렇게 생각하면서도 내면에서 검붉은 마그마가 뜨겁게 끓어올랐다.

어떻게든 해야 한다는 마음과, 전부 박살 내 주겠다는 마음이 나를 그 자리에 묶어 두었다.

슬그머니 손목시계를 보고 그것이 얼마나 남았는지 시간을 확인했다.

"잠깐만."

다카스기는 질문하길 바라던 바로 그때 끼어들었다. 하고 싶은 말이 뭔지 알기에 "그렇습니다" 하고 먼저 답했다. "그날은 저희 생일이었어요."

"우연히?" 그가 놀라는 것도 무리는 아니다.

고다마를 이용한 끔찍한 쇼는 빈번히 개최되지 않았다. 한 달에 한 번 있을까 말까 할 정도였고, 고다마가 여태 살아남은 건 그 덕분이었다고 할 수도 있다.

그 귀중한 공연일이 마침 그것이 일어나는 우리 생일이었다니, 우연에도 정도가 있다. 다카스기는 그렇게 느낀 것이리라.

"우연이 아닙니다." 나는 말했다. "반대예요."

"무슨 반대?"

"생일이었기 때문에 개최된 겁니다."

오쿠야마가 전화로 다음 개최 날짜를 알려 주었을 때 우리도 "우연?" 하고 서로 얼굴을 마주 보았다.

"아무래도" 하고 오쿠야마는 설명했다. "아무래도 그 여자애 남자 친구의 생일인가 보더라고요."

설마 통화 상대가 그 남자 친구일 줄은 상상도 못 했으리라.

"남자 친구의 생일을 축하해 주기는커녕 만나지도 못하고 수조 쇼나 해야 하다니."

오쿠야마의 목소리는 들뜬 것처럼 들렸다. 그 뒤에 생략된 말은 '불쌍하다' 같은 동정심 어린 말이 아니라, '더 흥분된다' 같이 가학성과 지배욕에서 비롯된 기쁨이 고스란히 드러나는 말이었을 것이다.

고다마의 숙부는 고다마에게 남자 친구가 있다는 사실을 이미 알고 있었고, 어쩌면 고다마가 실수로 생일에 뭘 할지 말했는지도 모른다.

"어쩌면 보고하는 게 의무일지도 모르고." 후가는 그렇게 말했다.

"남자 친구 생일을?"

"전부. 생활을 전부 다. 누구랑 만났는지, 만나서 뭘 했는지. 생리 주기까지도."

"설마." 아무래도 그 정도는 아니겠지 싶어 부정했지만, 부정을 뒷받침할 근거는 없었다.

"고다마는 지배당하고 있어. 10년 넘게 그런 인생을 살아서 그런 거겠지."

"그렇게 느껴질 때가 있어?"

"우리랑 비슷하다 싶을 때는 있어." 후가는 담담히 말했다. "집은 지옥이고 밖에 있을 때만 삶을 누릴 수 있다. 하지만 밖에 있는 나는 진정한 내가 아니다. 고다마한테 그런 느낌을 받았거든."

10대 후반쯤 되자 우리도 체격이 커졌고, 특히 후가는 몸을 쓰는 일을 하는 한편으로 수거해서 암굴 아줌마네 가게에 놓아둔 운동기구를 이용해 근육을 단련했기에 더더욱 힘이 붙었다. 어릴 적에 비해 그 남자, 아버지의 힘을 두려워하는 마음은 줄어들었다고 할 수 있지만, 같은 공간에 있으면 여전히 긴장감으로 위장이 뜨끔뜨끔 아팠다. 그 남자도 성장한 우리를 경계했겠지만, 뜬금없는 폭력은 여전한 데다 방식도 교활해져서 집은 변함없이 지옥이었다.

아무튼 오쿠야마 말에 따르면 그날이 고다마 남자 친구, 즉 후가의 생일이기에 수조 쇼를 열기로 했다고 한다.

"생일에 고다마랑 수족관에 가기로 했는데." 오쿠야마와 통화를 끝내고 후가가 이야기했다. "나도 그날은 일을 쉬기로 했어."

"그래, 그랬지."

매년 생일에는 서로의 일정을 세세하게 공유할 필요가 있다. 오전 10시부터 밤까지 두 시간마다 위치가 교환되고, 경우에 따라서는 상대방 행세를 해야 하기 때문이다. 시간대에 따라서는 데이트의 가장 즐거운 순간에 위치가 교환될 가능성도 있으므로 예정 확인은 필수다.

"약속을 취소해야겠다는 말은 아직 없었어."

"오쿠야마가 전한 일정이 가짜일지도 모르지."

후가는 내 말에 동의하지 않았다. "아마 당일에 취소하지 않을까. 몸 상태가 별로라든가 그런 핑계로. 그게 자연스러워." 그건 그렇고 왜 하필 수족관으로 정했을까, 하고 후가는 혼잣말처럼 중얼거렸다. 수조 밖에서 구경하려던 쪽이 수조 속에서 구경당하는 신세가 되다니 뭐가 이러냐고.

생일 당일 아침에 일어나자 후가는 세면실에서 괴로운 표정으로 스마트폰을 꽉 움켜쥔 채 이를 악물고 있었다.

왜 그래. 집에서는 늘 그렇듯 목소리를 낮추어 물어보자 스마트폰으로 온 메일을 보여 주었다.

갑자기 열이 많이 나서 오늘 못 만나겠다는 취지의 내용이 적혀 있었다. 기대하고 있었는데 아쉽다는 말도 함께.

"정말 아쉬웠겠다." 이 메일을 쓸 때 고다마의 기분이 어땠을지 상상하자 화살이 박힌 것처럼 가슴이 아팠다.

아무 대답 없이 스마트폰을 돌려받은 후가의 얼굴이 딱딱하게 굳어졌다.

"안 돼." 내가 말리지 않았다면 분명 감정이 시키는 대로 스마트폰을 내던졌을 것이다. 기분을 모르는 바는 아니지만, 순간적인 분노 때문에 부숴 버리기에 스마트폰은 너무 비싸다.

대체 어디까지 이야기했더라.

맞다.

시계를 확인한 부분까지다.

수조 속에서 괴로워하는 고다마를 바라보며 오후 8시 10분이 슬슬 다 되어 가고 있음을 확인했다. 시간에 관해서는 운이 좋았다고 할 수 있다. 한 시간 전은 너무 이르고, 한 시간 후는 너무 늦는다.

그날이 만약 생일이 아니었다면 어떻게 했을까?

큰 차이는 없었으리라.

우리는 이 모임을 파괴하고 싶었을 뿐이다. 고다마를 지배하고 유린하면서 자기들은 안전지대에 있는 자들을 박살 내고 싶었을 뿐이므로 어떻게든 둘이 함께 참석해 난동을 부렸을 것이다. 입구에서 몸수색을 하니까 무기나 도구는 들여올 수 없을지언정, 우리가 힘을 합쳐 브레이크 없이 가속페달만 밟아 대는 차처럼 날뛰면 분명 고다마의 숙부를 꼼짝없이 제압하기 는 일도 아닐 것이다. 하지만 모처럼 찾아온 생일, 우리에게 소 중한 그날에 모임을 가진다니 특별한 일을 하고 싶어졌다.

그래서 우리는 하기로 했다. 자기만족을 위한 유치한 장난을.

나와 후가는 손목시계를 초 단위로 맞추어 놓았다. 8시 10분 이 되기 1분쯤 전부터 나는 속으로 카운트다운을 했다. 옛날에 몇 번 연습한 덕분에 제법 정확한 카운트다운이 가능하다.

딱 1분 전에 나는 움직임에 나섰다.

수조 속에서는 여전히 고다마가 괴로워하고 있었다.

"거기까지!" 하고 크게 외치며 손을 들었다. 고요한 실내에 갑자기 큰 소리가 울려 퍼져 다들 놀랐을 것이다. 나는 수조 앞까지 걸어 나가 "이런 짓을 하고도 용서받을 것 같으냐!" 하 고 고함을 질렀다.

역시나, 라고 해야 할까 고다마의 숙부는 그래도 반응이 빨 랐다. 재빨리 모습을 감추는가 싶더니 기다란 물건을 들고 나 타났다.

그게 무엇인지 바로 알아보지 못해서 오히려 다행이었다. 엽총인 줄 알았다면 그 자리에서 굳어 버렸을 것이다.

"이런 일이 용납돼선 안 돼. 남을 지배하는 놈은 용서할 수 없다."

웃지 않고 그런 대사를 할 수 있었던 건 분노 덕분이었다. 이러는 동안에도 고다마는 수조 속에서 질식의 괴로움에 몸부림치고 있다. 아니, 고다마의 숙부가 장치를 조작하지 않으면 물이 빠지지 않아 정말로 위험해지는 것 아닐까 무서웠지만 이제 시간이 없었다.

이제 얼마 안 있으면 위치가 교환된다.

그러니 내가 할 일을 해야 한다.

아무리 유치하더라도 이건 후가와의 약속이다.

"너희들에게 놀라운 걸 보여 주마. 변신 히어로가 어디 있느냐고 생각하겠지만."

나는 주변을 둘러보았다. 남자들이 얼떨떨한 표정으로 서 있었다.

왜 너희들 같은 인간이 뻔뻔하게 낯짝을 들고 살아갈 수 있는지 따지고 싶었다. 불쾌해서 토할 것만 같았다.

"실은 있어." 나는 말을 이었다. "보여 줄게."

나는 후가와 몇 번 연습한 동작에 들어갔다. 다리를 약간 벌리고 팔을 재빨리 흔든 후에 회전시킨다.

그 여자애가 뇌리를 스쳤다. 엄마와 싸운 뒤 책가방을 메고 가출했다가 미성년자가 모는 차에 치여 죽은 소녀다.

소녀가 백곰 인형을 끌어안은 채 돌진하는 차에 뭉개지는 장면이 떠올라 허둥지둥 머릿속에서 지웠다.

나는, 그리고 후가는 그때 일을 만회하고 싶었던 건지도 모르겠다.

고다마는 그 여자애가 아니다. 이건 재도전이 아니고, 패자부활전과도 다르다. 그래도 누군가를 도움으로써 가슴에 뻥 뚫린 음울한 구멍을 약간이라도 메우고 싶었다.

분명 인생을 살면서 두 번 다시 입에 담지 않을 대사를 외쳤다.

"변신!"

마침 몸이 찌릿찌릿하니 막으로 뒤덮이는 것과 동시에.

이동해서 앞을 보자 바로 눈앞에 사람이 있어서 당황했다. 비명을 질렀을지도 모르겠다. 잠시 후에야 거울에 비친 내 모습임을 알았다.

나는 좁은 칸 안에 있었다. 대체 뭐가 어떻게 된 건지 혼란스러웠지만 알고 보니 피팅 룸이었다.

"옷은 어떠세요? 편하신가요?"

뒤쪽 커튼 너머에서 소리가 들렸다. 옷집 피팅 룸이리라. 옷걸이에 재킷이 걸려 있었다. 후가가 골라서 들어왔는지도 모른다. 후가가 벗은 걸로 보이는 옷이 종이봉투에 담겨 있어 그건 가지고 돌아가기로 했다. 쓰고 있던 안경을 벗어 호주머니에 넣었다. 밖으로 나가서 점원에게 재킷을 주고 사지 않겠다는 뜻을 전했다.

가게를 나서서 주위를 둘러보았다. 집에서 도보로 30분쯤 걸리는 현도 옆 의류 전문점이었다.

후가는 뭘 하러 이런 곳까지 온 걸까. 의심도 한순간, 바로 짐작이 갔다. 옷을 갈아입기 쉬운 곳을 찾은 결과다. 더불어 자기 복장도 확인할 수 있다.

거기서 자전거를 타고 암굴 아줌마의 가게로 향했다. 만나기에 만만한 장소가 없을 때는 늘 여기를 이용한다. 광과 창고가 늘어선 가게는 아줌마네 집이기도 해서 밤이 되면 아줌마는 안쪽 방에서 텔레비전을 보거나 슈퍼 마리오 브러더스 게임을 하며 지낸다.

아줌마네 가게 앞에서 기다렸다. 할 일이 없었지만, 밖에서 시간을 때우는 건 어릴 적부터 익숙했고 얼마 안 되는 특기 중하나다. 가드레일에 기대어 고개를 들고 어두운 장막 위를 천천히 나아가는 어스름한 빛깔의 구름과, 구름에 가려졌다 나타났다 하는 달을 관찰했다.

과연 후가는 어떻게 됐을까.

일은 무사히 끝났을까.

그나저나 뭐가 어떻게 돼야 무사히 끝난 걸까.

방금 전 그 방에서 있었던 일이 도무지 현실로 다가오지 않았다.

새하얀 방에 놓인 수조, 차오르는 물, 그 속에서 알몸으로 발버둥 치는 여자, 흔들리는 머리칼, 체념한 얼굴, 고통스러운 표정, 그게 정말로 있었던 일이었을까.

다시 고개를 기울였다. 구름이 소리도 없이 흘러가며 하늘을 어루만졌다. 밤의 숨소리도 들릴 것처럼 정적으로 가득하지만 동네 여기저기, 세상 여기저기에서는 무서운 일이 벌어지고 있다. 그건 틀림없다. 어릴 적에 우리가 그 남자에게 학대를 당했을 때, 예를 들어 샐러드유를 몸에 바르고 어떻게든 후가를 구하려 했던 그때도, 밤은 이렇게 조용했을 것이다. 하지만 우리의 비명과 도움을 청하는 목소리는 어디에도 닿지 않았다. 그렇게 생각하자 깜짝 놀랄 무력감과 용케 살아남았다는 감탄이 동시에 밀려왔다.

고다마 이상으로 후가가 걱정이었다.

단단히 각오하고 현장의 상황을 상상은 했겠지만, 그 방으로 갑자기 이동해 고통스러워하는 고다마를 보면 이성을 잃지 않을까. 적어도 평정심을 유지하지는 못할 것이다.

고다마의 숙부와 관람객들에게 도를 넘은 폭력을 휘두를 가능성이 높다. 나도 사람의 목숨을 빼앗을 도구를 가지고 있었다면 격정에 몸을 맡긴 채 누군가를 죽였을지도 모른다. 망설일 이유는 없었다.

그래서 후가가 한 손에는 공사 현장에서 주운 듯한 기다란 철근과 다른 손에는 종이봉투를 들고 터벅터벅 걸어오는 모습이 보이자 부랴부랴 달려가 "잘됐어?" 하고 물었다. 너무 과하지 않았느냐? 경찰이 개입하는 사태는 벌어지지 않았느냐? 그런 의미였다.

"그럭저럭." 후가의 목소리는 흐릿했다. "그 자식, 총 가지고 있더라."

비로소 후가의 모습이 또렷이 눈에 들어오자 나는 웃음을 터뜨릴 뻔했지만 꾹 참고 "봤어" 하고 대답했다.

"하지만 그렇다고 총질은 못 하지. 아니, 쏘긴 쐈지만."

"쐈다고?"

"다행히 빗나갔어. 주변 놈들이 야단법석을 떨었지."

"고다마는?"

"아, 응. 괜찮을 거야. 수조를 두드려 깨서 탈출시켰어." 후가는 철근을 살짝 쳐들었다.

"그대로 두고 온 거야?"

"나인 줄 모르는 편이 낫잖아."

나는 후가의 복장을 새삼 확인했다. 참 잘도 이 꼴로 왔다고 감탄했다. 쾌걸 조로*라도 의식했는지 이마부터 코 위까지 눈 부분에만 구멍이 뚫린 마스크를 썼다. 후가가 좋아하는 짙은 청색이다. 몸에는 위아래가 붙은 감색 옷을 입었다. 바이크 라이딩용인지 작업용인지, 가슴께까지 지퍼를 내리고 옷깃을 세웠다.

✢ 미국 작가 존스턴 매컬리의 소설 속 등장인물. 검은색 망토에 검은 가면을 쓰고 독재자와 악당들로부터 사람들을 지킨다.

머리가 젖었고, 자세히 보니 옷도 여기저기가 축축했다.

"그럴듯해 보여?" 후가가 물었다.

나와 후가의 위치가 바뀌는 찰나, 근처에 있는 사람들은 아주 잠깐이지만 정지한다. 따라서 후가는 자기가 히어로 같은 복장을 하고 있으면 "그야말로 변신한 것처럼 보이지 않을까?" 생각한 것이다.

나는 어처구니없다며 일소에 부쳤지만, 어릴 적에 변신한 슈퍼히어로의 힘을 가지고 싶었던 것이 생각나서 결국 동의했다. 어릴 적의 순진하고 절실한 소원을 이루어 보는 것도 좋지 않은가.

"뭐, 그런대로."

"놈들에게는 어떻게 보였을까."

그제야 후가는 이동한 후에 어떻게 행동했는지 들려주었다.

그 방으로 이동한 후가는 수조를 보고 흠칫했다. 안에 고다마가 있는 건 알았지만, 자세히는 확인하지 않았다고 한다. "자세히 보면 뚜껑이 열릴 게 뻔했고, 아무튼 할 일부터 해야 했으니까."

일단 들고 있던 철근을 휘둘러 수조를 깨부쉈다. 물이 쏟아지자 고다마의 숙부는 넘어졌다. 후가도 균형을 잃었지만 쓰러지지는 않았다.

수조에서 흘러나오듯 쓰러진 고다마를 보고 달려가려 했지만, 숙부가 넘어진 상태로 엽총을 겨냥하기에 부리나케 바닥에 엎드렸다. 총소리가 나고 누군가 비명을 질렀다.

일어선 후가는 망설임 없이 숙부에게 달려가 철근을 힘껏 휘둘렀다.

"머리를 노렸는데 빗나갔어." 후가는 아무렇지도 않게 말했다. "등짝을 후려갈겼지."

고다마의 숙부는 입에서 짐승이 울부짖는 듯한 소리를 토해내고 움직임을 멈췄다고 한다.

"숨은 쉬더라. 그다음에 거기 있던 놈들을 두드려 팼지만, 뭐 달아나게 놔주기는 했어. 그리고 이거." 후가가 종이봉투를 쳐들었다.

들여다보니 만 엔짜리가 가득했다. 암굴 아줌마한테 빌린 돈은 가지고 올 계획이었지만, 그것보다 훨씬 많았다.

"왕창 놓여 있길래 적당히 담아 왔어."

"이건?" 돈다발 외에 작은 카드도 몇 장 들어 있었다.

"거기 있는 걸 대충 쓸어 담아 와서 나도 몰라."

꺼내 보니 명함이었다. 내가 제출한 가짜 학생증도 있었다. 명함은 그 회원 한정 쇼의 관람객 것이리라.

지하실에서 있었던 소동은 표면화되지 않았다.

내 생각에 아마도 거기 있었던 관람객 중 누군가가 잘 처리한 것 아닐까 싶다. 역겨운 수조 쇼를 은폐하기 위해서.

덧붙여 고다마의 숙부는 어느 신경을 다쳤는지는 모르겠지만, 몸이 마비된 것은 물론이고 말조차 못 하게 됐다고 한다.

숙부의 가족은 뿔뿔이 흩어져 이산가족이나 마찬가지였지만, 누군가가 시설에 처넣었다는 모양이다.

이것이 나와 후가가 고교 시절에 겪은 대사건, 고다마 구출 작전의 전말이다.

숙부의 손아귀에서 해방된 고다마는 후가와 동거에 들어갔다. 즉, 내가 난생처음으로 쌍둥이 동생 없이 일상을 보내야 한다는 뜻이었다. 불안하기는 했지만 후가만이라도 안전지대에서 행복하게 살면 좋겠다는 생각도 들었다. 내 분신이 무사하다면 그걸로 됐다고.

"유가도 집에서 나와." 양심의 가책을 느꼈는지 후가는 툭하면 그런 소리를 했다. "뭣하면 셋이 함께."

"아무래도 그건 좀. 대학 가면 자취할 거야." 대학생이 되면 아르바이트를 해서 방세를 낼 수 있을 것 같았다.

"도쿄에라도 가려고?"

지망 대학을 정한 건 아니었지만, 그때 후가의 말을 듣고 내가 멀리 갈 마음이 없다는 걸 깨달았다.

"도쿄에 살려면 돈이 많이 들겠지. 가능하면 센다이에 있으려고."

"흐음." 후가는 팔짱을 끼고 "그 집에서 공부가 되겠어?" 하고 말했다.

"그게 의외로." 입을 열다가 괜히 아무렇지도 않은 척 거짓말을 할 필요가 없다는 것도 깨달았다. "안 돼."

후가가 웃었다. "전혀 의외가 아닌데 뭘."

"공부하고 있으면 여자를 데려와서 날 걷어차." 그리고 아들이 있거나 말거나 여자와 관계를 맺는다. 내가 불쾌감에 못 이겨 집에서 나가겠거니 하는 생각으로 그러는 것이다. 그 좁은 집에서 외설스러운 행위에 동반되는 온갖 소리를 듣고 있기는 정말 고역이다. 상상 이상으로 스트레스를 받으므로 그때마다 밖으로 피신하는 수밖에 없었다.

잠깐만. 다카스기가 또 끼어들었다.

"어, 그러니까 너희 형제의 어머니는."

"그러고 보니 설명을 안 드렸네요." 내가 이미 알고 있는 일은 상대도 알고 있으리라 착각하기 십상이다.

내 이야기에는 거짓과 생략이 섞여 있지만, 이건 정말로 깜박했다.

"고등학교 2학년 겨울에 없어졌어요."

"없어졌다고?"

"말도 없이 집에 안 들어오는가 싶더니 그날부로 깜깜무소식이에요. 아무래도 남자를 만들어 집을 나갔나 봐요."

그 사실을 알았을 때 나와 후가는 깜짝 놀랐다. 무기력과 무저항의 화신으로만 보였던 어머니에게 그 같은 행동력이 남아 있었다는 것에. 신변에 위험을 느낀 걸까, 아니면 마지막 힘을 쥐어짜 낸 걸까. 다만 무능한 선수가 어느 팀에 간들 활약할 리 없듯, 어차피 어디를 간들 글렀다고 비웃고픈 마음도 들었다.

"어머니가 집을 나가서 섭섭했다거나."

"그럼요." 나는 즉답했다.

그 여자가 사라진 것 자체는 아무렇지도 않았다. 우리가 험한 꼴을 당해도 못 본 척하고, 오히려 제 한 몸 지키고자 그 남자 편에 섰으니까 기가 차서 어머니는 개뿔, 하고 경멸했다. 다만 나는 그녀에게 사과를 받고 싶었다. 언젠가 자신의 양육 방식이 틀렸음을 인정하고, 잘못을 사과할 날이 오기를 고대했다. 하지만 도망쳐 버리면 말짱 헛일이다.

그래서 온몸의 힘이 쭉 빠질 정도로 낙담했다.

"으음, 그런데 대학 입시는?"

"덕분에 붙었습니다."

간단히 말했지만, 물론 간단하지는 않았다. 공부 수준이며 공부 시간이 어떻고 저떻고 따지기 이전에, 공부할 장소가 없었다. 그 남자가 여자를 데려오면 밖에 나가야 하지만, 참고서와 문제집을 들고 나와 봤자 고교생이 밤에 있을 만한 곳은 제한되어 있으며, 그렇다고 후가와 고다마네 집에 신세 질 마음은 없었다.

"그럼." 후가가 제안했다. "입시 학원에는 자습실이 있잖아. 학원에서 수업을 받고 자습실에서 공부하면 되겠네."

나도 그런 생각을 안 해 본 건 아니었다. "하지만 돈이 들어.”

“이럴 때 쓰려고 모셔 둔 거잖아.”

고다마의 숙부네 집에서 빼앗은 돈을 뜻했다. 암굴 아줌마한테 빌린 돈을 갚고도 남아서 ‘유사시에 대비’한다는 명목으로 보관해 두었다.

유사시가 왔는지, 왔다고 해도 그 돈에 손을 대도 될지 내가 고심하고 있자니 후가가 “여기야” 하고 딱 잘라 말했다.

“여기?”

“돈을 쓸 곳. 인생의 중요한 반환점.”

전환점이라는 뜻으로 한 말이겠지.

“유가는 머리가 좋아. 대학에 가서 알찬 인생을 사는 거야. 그 돈이면 학원비며 대학 등록금이며 다 낼 수 있잖아.”

입시 학원이 자기 인생과는 무관한 미지의 시설이라서인지, 후가는 어쩐지 수상쩍은 지명을 말하는 듯한 표정이었다.

“하지만.” 나는 마음이 내키지 않는 이유를 자문하고 떠오른 대답을 꺼냈다. “그건 우리 둘 거야. 나를 위해서만 쓸 수는 없어.”

후가의 표정이 누그러졌다. “그럼 딱 됐네. 유가의 인생은 내 것이기도 하니까.”

“그건 또 무슨 소리야?”

“둘이서 두 개의 인생. 양쪽 다 우리 거야.”

그리고 어떻게 됐는가.

학원에 다니며 자습실을 활용해 그 남자의 횡포와 폭언에서 달아나 최대한 공부에 집중한 결과, 나는 센다이 소재 대학에 합격했다. 후가와 고다마가 합격 선물로 고깃집에 데려가 주었다. 나중에 물어보니 돈은 암굴 아줌마가 대 주었다고 하는데, 아무튼 나는 드디어 그 집에서 벗어나는 데 성공했다.

여기까지가 내 고등학교까지의 이야기다. 다음은? 오랫동안 시간을 빼앗아 미안하다. 다음이 마지막이다.

대학에 들어간 후에 만난 하루코 씨와 하루타와의 일화, 더 나아가 그 남자와 우리 형제의 결착에 관한 자초지종이다.

대학생이 된 나는 아야시역 근처의 연립주택에 집을 얻었다. 시가지와 번화가에서는 조금 떨어진 동네였지만, 학교에는 50시시 스쿠터를 타고 다녔고 센다이역에는 센잔선으로 30분이면 도착했기에 불편함은 없었다.

각 층에 네 가구씩 있는 2층짜리 목조 연립주택은 상당히 낡았지만, 나는 집에서 긴장감과 불쾌감 없이 생활하는 기쁨을 맛보았다. 꿈같은 자유와 평온을 얻은 것이다. 자다가 걷어차이거나, 입도 벙긋 안 했는데 시끄럽다고 욕먹을 일은 더 이상 없다. 보통 사람들은 어릴 적부터 이렇게 살아왔겠구나 생각하니 부러움보다도 분노가 솟아오를 것 같았다.

현도 옆에 있는 편의점에서 아르바이트도 시작했다. 그 두 사람과 만난 것도 2학년 때 거기서 일하던 중이었다.

오전 강의가 없는 날이라 나는 아침부터 계산대에 서 있었다. 젊은 여자가 트레이딩 카드를 몇 봉지 사서 옆에 있는 소년에게 주었다.

밖으로 나가는 시간도 아까운 듯 바로 봉지를 뜯은 소년은 "에이, 아니네" 하고 아쉬워하더니 휙 내버리듯 여자에게 봉지를 도로 주었다.

여자가 미처 받지 못해 카드가 팔랑팔랑 떨어졌다.

"그럼 못써." 여자가 야단쳤다.

터울이 지는 누나와 동생으로 보였다.

"잔챙이잖아. 필요 없어."

나는 계산대에서 나와 떨어진 카드를 주웠다. 굳이 그럴 필요까지는 없었지만, 다른 손님도 없으니 그 정도는 무방할 것 같았다.

아아, 죄송해요, 하고 여자가 다가와 카드를 받으려고 했다. 나는 카드를 돌려주지 않고 "잔챙이라고?" 하고 아이에게 물었다.

"네?" 여자는 아르바이트생이 참 짓궂다고 생각했을지도 모르겠다.

"그럼요. 그런 카드는 있어도 못 이긴다고요." 소년이 대답했다.

키는 그리 크지 않고 몸집도 작았지만, 말재간과 머리는 좋아 보였다.

"그럼 내가 가져도 될까?" 원래 버리려고 했으니 문제는 없을 터였다. 실제로 소년은 "그러든가요" 하고 말했다.

"이거 무슨 게임이니?" 물어보자 소년이 익숙하지 않은 단어를 꺼냈다. 게임명인 듯했지만 잘 못 알아들었다. 그러자 여자가 명료한 발음으로 가르쳐 주었다.

"둘이서 하는, 트럼프 비슷한 카드 게임이래요."

"흐음." 나는 스스로도 의외일 만큼 억양 없이 무뚝뚝하게 대답했다. 아마도 마음의 동요를 상대에게 들키기 싫어서 그랬으리라는 건 나중에야 깨달았다.

다음 날 평소처럼 강의실에 다른 사람들과는 따로 앉아 손장난하듯 그 카드를 만지작거리고 있자니 마침 지나가던 학생이, 어학 수업 때 옆자리에 앉은 정도라 이름조차 기억나지 않았지만, "아아, 그립네" 하고 말했다.

물어보자 생긴 지 10년도 넘은 카드 게임이라 초등학생 때 자주 했었다고 한다.

"이 카드 약해?"

"아싸!"

"뭐?"

그는 웃으며 "당첨되면 하나 더 받을 수 있는 자동판매기 주스 있잖아" 하고 말했다. "어차피 꽝이겠거니 여기니까 당첨되면 꽤 놀랍지."

"그거, 나 말하는 거야?"

"먼저 말을 걸어 놓고 미안하지만, 대답할 줄은 몰랐어."

확실히 나는 대학에서도 친구다운 친구 없이 혼자 행동했고, 남과 친하게 잡담을 나누지도 않았다. 거기에는 아무 문제도 불만도 없었다.

"아무튼 뭐랬더라? 아아, 이 카드. 나는 옛날에 해서 요즘 나온 카드는 잘 몰라."

"그렇구나."

"하지만 이건 다양한 카드를 조합해서 사용하는 게임이라 약해 보여도 사용법에 따라서는 강해지기도 해."

"오호라." 나는 카드를 다시 바라보았다. "사용법은 어떻게 하면 알 수 있을까?"

"카드 숍에 가서 물어봐. 나 어릴 적에는 자주 카드 숍, 나는 센다이가 고향이라 역 앞 가게에 가서 점원에게 배웠어. 이 카드를 사용해 강한 덱을 만들려면 어떻게 해야 하느냐는 식으로."

"덱?"

"마흔 장짜리 카드 한 벌로 게임하는데, 그 마흔 장을 덱이라고 해. 그런데 규칙도 모르는 거야?" 그는 어이없다는 듯 말했지만, 가르쳐 주기가 싫지는 않은지 강의 후에 식당 테이블에서 그 카드 게임의 규칙을 대강 알려 주었다. 실제로 해 보

지 않고서는 이해가 안 되는 부분도 많아 알쏭달쏭한 표정을
짓자 "카드 숍에는 체험용 덱이 있을지도 모르겠다" 하고 충고
해 주었다.

나는 뭘 하고 싶었던 걸까. 카드 게임에는 흥미가 없었다.

아마도 개봉하자마자 '쓸모없는 것', '잔챙이'라고 단정된 카
드에 기회를 주고 싶은 마음이었는지도 모르겠다. 나와 후가
도 태어나자마자 '꽝'으로 분류돼 버려진 것과 같은 나날을 보
냈다. 그래도 삶을 내팽개치지 않고 악착같이 붙들고 늘어지
며 살아왔다. 어쩌면 언젠가 '일등상'까지는 아니더라도 '입상'
또는 '감투상' 같은 일이 생기지 않겠느냐, 그 정도는 생겨도
괜찮지 않겠느냐는 마음가짐이었다. 마찬가지로 이 카드 역시
활약할 기회를 얻어도 괜찮지 않을까. 그런 기분이었을지도
모르겠다.

"카드 숍은 어디 있는데?"

"스마트폰으로 검색하면 바로 떠."

"스마트폰이 없거든."

"요즘 같은 세상에 어쩐 일이래." 그는 놀라서 말했다.

"먹고 죽을 돈도 없어서." 나는 솔직하게 대답했지만, 그는
농담으로 받아들인 듯했다.

강의가 전부 끝나자 나는 스쿠터를 타고 그가 알려 준 센다
이역 근처 카드 숍으로 향했다.

카드 숍은 역 앞의 새 패션몰 뒤편, 조그마한 건물 안쪽에

있었다. 진열대에 다양한 카드가 즐비하게 진열되어 있어, 대체 뭘 어떻게 봐야 할지 모를 지경이었다. 어릴 적부터 게임이나 장난감과는 무관하게 살아왔으므로 신선하기는 했다.

아무튼 나는 계산대로 향했다. 어릴 적부터 부모에게는 아무것도 배우지 못한 나와 후가가 사회에서 엇나가지 않기 위해 익힌 지혜 중 하나에 따르기로 했다.

바로 '모르는 게 있으면 아는 사람에게 가르침을 구하라'다. 그게 제일 손쉽다.

초등학생 때 학교 가는 길을 몰라 책가방을 멘 아이에게 물어봤을 때부터 그러고 있다. 모르는 건 남에게 묻는다. 때때로 상대가 왜 그렇게 기본적인 것도 모르냐며 놀라고 바보 취급을 할 때도 있지만, 그런 태도에는 익숙하다. 바보 취급을 당하는 값으로 알 수 있으면 싸게 치는 셈이다.

우리는 보통 사람들이 당연히 아는 것도 모른 채, 당연히 가지고 있는 것도 갖지 못한 채 살아왔다. 유치원 때까지 저녁을 매일 먹는다는 것도 몰랐을 정도다.

"저어, 이 카드 게임을 어떻게 하는지 좀 가르쳐 주셨으면 하는데요." 계산대에 있는 남자 점원에게 부탁했다. 얼굴만 봐서는 나이가 애매모호하니 나보다도 어려 보였지만, 고등학생은 아닐 것이다.

호리호리하니 안경을 쓴 점원은 "네?" 하고 당혹스러워했다.

"이 카드 게임을 해 보고 싶은데, 규칙을 몰라서요."

"아아, 네." 점원은 무표정했지만 벽에 걸린 시계를 힐끗 보더니 "조금만 더 있으면 휴식 시간인데 좀 기다리실 수 있겠어요?" 하고 말했다.

물론 나는 기다렸다. 들여다본들 뭐가 뭔지는 몰랐지만 진열장 속 카드의 일러스트를 보거나 봉지에 적힌 문장을 읽으며 시간을 때웠다.

마침내 점원이 다가와 "저쪽 공간에서" 하고 더 안쪽을 가리켰다.

줄 맞춰 배치한 긴 책상 여러 개와, 책상에 카드를 늘어놓은 중학생 같은 아이 몇 명이 눈에 들어왔다.

점원이 의자에 앉기에 내가 그 옆에 앉자 "아, 거기부터군요" 하고 점원이 진지한 표정으로 말했다.

"거기부터?"

"아, 이거, 옆이 아니라 마주 앉아서 하는 게임이거든요. 제 정면에 앉으세요."

그렇구나 싶어 부랴부랴 일어나 그의 앞에 앉았다. 초중등 학교 시절의 동창생 와타보코리와 조금 닮았기 때문인지 점원을 보고 있으니 어쩐지 그리움이 밀려왔다.

점원이 "이건 초심자도 사용하기 쉬운 덱이에요" 하며 카드 더미를 내게 건넸다.

"아아, 네." 자신의 전략에 맞추어 마흔 장의 카드를 골라 넣으므로 덱은 각각 그 알맹이가 다르다. 덱의 알맹이에 따라 작전이 달라진다는 건 배웠다.

　그는 게임을 진행하며, 하지만 본래는 감추어야 할 각자의 패를 드러내 놓고, 순서를 하나씩 확인하는 방식으로 규칙을 설명했다.

　친절하지는 않았지만 논리적이고 효율적으로 가르쳐 주어 머리에 쏙쏙 들어왔다. 잘 모르겠는 부분을 물으면 기꺼이 대답해 주었다. 30분쯤 지나자 그가 "그럼 저는 이만 계산대로" 하고 일어섰다.

　기껏해야 게임 입구에 들어선 참이라 좀 더 가르쳐 주었으면 했지만, 그에게 할 일이 있는 것도 사실이다.

　그러자 점원이 내 마음을 헤아렸는지, "야, 거기 너" 하고 옆에 있는 중학생을 불렀다. 교복 차림으로 혼자 박스에 든 카드를 보고 있었다.

　"네?"

　"이 형 좀 가르쳐 줘."

　"아, 네."

　이렇게 교체된 선생님과 함께 카드 게임 초보자인 나는 훈련을 계속했다.

　"그래서? 어떻게 됐어?" 열흘쯤 지났을 무렵, 후가에게 카드 게임에 관한 이야기를 하자 제일 먼저 그렇게 물었다.

　"이제 제법 알겠더라. 카드 숍에 오는 손님과도 많이 대전했고. 조언을 받으며 카드를 사서 나만의 덱도 만들었어."

"덱인지 떡인지는 모르겠고." 후가 입을 삐죽 내밀었다. "내 말은 그 누님하고는 다시 만났느냐 그거야."

"누님?"

"시치미 떼기는. 네가 그 카드를 산 누님한테 마음이 있다는 거 누가 모를 줄 알고?"

나는 대답이 궁했다. 시치미를 떼려는 게 아니었다. 마음이 있고 없고를 떠나, '잔챙이 카드' 운운했을 당시의 여자 얼굴도 잘 기억나지 않을 정도였다.

"유가 말하는 걸 들어 보면 알아. 연상의 여자한테 한눈에 홀딱 반한 거야."

"놀리는 거야?"

"그럴 리가." 후가는 웃었다. "날 뭐로 보고."

"나랑 쌍둥이."

"엄마 배 속에서부터 함께였어. 무슨 생각인지는 물론, 뭘 느끼는지도 다 안다고."

"스토커 끝판 대장 납셨네." 나는 후가를 빤히 바라보며 "무서워라" 하고 농담처럼 말했다. "하지만 정말로 그 누님은 잘 기억이 안 나."

"그럼 카드 게임은 뭐 때문에 하는데?"

"잔챙이 카드를." 거물 카드로 변신시키고 싶었다.

"아니, 그게 아니지. 게임을 통해 그 남매와 가까워지려고 한 거야."

나는 웃음을 터뜨리고 곤혹스러움이 섞인 어조로 "그건 절대 아니야" 하고 대꾸했다. 너무 일방적인 단정에 화마저 조금 났다. "뒤집어씌우는 데도 정도가 있는 거 몰라?"

후가는 사과하기는커녕 미안해하는 기색 하나 없었다. 분명 스스로도 섣불리 단정했다는 자각은 있었으리라. 능글맞게 웃으며 "뭐, 내 예감으로는 기회가 올 거야" 하고 말했다.

"기회라니, 무슨 기회?"

후가는 옆에서 말없이 미소만 짓고 있는 고다마와 얼굴을 마주 보았다. 고다마가 "그 언니랑 동생과 다시 만나 카드 게임을 할 기회" 하고 속삭이는 듯한 목소리로 말했다. 후가가 무슨 생각인지는 이미 다 알고 있다는 듯한 그 태도가 같은 유전자를 타고난 형제 입장에서는 조금 질투 났다.

후가와 고다마의 예언은 하나는 들어맞았고, 하나는 틀렸다.

편의점에서 도시락을 진열하고 있자니 옆에 그 남매가 와서 뭘 살지 의논했다. 쪼그려 앉아 있던 나는 고개를 번쩍 들고 "아" 하고 아는 척했다.

느닷없는 아는 척에 남매는 당황했다.

"왜, 요전의 그 잔챙이 카드." 요전이라 해도 시간이 제법 많이 흘렀지만 소년은 "기억났다" 하고 나를 가리켰다. 통통한 뺨에 천진난만함과 건방짐이 섞여 있었다.

누나도 경계심을 거두지는 않았지만 아아, 하고 표정을 누그러뜨렸다.

"그 카드, 제법 쓸 만하더라."

"순 거짓말."

"진짜야." "잔챙이잖아요." "그건 너무 이른 판단이었어."

"우기기는."

정말로 기회가 올 줄이야. 과장된 표현일지도 모르지만 가슴이 쿵쿵 뛰고 들뜬 목소리가 나왔다. "다음에 한번 붙어 볼까?"

누나는 가벼운 인사치레, 즉 농담으로 받아들인 것 같았지만 나는 물론 진심이었다. 소년은 "좋아요" 하고 바로 답했다. 카드 숍에 다니며 손님들과 대전하고 이야기를 주고받는 동안 알았는데, 그들은 언제나 대전 상대를 찾는다. 혼자서는 게임을 즐길 수 없으니까.

"그럼 언제요?"

"언제든지." 언제든지 카드를 가지고 다닌다고 말하기는 좀 그랬다.

그만해야지, 형 일을 방해하면 못써, 하고 누나가 고개를 꾸벅 숙이며 도시락을 바구니에 담았다.

그제야 나는 그녀의 옆얼굴을 새삼 바라보았다. 아아, 맞다, 이렇게 생긴 사람이었다고 생각하다가 사고가 잠깐 정지됐다. 유가, 역시 네 취향 맞지? 후가의 우쭐한 목소리가 귓가에 울리는 것만 같아 신경에 거슬렸다.

"형, 언제가 괜찮아요? 내 덱 가져올게요."

나는 바라던 바라며 고개를 끄덕이고 내일 근처 공원에서 대전하기로 약속했다. 공원에는 나무 테이블과 벤치가 있다. 비가 오면 중지, 바람이 강해도 무리지만 당분간 날씨는 궂어질 낌새가 없었다.

"괜찮으시겠어요?" 하고 누나가 미안한 듯한, 또는 내가 수상한 사람인지 아닌지 감별하는 듯한 시선을 던졌다.

그리고 소년이 말했다. "엄마, 내일은 괜찮아."

후가의 오판은 이거다. 애당초 내가 착각한 탓이지만, 그녀와 소년은 남매가 아니라 모자였다.

당일 공원에는 소년과 소년의 친구가 왔다. 어머니도 함께 왔지만, "슈퍼에서 장 좀 보고 와도 될까요?" 하고 내게 양해를 구한 후 가 버렸다. 날 신뢰해 준 줄 알았지만 "혹시 그 형이 무섭게 굴면 뛰어서 달아나렴" 하고 사전에 신신당부했다는 걸 나중에 소년이 가르쳐 주었다. 공원 앞에 파출소가 있으니까 거기로 달려가라고.

아무튼 우리는 카드 게임을 시작했다. 오늘은 내 나름대로 심혈을 기울인 덱을 준비해 왔다. 카드 숍 점원을 비롯해 단골 손님들의 조언을 받아 덱을 새로 짜느라 돈이 제법 들어갔다. 기껏해야 종이 한 장이 이렇게 비싸냐고 놀랄 만한 가격이 붙은 카드도 있었지만, 의논에 의논을 거듭해 최대한 저가로 덱을 완성했다.

상대가 덱을 어떻게 짰는지는 모르는 상태로 승부를 시작한다. 가위바위보로 선공과 후공을 정한 후 자신의 덱에서 카드를 뽑고, 들고 있는 패에서 카드를 골라 내려놓고 턴을 마쳤다.

시작한 지 겨우 보름 정도니까 누가 뭐래도 초심자지만, 매일 카드 숍에 다니며 나름대로 경험은 쌓았다.

운도 도와주었다.

처음부터 들고 있는 패도 좋았고, 덱에서 뽑힌 카드도 이상적이라 그리 오래 걸리지 않아 내가 이겼다.

초등학생을 상대로 이기려 기를 쓰다니 어른스럽지 못했을지도 모르지만, 진검 승부를 하는 심정으로 임했으므로 솔직히 기뻤다.

그러자 소년의 친구가 "그럼 나하고도 붙어 봐요" 하고 자리를 바꾸었다. 거절할 이유도 없었기에 나는 덱을 섞어 다시 대전했다.

상대편 덱과의 상성 문제도 있었는지 고전했지만, 그래도 내가 승리했다. 상대편이 승리 패턴이라는 듯 강한 콤보로 공격해 왔지만, 마침 필드에 있던 내 카드가 특수 효과를 발휘해 단숨에 전세가 역전됐다. 그 후에는 승리로 향하는 길을 헛디디지 않도록 조심해서 플레이해 마침내 이겼다.

나름대로 극적인 승리여서인지 소년의 친구는 잔뜩 열을 올리며 그 과정을 지켜보았고, 결과적으로 역전의 계기가 된 카드를 "와, 이거 강하다" 하며 우러러보듯 쳐들었다.

"그거 봐 봐." 나는 소년에게 의기양양하게 말했다. "너한테 받은 카드야."

"네?"

"잔챙이라며 버리려고 했던 거."

소년은 그제야 기억이 났는지 아, 하며 친구의 손에서 카드를 낚아채 물끄러미 들여다보았다. "진짜다."

"싸지만." 카드는 게임에서 발휘되는 효과와 시장에 나도는 매수에 따라 가격이 결정된다. 강하고 귀한 카드는 비싸다. "그래도 사용하기에 따라서는."

"하지만 그렇게 사용하는 건 처음 봤어요." 소년이 감탄한 듯 말하자 인생에서 뭔가 달성한 듯한 감동이 밀려와 불끈 쥔 주먹을 쳐들 뻔했다.

그때 그녀가 돌아왔다. 등을 쭉 펴고 천천히 걸어오는 모습에서 청결감이 풍겼고, 이렇게 말하면 후가는 비웃겠지만, 걸어오는 길을 따라 포근한 양달이 생기는 듯한 느낌이었다.

"아, 엄마다." 소년이 말했다.

엄마, 그래, 그렇구나. 그 사실이 새삼스레 다가왔다.

"왜 몰랐던 거야." 나중에 내가 보고하자 후가는 왠지 조금 화를 냈다.

"젊어 보였으니까." 실제로 20대 후반이니까 아홉 살짜리 아

172

들과 나이 차가 그렇게 많지는 않을 것이다. 더 나아가 그녀가 아담하니 동안이었던 탓도 있으리라. 그래서 어머니와 아들일 줄은 꿈에도 몰랐고, 당연히 누나와 남동생이겠거니 했다.

"아무리 그래도 보통은 알아차릴걸."

아마 부모 자식이 아니면 좋겠다는 마음이 가슴속 어딘가에 있었을지도 모르겠다. 실제로 소년이 "엄마" 하고 불렀을 때조차 친한 누나를 '엄마'라고 부르는 지역이 있고, 소년이 거기 출신 아닐까 지푸라기라도 잡는 심정으로 바랐을 정도다. 요컨대 나는 그녀에게 마음이 있었던 셈이다. 후가의 어림짐작도 얕볼 수는 없겠다.

게임은 어떻게 됐느냐고 그녀가 묻자 소년과 친구가 보고했다. 아쉬워하면서도 재미있게 즐겼다는 마음이 전해져서 나는 "요전에 받은 카드로 이겼어요" 하고 한때 잔챙이로 매도당했던 카드를 보여 주었다.

그것참 잘했다는 칭찬을 기대했으므로 "굉장하네요" 하고 그녀가 손뼉을 치자 내 인생이 최고조에 달한 듯한 착각이 들었을 정도였다. 아니, 실제로 그 정도로 기뻤던 적은 난생처음이었다.

저어 유가, 여자가 남자에게 '굉장하다'고 말할 때는 대개 '아무렴 어떠냐'는 생각인가 보더라. 나중에 후가가 그렇게 말했지만 그때 그녀가 "아무렴 어때요!" 하고 말하며 박수를 쳤더라도 나는 기뻐서 어쩔 줄 몰랐을 가능성이 있다.

"엄마세요? 그렇게 안 보이시는걸요." 그렇게 말했을 때는 이미 희망을 버렸다. 소년을 향한 그녀의 태도는 분명 어머니 그 자체였기 때문이다.

"젊을 때 낳았거든요." 그녀가 말하는 동시에 "젊을 때 태어나서" 하고 소년이 대답했다.

그 후 공원에서 한 시간 가까이 놀았다. 마지막쯤에는 아이들끼리 놀이 기구를 타러 가서 나는 그녀와 이야기를 나눴다.

지금의 내 모습을 사진에 담는다면 '유부녀와 가까워지려고 애쓰는 숫된 대학생'이라는 캡션이 달릴 것이라는 자각은 있었다.

예의 없이 개인 정보를 쭉쭉 캐내지는 않고, 그렇다기보다 그런 기술이 없었을 뿐인지도 모르지만, 무난한 이야기만 나누었으나 그녀의 이름은 하루코, 소년이 하루타, 남편은 하루오라는 건 알았다.

"압운 같네요."

"암운? 어디에요?"

엇나가는 대화를 정정할 용기도 기술도 없어서 "저 어딘가" 하고 나직하게 대답하는 것이 고작이었다.

"그래서?" 후가는 아주 기쁜 듯이 물었다. 이미 고다마라는 연인이 있어서인지 그런 이야기를 할 때면 여자를 모르는 너와 잘 아는 나라는 우월감이 배어 나오지만 딱히 불쾌하지는 않았다. 하나부터 열까지 똑같이 취급당하는 쌍둥이인 만큼 차이는 귀중하다.

"그날은 그걸로 끝이었어."

"그날은." 후가가 의미심장하게 그 부분만 힘주어 발음했다. "몇 살이라고 했지?"

"아홉 살 위." 나는 최대한 무감정하게 통계 수치를 보고하듯 말했다. "열아홉 살에 아이를 낳았대."

"아홉 살 차이라."

"백 살 차이가 난들 뭔 상관이람." 딱히 사귈 것도 아니니까, 라는 의미에서 말했지만 후가는 일부러 그러는 건지 곡해해서 받아들여 "사랑의 힘 앞에서 나이 차 따위는" 하고 말했다.

하루코 씨 모자와는 그 이후에도 만났다. 내가 일하는 편의점의 손님으로서였지만, 인사 정도라고는 하나 말을 나눌 수 있어서 기뻤고 계산대에 서 있으면 오늘은 오지 않을까 기다려졌다. 무슨 꿍꿍이속이 있었던 것은 아니었다. 밖을 보며 자주 눈에 띄는 비둘기가 날아오지 않으려나 기대하는 것과 비슷한 수준이었다.

"남편에 대해서는 언제 알았어?"

"언제인지는 잊어버렸는데." 하루타가 말했다. 자기 집에는 아빠가 없다고.

처음에는 놀랐다.

무슨 뜻일까 생각하다 '이혼'이라는 말이 제일 먼저 떠올랐다. 젊은 나이에 결혼했지만, 젊었던 까닭에 충돌이 일어나, 그렇게 생각하는 나 자신도 젊지만, 아무튼 이혼했다. 있을 법한 일이다.

하지만 그 상상은 즉시 와장창 깨졌다.

자기가 어렸을 때 아빠가 죽었다고 하루타가 바로 알려 주었기 때문이다.

"완전히 다르지." 후가는 약간 진지한 표정을 지었다. "이혼과 사별은."

"똑같아." 하루코 씨와 딱히 사귀고 싶은 것은 아니라고 반복에 반복을 거듭하고 싶었지만, 강조하면 할수록 무리하는 것처럼 비칠 것 같아서 그만뒀다. "다만."

"다만?"

"얼마 전에 하루코 씨와 이야기를 했는데."

"손님이랑 잡담이나 하는 아르바이트생은 잘라야 해."

"그게 아니라, 하루타랑 카드 게임을 했을 때."

"역시 편의점 밖에서도 만난 거로군."

"기왕 카드 게임 덱을 만들어 놨으니까."

"그놈의 덱, 덱. 떽, 이놈!"

"하여간 어쩌다 보니 하루타의 아빠가 세상을 떠났다는 이야기가 나왔는데."

나는 "많이 힘드셨겠어요" 하고 위로했다. 그저 무난한 반응이었을지도 모르지만 본심이기는 했다.

그러자 그녀는 약간 쓸쓸한 듯한 표정을 지었지만 "뭐, 하지만 다들 그러니까요" 하고 말했다.

다들 그렇다니, 무슨 뜻일까.

후가도 "다들 그렇다고? 뭐가 그렇다는 거지?" 하고 궁금해했다.

"자세하게는 못 물어봤지만, 아마." 상상하는 수밖에 없었지만 혹시나 하고 짚이는 일은 있었다. "하루타가 어렸을 때니까. 그걸로."

그게 뭐냐고 되물으려던 후가도 "아아" 하고 고개를 끄덕였다. 바로 거대한 자연재해다.

"수많은 사람이 변을 당했다면."

"그렇군." 후가가 나직하게 말했다. "하지만 다들 힘들다고 해서 꼭 참아야 하는 건 아니잖아."

"동감이야."

하지만 하루코 씨는 '다들 그러니까' 하는 기분으로 살아왔으리라. 그렇게 스스로를 타이름으로써 슬퍼만 하지 않고 앞을 향해 나아가려는 마음을 유지했는지도 모르겠다.

내가 이러쿵저러쿵 거론할 문제가 아니었다.

"하지만 그건 제법 무거운걸." 후가가 말했다.

무슨 말을 하려는 건지는 이해했다. "하지만 난 원래부터 하루코 씨와 잘해 보고 싶었던 게 아니야. 난 평범한 대학생이고 그쪽은 한 아이의 어엿한 엄마인걸."

나는 그야말로 마음을 접기 위해 주문을 외우고 있었는지도 모른다. 후가는 센 척하는 어린애를 달래는 듯한 표정으로 "그래, 그래" 하고 말했다.

　"그래도 이제 개운해졌다."

　"뭐가?"

　"난 하루코 씨랑 하루타랑 그저 즐겁게 놀고 싶을 뿐이야. 연애 대상으로서 어떻게 해 보고 싶다는 마음은 품지 않아도 되겠어."

　"쳇, 그럼 남편이 죽었다는 걸 알기 전까지는 연애 대상으로 봤다는 뜻 아닌가? 유부녀한테 그런 마음을 품었다면 그게 더 문제야."

　"그렇게까지 명확하게 연애 감정이 있었던 건 아니지만." 하루코 씨와 친밀해지기 위해 구체적인 노력을 했던 건 아니다. 망상조차 품지 않았다.

　"앞으로는 어떤 자세로 대하려고? 근처 편의점 아르바이트생?"

　"쾌활하고 마음씨 좋은 형으로서."

　"뭘 하고 싶은데?"

　"나도 모르겠어." 진심이었다. 지금 돌이켜 보고 냉정하게 분석해 보자면 입으로 아무리 이러니저러니 떠들어도 가슴속에는 여전히 하루코 씨에게 연정과도 비슷한 애틋한 마음을 품고 있었으리라. 아니라면 그 후에도 굳이 동물원이나 유원

지에 같이 가자거나 고기를 구워 먹자고 제안하지는 않았을 것이다. 결코 사귈 수 없는 연예인에게 마음을 퍼 주는 것과 비슷했다. 하루코 씨가 직장을 통해 표를 싸게 구했다며 시르크 뒤 솔레유 공연을 보러 가자고 했을 때는 꼬리가 있다면 붕붕 휘두를 것만 같은 기분이었다.

편의점 아르바이트를 마친 후 센잔선을 타고 아야시역에서 내렸을 때 어쩐지 낯익은 여자와 마주쳤다.

같은 대학의 같은 학부, 같은 학년임을 알아차렸을 때 그쪽에서 "아, 도키와" 하고 손을 들었다. 땋아서 만 듯한 머리 모양이 신선했고 잘 어울렸다. 파카에 청바지라는 가벼운 차림이었지만, 나름대로 고급 브랜드인지도 모르겠다.

이름은 몰랐다. 기억나지 않은 것이 아니라 애당초 기억하지를 않았다.

"아, 응." 그렇게 모호하게 대답했다.

"요 부근에 살아?"

"응. 조금 더 가면 있는 연립주택."

"별일이네. 다들 좀 더 저쪽에 사는데." 그녀는 동쪽을 밀어 내듯 오른손을 움직였다.

"그런가." 그 근방에는 흥미가 없었다.

"너, 동아리 들었던가?" "동아리? 아니." "늘 강의 열심히 듣더라." "그야 뭐, 공부하려고 대학에 온 거니까."

워낙 친근하게 이야기를 걸어와서 어떤 태도로 대답해야 할지 탐색하는 기분으로 답했다. 그녀가 무슨 목적으로 이러는지 감이 잡히지 않았다. 불심검문 같다는 생각에 솔선수범해 가방 안을 보여 주고 싶기도 했다.

"쉬는 날에는 뭐 해?"

"아르바이트. 편의점 아니면 과외."

"놀러는 안 가?"

"카드 게임은 해." 그렇게 말하자 그녀는 관심이 없는지 "그렇구나" 하고 말끝만 길게 늘였다.

"아, 도키와 형이다." 목소리가 들렸다. 고개를 휙 돌리자 하루타가 하루코 씨와 함께 걸어오고 있었다.

"학교 다녀오는 길이에요?" 하루코 씨가 묻기에 "네, 지금" 하고 대답했다. "어디 가시기에 전철을?"

"센다이역에요. 이 시간대는 차로 가면 니시 도로가 막힐 것 같아서요. 하루타가 전철을 좋아하기도 하고."

"아, 그럼 나도 갈까." 내가 그렇게 말하자 방금 전까지 대화를 나누었던 그녀가 놀란 것처럼 반응하며 시선을 던졌다. 그 움찔하는 반응에서 심상치 않은 뭔가를 느꼈는지 하루코 씨가 "아, 죄송해요. 도키와 씨는 저희 아들과 늘 잘 놀아 주시거든요" 하며 머리를 숙였다.

"아까 말했듯이 카드 게임 같은 걸 같이 하면서."

그녀는 하루코 씨와 하루타를 번갈아 바라보았다. 역시 이

만한 아이가 있을 것처럼은 보이지 않아 적지 않게 놀랐을지도 모르겠다.

"형 여자 친구야?" 하루타가 물었다.

나는 바로 하루코 씨를 보았다. 그리고 "오늘 처음 이야기해 봤어" 하고 목소리에 힘을 주어 빠르게 말했다. 마치 누명을 벗기 위해 항변이라도 하는 것처럼. 어쩐 부자연스럽게 느껴져 나는 "그러고 보니" 하고 다른 화제를 꺼냈다. "학교 분위기는 괜찮나요?"

"아, 네. 아직 돌아오지 않은 모양이지만."

"무슨 이야기예요?" 옆에 있던 그녀가 끼어들었다.

아직도 있었느냐는 마음이 내 얼굴에 드러났는지 안 드러났는지는 모르겠다.

"뉴스 못 봤어? 시내에서 초등학생이 행방불명됐잖아."

"아아, 그 뉴스." 그녀도 고개를 끄덕였다. "2주쯤 전이었나."

하교하던 남자 초등학생이 모습을 감추었다. 차에 태워지는 걸 봤다는 목격자가 나와서 유괴 사건으로 주목을 받았지만, 사건에 진전이 있다는 정보는 없었다. 그뿐만 아니라 일주일 전에는 다른 초등학생도 행방불명됐다는 사실이 판명됐는데, 바로 하루타가 다니는 초등학교의 여학생이었다. 학년이 달라서 하루타는 얼굴도 모르는 모양이었지만, 선생님도 보호자도 분명 불안에 휩싸였을 것이다.

나는 이때도 그 초등학생이 생각났다. 기억의 현을 건드리

면 진동이 연쇄 작용을 일으켜 안쪽에 숨어 있는 중학교 시절
그 장면이 되살아난다.

인형을 끌어안은 채 차에 정면충돌당하는 광경이 떠오를락
말락 했다. 위장 언저리가 꽉 조여들었다.

"형, 그러고 보니 그 약속 안 잊어버렸지?" 하루타가 물었다.

"뭐였더라."

"볼링 치러 가기로 했잖아."

까맣게 잊어버리고 있었다. 얼마 전에 하루타가 꺼낸 이야기
다. 나는 지금까지 볼링을 쳐 본 적이 없다. 오직 금전적인 문
제 때문이었는데 "나도 안 쳐 봤으니까 같이 가자" 하고 하루
타가 주장했다. 초보자끼리 갔다가 어떤 사태가 벌어질지 반쯤
불안하기는 했지만, 분명 가자고 대답한 기억은 있었다. 그때
까지 인터넷 동영상으로 볼링을 치는 방법을 익혀 놔야겠다.

"어휴, 안 잊어버리게 마음속에 단단히 챙겨 놔." 하루타의
말이 재미있어서 나는 웃었다.

그럼, 하고 하루코 씨와 하루타가 역 구내로 걸어갔다.

손을 흔들고 있자니 "도키와" 하고 그녀가 불렀다. 방금 전
보다 훨씬 목소리의 온도가 낮아진 것처럼 들렸다. "연상이 취
향이었어?"

"연상? 하루타는 초등학생인데." 딴청 부릴 마음 없이 생각나
는 대로 그렇게 말하자 그녀는 갑자기 김빠진 표정을 지었다.

"어." 물어보지 않을 수 없었다. "무슨 이야기였더라?"

그녀는 크게 한숨을 쉬더니, 자연스레 나왔다기보다 숨을 크게 들이마셨다가 의식적으로 내뱉은 느낌이었는데, 마치 내가 거기 없는 것처럼 아무 대꾸도 없이 스마트폰을 조작해 누군가에게 메시지를 썼다.

나는 개의치 않고 그 자리를 떠났다.

나중에 도키와 유가가 아이 딸린 유부녀와 바람을 피운다는 소문이 났는지 강의실에 들어가면 멀리서 몇몇 시선이 느껴졌지만, 딱히 신경 쓰지 않았다.

내가 이렇게 풀어놓고 있는 이야기의 본론과도 관계없다.

"형, 정말 무서워." 공원에서 카드 게임을 하고 있을 때 하루타가 그렇게 말했다.

내가 조금 열세라 하루타의 공격을 어떻게든 막아 내며 전세를 역전시킬 카드가 나오길 기도하는 중이었으므로 표정이 굳어 있었는지도 모르겠다.

"그게 아니라, 행방불명된 애 있잖아."

그제야 이해했다. 행방불명된 초등학생 이야기다. 목격 정보도 적고 뉴스에서 언급되는 빈도도 줄었다.

"이대로 영원히 돌아오지 않을 수도 있을까?"

"무사히 돌아올 거야." 나는 즉시 대답했다. 물론 근거는 없었다. 그저 하루타를 불안하게 만들기 싫어서 그랬지만, 설마 5분도 지나기 전에 그 말이 뒤집어질 줄은 몰랐다.

저녁녘이 되자 하루코 씨가 바쁘게 찾아왔다. 일을 빨리 마치고 와도 평소에는 좀 더 늦으므로 웬일인가 싶었는데 "학교에서 연락이 와서요" 하고 딱딱하게 군은 표정으로 말했다.

척 보기에도 안색이 창백해서 불안해졌다.

"무슨 연락?" 하루타도 물었다.

어, 그러니까 하고 하루코 씨는 할 말을 찾았다. 여간 말하기 힘든 일이 아닌가 보다, 하는 감은 왔지만, 더는 못 참겠다는 듯 제자리에 쪼그려 앉아 울음까지 터뜨리는 바람에 당황했다.

"저어." 나는 말을 붙였다. "무슨 일인데요?"

행방불명된 초등학생이 시체로 발견됐다.

하루타가 충격을 받지 않도록 말을 거르느라 '죽었다', '살해당했다', '시체로' 등등 직접적인 표현을 피한 결과 하루코 씨는 "발견됐지만 살아 있지는 않았대요"라고 더듬더듬 답했다.

책가방을 메고 인형을 끌어안은 소녀가 눈앞에 떠올랐다.

언제 어디서 발견됐는가. 범인은 붙잡혔는가. 궁금한 점은 많았지만 하루코 씨에게 물어볼 상황은 아니었다. 하루타와 찰싹 붙어 돌아가는 하루코 씨에게 "바래다 드릴까요?" 하고 말해 보았다. "괜찮아요" 하고 가녀린 목소리로 대답이 돌아오자 더 이상은 따라갈 수 없었다.

집에 돌아온 나는 스마트폰으로 정보를 수집했다. 그 무렵에는 나도, 하루코 씨와의 연락이 주된 목적이었지만, 스마트폰을 장만했다. 아무튼 내가 이번 죽음과는 아무 관련도 없다는 걸, 그때와는, 그 백곰 인형 때와는 다르다는 걸 확인하고 싶어서 정보를 검색했다.

숨진 초등학생은 히로세가와강 하천부지의 풀숲에서 발견됐다.

내가 다니는 대학에서 그리 멀지 않은 곳이다. 숨기려고 한 흔적은 없었다고 한다. 인터넷에서는 마치 못 쓰게 된 인형을 내버린 것 같다고 누군가가 표현했다. 이른 아침에 트럭을 몰고 가던 재활용 업자가 우연히 발견했다고 한다.

고요히 흐르는 히로세가와강은 센다이 시가지의 혈관 같은 하천으로, 겸허함의 상징으로서 시민들에게 친숙하기에, 끔찍한 사건에 사용되자 마치 우리의 혈액이 무서운 병으로 오염된 듯한 기분이 들었다.

범인은 체포되지 않았다. 하천부지에는 CCTV도 설치되어 있지 않았다. 전날 개를 산책시키러 나온 근처 주민의 증언에 따르면 그날 밤까지는 시신이 없었다고 한다. 즉 자정 이후부터 이른 아침 사이에 그리로 옮겨진 셈이다.

"하필 그때 소변이 마려웠던 게 화근이었던 모양이야." 암굴 아줌마는 그렇게 말했다.

오랜만에 찾아간 아줌마네 점포는 예전보다 규모가 커졌다. 번창하시네요, 하고 말하자 정말로 번창하는 가게는 재고를 이렇게 쌓아 두지 않는다고 대꾸했지만, 우리가 처음 만났을 때에 비해 신수가 훤하니 건강해 보였으므로 이러쿵저러쿵 불평해도 이익은 나는 모양이었다. "근면성실하게 일하는 직원이 있으니 돈이 벌릴 수밖에." 예전에 후가가 농담조로 그렇게 말한 적도 있었다. "사람은 언제나 물건을 버려. 물건을 사고 쓸모없는 물건은 버리지. 미니멀리즘 붐도 일고 있으니 처분되는 물건은 없어지지 않을 거야."

재활용 업자가 소녀의 시신을 발견했다기에 암굴 아줌마한테 무슨 정보가 없을까 싶어 와 봤는데, 결과는 기대 이상이었다. 옛날에 암굴 아줌마네 점포에서 일하다가 독립한 남자라는 것이다. 덤으로 마침 아까 통화했다고 한다.

"우는소리를 들어 줄 사람이 나 정도밖에 없다니 어쩌겠어." 암굴 아줌마는 쓴웃음을 지었다.

그 남자는 폐품을 수거하려고 아침 일찍 트럭을 타고 히로세가와강을 따라 뻗은 길을 달리고 있었다. 전날 술을 마신 탓인지 소변이 마려워 차를 세우고 노상방뇨를 했다. 소변을 갈기며 아래쪽 하천부지를 멍하니 바라보는데, 커다란 인형 같은 것이 눈에 들어왔다. 그게 바로 초등학생의 시신이었다.

처음에는 선량한 시민의 사명감을 발휘해 발견자로서 도움이 되고자, 더 나아가 칭찬이나 표창까지 염두에 두고 증언했지만, 경찰은 같은 내용을 끈덕지게 몇 번이고 계속 물었다. 얼마 후에야 남자는 자신이 의심받고 있다는 걸 깨달았다.

첫 번째 발견자가 범인인 사례가 얼마나 되는지는 모르지만, 역시 그게 수사의 기본일까.

"하지만 그 사람은 아니죠?"

"잘못을 따지자면 노상방뇨뿐이지. 본인은 이렇게 의심받다니 괜히 발견했다고 생각하는가 봐."

안타깝기는 하지만, 경찰 입장에서도 허술하게 넘어갈 수는 없을 것이다.

"그나저나 아주 끔찍했던 모양이야." 암굴 아줌마가 천으로 낡은 스피커를 닦으며 불쑥 말했다.

"유가, 이번 사건은 상상 이상으로 끔찍해." 마침 안에서 나온 후가가 들고 있던 골판지 박스를 내려놓았다.

"끔찍하다고?" 초등학생이 행방불명됐다가 시신으로 발견된 것 자체가 이미 끔찍하니까, 그 이상이라고 해도 감이 딱 오지 않았다. "검은색보다 더 검은색이 있다고 하는 것 같은 기분인데."

"있어." 후가는 즉답했다.

"있고말고." 암굴 아줌마도 거의 동시에 대답했다. "아직 공식적으로 발표되지는 않았지만."

아줌마는 첫 번째 발견자에게 그 정보를 얻었을 테니 요컨대 '발견했을 때 바로 눈에 들어오는' 끔찍함이라는 뜻이다.

"인간을 무엇으로 취급하면 그럴 수가 있느냐며 화내더군." 암굴 아줌마가 아주 씁쓸한 표정으로 이를 악물다시피 하며 말했다.

난폭하게 다룬 흔적이 있었을 거라는 상상은 갔다. 하나 더 이상 자세하게 물어볼 마음은 들지 않았다.

"옛날에도 비슷한 사건이 있었지." 후가가 말했다. "우리가 중학생 때였었나. 유가, 기억나?"

어떻게 잊겠는가.

기억하고 자시고 할 것 없이 줄곧 머릿속에 있었다. 너도 그럴 텐데.

"그때는 고등학생이 범인이었어." 후가가 기억을 더듬었다. "우리보다 조금 나이가 많은 주제에 뺑소니 사고를 냈지."

"그건 사고가 아니야. 극악무도한 범죄, 살인 사건이라고." 듣고 보니 당시 그 사고에 관한 소문은 암굴 아줌마가 알려 주었다. "어쩌면 그 범인도 이미 사회에 복귀했을지 모르겠네."

나는 후가를 보았다. 시선이 마주쳤다. 예전에 후가가 들려 준 변호사 이야기가 떠올랐다. 그 소문이 사실이라면 분명 큰 벌을 받지 않고 사회에 돌아왔을 것이다. 다만 그걸 인정하기가 싫다 보니 억측하는 듯한 말투가 나왔다.

후가도 같은 마음인지 "이미 아무렇지도 않게 인생을 구가하고 있을지도 몰라" 하고 말했다.

"아이를 죽였는데? 그것도 아주 잔인한 방법으로. 아무래도 그건.”

“사람 나름이지 않겠어?” 후가는 바로 대꾸했다.

“말을 해도 참.” 암굴 아줌마가 탄식했다. 후가가 몹쓸 농담을 했다고 여긴 것이리라.

“그나저나 앞으로 어떻게 될까?” 나는 말했다.

“뭐가?” 암굴 아줌마는 물었지만, 후가는 묻지 않았다. 내가 무슨 생각을 하는지 후가는 대개 알아차린다.

“둘 중 하나겠지. 범인이 체포되든지, 아니면.”

“아니면?”

“또 피해자가 나오든지. 이런 사건은 분명 그렇게 진행될 거야.”

“이른 아침의 노상방뇨는 삼가는 편이 좋겠구나.”

암굴 아줌마가 골난 표정으로 말했다.

“재미있는 걸 보여 줄게.” 내가 성격에 어울리지 않게 하루타에게 오락거리를 제안한 건, 겁먹은 하루타의 기분을 어떻게든 달래 주고 싶었기 때문이다.

하루타뿐만이 아니다. 비극적이고 무서운 사건의 해결이 늦어져 동네 전체를 넘어 센다이시 전역에 팽팽하게 긴장된 분위기가 흘렀다. 늘 먹구름이 하늘을 뒤덮고 있는 듯했고, 피해자의 명복을 빌면서도 다음에 찾아올 재난이 두려워 모두가 경직되어 있었다. 길에서 남이나 모르는 근처 주민과 마주치면 이 사람이 범인 아닐까, 의심하고 싶지 않은데도 그런 생각이 든다. 실제로 연립주택에 살며 학교를 오가는 나는 생활 습관이 불규칙한 데다 평일 한낮에 길거리를 돌아다닐 때도 많고 요즘은 표정까지 어두우므로 주변 사람들 눈에 으스스하고 수상하게 비칠 것이 틀림없다. 유심히 바라보거나 피하듯이 지나가는 사람도 생겼다.

더구나 하루타네 학교는 재학생이 피해자이다 보니 충격과 공포가 한층 더 심각했다.

몇몇 학생은 외출을 할 수 없게 돼 심리 상담을 받고 있다는 걸 인터넷 뉴스로 알았다. 하루타는 등교를 하고 있지만, 친구들과 밖에서 덜 놀게 됐고 하교할 때도 엄마가 와 주면 안 되냐고 부탁한다는 것은 하루코 씨에게 들었다.

물론 일을 하는 하루코 씨가 매일 하교 시간에 맞춰 돌아오기는 힘들기에 이때다 싶어 내가 데리러 가겠다고 자청했지만, 친어머니를 대신할 수 없다는 사실을 통감했다.

정말 고맙다고 감사를 표하면서도 하루타는 늘 불안해했다. 이제 와서 생각해 보면 내가 범인일 가능성을 우려했던 건지도 모르겠다. 확실히 그렇다. 아무리 같이 카드 게임을 하며 논다 해도, 뒷전에서는 뭘 할지 모르는 것이 인간이다. 무턱대고 믿지 않는 편이 낫다.

"모르는 사람이 말을 걸어도 따라가면 안 돼."

"누굴 바보로 알아?"

그런 대화도 몇 번 했다. 하루타는 야무지니까 그런 점에서는 걱정되지 않았지만, 이런 어린애가 야무져야 한다는 것 자체가 안쓰러웠다. 그리고 아는 사람마저 경계해야 하는 것이 현실이었다.

그래서 하루타의 기분을 조금이나마 달래 주고 싶었던 것이리라. 나도 모르게 "재미있는 걸 보여 줄게" 하고 말했다.

"뭔데?" 하루타는 물어보면서도 시무룩한 얼굴이었다. 하루코 씨도 무리하지 않아도 되건만, 하는 표정이었다.

"뭘 보여 주겠다는 거야?" 후가는 귀찮다는 듯이 말했다. 그러나 협력해 주리라는 건 알고 있었다.

"그걸 상의하고 싶었어."

드링크 바에서 우롱차가 담긴 잔을 들고 돌아온 고다마가 "무슨 상의?" 하고 밝은 목소리로 물었다.

"생일에 뭐 할지." 후가가 답했다. "유가는 하루코 씨랑 데이트할 거래."

"데이트는 무슨. 하루타도 함께고, 오히려 그쪽이 주야."

"어련하시겠어." 후가가 놀리듯이 말했지만, 여기서 화를 내는 건 상책이 아니다. 오히려 더 놀릴 빌미를 만들어 줄 뿐이다. 내가 반대 입장이었으면 기꺼이 놀린다.

"유가 생일이면 후가도 생일이잖아." 고다마가 웃었다. "올해는 같이 어디 갈래?"

후가와 눈이 마주쳤다.

우리에게 생일은 보통 사람과는 다른 이유로 특별한 날이다. 어쨌거나 두 시간에 한 번씩 위치가 서로 바뀌므로 오롯이 혼자만의 하루를 보낼 수 없다. 누군가와 같이 있으면 위험이 수반되므로 최대한 약속을 잡지 않는 편이 편하다는 건 알고 있었다.

그래서 올해 생일에는 하루코 씨 모자와 함께 지내고 싶다고 일찌감치 상의했다. 하루타에게 재미있는 걸 보여 주겠다는 말인즉슨, 자기도 무관하지 않으리라는 걸 후가도 예상했는지 "어, 그날은 다른 일정이 잡힐지도 모르겠어" 하고 고다마에게 말해 주었다. "그런 거지, 유가?"

"미안해." 나는 애원하듯 손을 모았다.

고다마는 척 보기에도 서운한 표정이었으나 고개를 끄덕였다. 궂은 날씨를 애석해하는 것과도 비슷하게 아쉽지만 어쩔 수 없다는 분위기였다.

"그래서 뭘 어쩌려고?" 후가는 접시에서 피자를 집어 입에 넣었다.

"할 수 있는 일에는 제한이 있지만, 아이가 깜짝 놀랄 만한 일이면 어떨까 싶은데."

"역시 변신이라든가?"

"네 생각도 그래?"

"변신이라니?" 고다마가 끼어들었다.

"유가랑 나랑 변신 쇼를 해 주자는 이야기. 그, 으음."

"하루타." "하루타 앞에서."

"할 수 있어?"

"뭐, 일단은."

예전에도 한 번 해 봤었다. 그때는 고다마의 집에 쳐들어가는 심각한 상황이었지만, 위치 교환을 이용해 변신 히어로의 변신 장면을 재현하는 속임수 자체는 유쾌하기 그지없다.

"아, 그럼 그걸 사용할 수 있지 않을까?" 물론 고다마는 나와 유가가 순간 이동으로 변신을 연출하려는 줄 꿈에도 몰랐겠지만, 대화를 듣다가 좋은 아이디어가 번쩍 떠오른 것 같았다. "후가, 요전에 직장에서 발견한 거 있잖아."

"아아, 그거!" 후가도 손뼉을 짝 쳤다. "유가, 마침 딱 좋은 아이템이 있어."

"딱 좋은 아이템?"

"유니폼이라고 할까, 히어로용 전신 타이츠를 구해 놨거든."

폐품을 수거하러 갔더니 내놓더라고 한다.

"어디 쓸 만한 곳이 있지 않을까 싶어서 받아 왔는데." 후가가 쓴웃음을 지었다. "설마 정말로 그런 날이 올 줄이야."

그럼 결정됐다.

뭘 할지는 정했지만 계획을 세세하게 정리할 필요가 있었다. 시간대에 따라 그때 하루코 씨 모자와 함께 있는 사람이 나일 수도 있고, 후가일 수도 있다. 어떤 경우에서든 계획을 실행할 수 있게끔 전신 타이츠를 갈아입는 절차와 장소도 포함해 여러 가지를 상의해야 한다.

아무래도 구체적인 이야기까지 고다마 앞에서 하기는 힘들 것 같았는데, 고다마는 어느 틈엔가 알코올음료를 주문해 웬일로 벌컥벌컥 마시더니 푹 엎드려 잠들어 버렸다.

이거 다행이다 싶어 이야기를 진행하던 도중에 혹시, 하고 깨달았다. "고다마가 배려해 준 건가."

"뭘?"

"우리가 편하게 이야기할 수 있도록 잠을 청한 거 아닐까."

"굳이 자려고 무리할 것 없이 여기서 나가면 되잖아."

"그건 그것대로 싫었던 거겠지. 후가, 너랑 떨어지는 건."

글쎄 어떠려나, 하고 후가는 어깨를 으쓱했다.

"올해 생일은 내 사정을 앞세워서 미안해. 여기는 내가 쏠게." 나는 테이블 위의 피자를 가리켰다.

"그럼 더 시킬 걸 그랬네." 후가가 아쉬워했다. "내년에는 내 사정에 맞출지도 모르고 말이야. 뭐, 아무튼 한 번 더 계획을 확인하자."

"좋아." 생일날 진행할 계획은 아무리 확인해도 지나치지 않는다. 과거의 경험상 확실하다. 대개 예상외의 일이 일어나는데, 그렇더라도 최대한 다양한 가능성을 검토해 두어야 위험성이 낮아진다.

1년 전에는 좀 골치 아픈 일이 있었다. 나와 후가가 웬일로 함께 아케이드 상점가를 걷고 있을 때 지나가던 중년 남자가 "아" 하고 손가락질을 하더니 "그랬구나, 그랬어" 하며 다가왔다.

대체 무슨 일인가 싶었는데 "잠깐 시간 좀 내 주겠나" 하고 한 블록 뒤쪽 길로 우리를 데려갔다. 너무 수상해서 도망치고 싶었지만 후가는 재미있어했다.

"이거, 요전에 우연히 찍은 영상인데."

남자는 그렇게 말하고 나와 후가의 위치가 뒤바뀌는 순간을 포착한 동영상을 보여 주었다. 위치는 같지만 분명 순식간에 자세가 바뀌는, 부자연스러운 광경이 찍혀 있었다.

"이거 어째서 이런 건지 수수께끼였거든." 남자는 이를 드러내고 침을 튀기며 말했다. "그러다 아까 형씨들을 보니까 아하 싶더라고. 여기 찍힌 거 형씨들 맞지?"

나와 후가는 얼굴만 마주 보았다.

"쌍둥이지? 똑 닮았어. 그런데 이거 어떻게 한 거야?"

쌍둥이라고 해서 이 영상이 설명되는 건 아니다.

"이거, 마술 같은 거지? 맞지? 응?" 우리를 거리에서 발견해 잔뜩 신이 난 것 같았다. 무슨 트릭을 썼는지 가르쳐 주기 전에는 놓아주지 않으려는 모양이었다. 남자는 나와 후가의 얼굴을 교대로 보았다. 점점 빨리 고개를 움직인다. 빠르게 우리를 한 번씩 보면 뒤바뀌리라고 생각하는 걸까.

"결국 어떻게 됐어?" 다카스기가 끼어들었다.

"후가가 거의 때리다시피 해서 쫓아 보냈어요. 그 영상이 어디를 어떻게 봐도 몰래카메라이기도 해서."

다카스기는 자기가 가져온 노트북을 흘낏 보고 "몰래카메라에 찍힌 건 이게 두 번째였던 셈인가" 하고 고개를 기울였다.

나는 어깨를 으쓱하는 것으로 대답을 대신한 후 다시 이야기를 되돌렸다. "아무튼 그 일을 겪은 후로 저희는 생일이면 한층 신경을 곤두세우게 됐어요."

아무도 없는 화장실 같은 곳에도 카메라가 설치되어 있을 가능성이 있다는 걸 알았다.

"그러고 보니 신칸센 운행은 정상화됐나?"

다카스기의 말에 갑자기 무슨 소린가 싶으면서도 나는 또 물 흐르듯 자연스럽게 스마트폰으로 뉴스 사이트를 확인했다. 도호쿠 신칸센의 복구 예정은 불투명한 듯했다. "아직인가 보네요"라고만 대답했다.

"내일 돌아가고 싶은데. 오늘 안에는 복구가 돼야 해." 다카스기는 툴툴거렸다.

내가 하루타와 보내기로 마음먹은 그해 생일은 일요일이었다. 두 시간 간격의 위치 교환은 오전 10시 10분부터 시작된다. 아마 우리가 태어난 시각이, 둘 중 한 명이 세상의 빛을 본 시간이 그때였던 것이리라. 그로부터 두 시간 후에 다른 한쪽이 태어난 것이 틀림없다. 10시 10분부터 두 시간마다 이득과 손해의 균형을 맞추기 위한 위치 교환이 일어난다. 그렇다면 오후 2시 시점에서는 후가가 내가 되는 타이밍이니까 그때 변신하기로 결정했다.

"난 전신 타이츠를 입고 대기하고 있으면 되는 거지?"

"응. 난 변신하겠다는 걸 설명하면서 시간이 되기를 기다릴게."

"그런 걸 좋아할까?"

"글쎄. 뭐, 그래도 조금 놀라기는 하겠지." 잠깐이나마 유괴 살인범을 두려워하는 마음을 잊어버리고 기분이 유쾌해지지 않을까, 하고 나는 말을 이었다.

"유가랑 내가 변신 쇼를 해 본들 불안이 싹 가시는 건 아니잖아."

"변신 히어로가 그 사건의 범인을 붙잡아 줄 거라고 생각할지도 모르지."

"몇 학년인데?" "3학년." "초등학교 3학년이 변신 히어로를 믿겠어? 우리가 그 나이 때는 일찌감치 포기했었잖아."

그 집에서 고통을 당하는 우리를 구해 줄 존재는 없다. 변신 히어로는커녕 이웃 사람들과 공무원들조차 의지가 되지 않았다. "바로 그래서."

"바로 그래서?"

"조금쯤은 믿음을 심어 주고 싶은 거야."

후가는 패밀리 레스토랑을 나설 때 "괜찮겠어?" 하고 물었다.

"물론. 이 정도 사는 것쯤은 문제없어."

"그런 게 아니라. 깜짝 변신 쇼 할 때 말이야. 계획상 변신 후의 모습을 담당하는 건 나잖아."

"나와 위치를 교환해서."

"그럼 하루타가 놀라서 방방 뛰는 모습을 유가는 못 볼 텐데."

그때 나는 이미 이동해서, 즉 후가 역할을 맡게 된다. "그렇겠지."

"괜찮겠어?"

"상관없어." 특별히 강한 척하려던 건 아니었다. "후가가 보고 나중에 알려 주면 돼."

후가는 알았다고만 대답했다.

우리 둘 중 하나가 체험하면, 둘 다 체험한 것이나 마찬가지였다.

강의가 끝난 후 카드 게임에 대해 처음으로 가르쳐 준 학생이 다가와 "어쩐지 요즘 표정이 밝네"라고 하기에 무심코 "생일이 다가와서" 하고 대답했다.

어린애도 아니고 생일을 그렇게 고대하는 대학생도 있느냐며 그는 웃었지만, 바로 "참, 그러고 보니 너 유부녀랑 사귀어?" 하고 물었다.

반사적으로 그 여학생이 없는지 강의실을 둘러보았다.

"사귀기는 무슨."

"그럴 줄 알았어."

그 말에 무슨 마음이 담겨 있는지는 짐작이 가지 않았다.

"표정이 밝다는 소리는 처음 들어 보네."

그는 얼굴이 굳어지면서도 미소를 짓더니 "어떤 인생을 살아온 거야" 하고 놀렸다.

나중에 카드 게임을 하기로 약속하고 헤어졌다. 화장실에 가서 거울로 얼굴을 빤히 들여다보았다. 밝아진 걸까. 어느 부분이? 나로서는 판단이 불가능했다.

생일을 고대하는 건 맞다. 지금까지 인생을 살아오며 남을 즐겁게 해 주거나, 긍정적인 방향으로 놀라게 한 적은 없었으니까.

"이해가 가네." 생일 며칠 전에 후가가 그렇게 말했다.

위치가 교환된 후 즉석에서 임기응변으로 대응하는 데는 옛날부터 익숙했지만, 하루코 씨와 하루타가 어떻게 생겼는지 모르면 태도가 부자연스러워질 테니 사진 같은 걸로 두 사람을 보여 달라고 후가는 부탁했다. 나는 스마트폰에 저장해 둔 사진을 몇 장 보여 주었다.

"이해가 간다니, 뭐가?"

"유가가 마음을 빼앗긴 게."

"뜬금없이 뭔 소리래."

"뭐, 유가가 어떤 타입을 좋아하는지 지금까지 못 들어 봤지만."

"나도 생각해 본 적 없어."

"사진을 보니 그렇구나 싶더라. 그렇구나, 유가가 좋아할 만하구나."

"듣자 듣자 하니까 점점." 나는 쑥스러운 마음에 발끈하며 말했다.

생일날 이야기에 들어가기 앞서, 그 이틀 전 밤에 있었던 일부터 이야기해야겠다. 그 후에 일어난 일을 전달하기 위해서는 필수 불가결한 이야기다.

그때 이랬으면, 저랬으면 하고 후회하는 일이 누구나 하나쯤은 있을 텐데, 내게는 그날이 바로 그랬다.

자꾸 뜸을 들이면 감질만 날 테니 요점을 먼저 말하겠다.

내가 일하는 편의점에 우연히 그 남자가 손님으로 찾아왔다.

그 남자란 누구인가.

나와 후가의 인생길을 출발 직후부터 엉망진창으로 망가뜨린 장본인, 유전적으로 연결되어 있음을 인정하고 싶지 않은 그 남자, 바로 아버지다.

"야, 여기서 일하냐?"

집을 나온 후로 그 남자가 있는 연립주택에는 돌아가지 않았다. 대학에서 집으로 보낸 서류가 필요해 그 남자가 없을 시간대에 몰래 한 번 찾아가기는 했지만, 그때를 제외하면 그 구획에는 얼씬도 하지 않았다.

편의점에 들어왔을 때는 보지 못했다. 도시락 진열대를 정리하고 있는데 남녀가 옆으로 다가왔다. 그리고 남자가 "어이, 걸리적거리지 말고 비켜" 하며 나를 거의 걷어차다시피 밀어내기에 "죄송합니다" 하고 고개를 들었다가 몸이 경직됐다.

초등학생 때와 달리 나는 체격이 커졌다. 키도 어깨너비도 그 남자와 거의 비슷한 수준이었다.

그런데도 한 공간에 있다는 것만으로 몸과 마음이, 아니면 뇌라고 해야 할까, 모조리 위축됐다.

잊어버린 셈 치거나 극복했다고 믿어도 마주하는 순간 몸이 움츠러든다.

예전에 영화를 보다가 속이 뒤틀린다는 표현이 딱 들어맞아 스크린에 주먹질을 하고 싶어지는 장면이 나왔다. 별달리 특이한 대사는 없었지만, 여자에게 폭력을 휘두르는 남자가 이렇게 말한다. "뼛속까지 새겨 줄게."

소름이 돋았다. 분명 온몸의 털도 곤두섰을 것이다.

분노와 공포 때문에.

아픔과 두려움을 상대에게 주입하고 새겨 넣어, 이성이나 사고와는 관계없이 저항하지 못하도록 만들겠다는 선언을 용납할 수 없었다.

그리고 우리는, 적어도 나는, 실제로 그 남자의 폭력이 '뼛속까지' 새겨졌다.

"야, 여기서 일하냐?"

그렇게 물었을 때 나는 입이 떨어지지 않았다. 쪼그리고 앉아 바구니 속의 도시락을 든 채 얼어붙었다.

"일어서." 나는 그 명령에 따라 벌떡 일어섰다.

지배당하고 있다. 지구의 자전을 막을 수 없듯 거역할 수 없었다.

"누구야?" 옆에 선 여자는 몇 살인지 가늠이 되지 않았다. 젊을지도 모르지만, 진한 화장 탓에 나이 들어 보이기도 했다.

"내 아들놈. 닮았지?"

어디가 닮았느냐고 받아치고 싶었지만, 목구멍마저 굳어 버렸다.

여자는 어째선지 신이 나서 쨍쨍거리는 목소리로 떠들었다. 시야가 좁아져 내가 어디에 있는지도 잊어버릴 지경이었다. 그 남자가 든 바구니에 피임구가 담겨 있는 걸 보고 눈을 돌렸다.

"자식이, 감동적인 부자 상봉인데 뚱하기는."

그 남자는 정말 재미없다는 듯 그렇게 말하고 계산대로 향했다. 다행히 계산대에는 다른 아르바이트생이 있었다. 이 마당에 그 남자에게 공손하게 응대하다니 그런 굴욕은 또 없다. 감사합니다, 하고 말하면 마음이 산산조각 날 것 같았다.

"또 올게." 그 남자의 목소리가 들렸다. 귀를 막고 싶은데도 그러지 못했다. 계산대에 있는 아르바이트생이 "감사합니다"

하고 웃자 그에게 배신당한 느낌이었다.

자동문이 열리고 사람이 통과하는 소리가 들린 후에도 한동안 도시락을 진열하며 마음이 진정된 걸 확인하고 나서야 밖에 시선을 주었다.

"형." 부르는 소리에 당황했다. 돌아보자 하루타였다. 뒤에서 하루코 씨가 다가와 "갑자기 아이스크림이 먹고 싶대서요" 하고 웃었다.

나는 아아, 하고 몸에서 힘을 뺐다. 그제야 온몸이 뻣뻣하게 긴장되어 있었음을 깨달았다.

방금 전에 그 남자가 나타난 건 환각 아니었을까. 현실처럼은 느껴지지 않았다.

"무슨 일 있어?"

"응?"

"어쩐지 무서운 표정이라서."

"아, 별거 아니야." 나는 일단 얼버무리고 "도시락 개수가 안 맞는 것 같아서" 하고 핑계를 댔다.

"모레, 재미있는 거 보여 주는 거지?" 하루타가 확인했다. "친구도 불렀어."

"한 번밖에 못 할 것 같지만." 오후에 하루타와 하루코 씨가 늘 카드 게임을 하는 공원으로 오기로 했다.

"쉬는 날에 죄송해요." 하루코 씨가 고개를 숙여 미안함과 감사함을 표했다.

계산을 마치고 편의점을 나서는 두 사람을 쫓아간 건, 이틀 후의 이벤트를 좀 더 즐기기 위해 미리 깔아 놓을 밑밥이 떠올랐기 때문이었다.

그게 실수였다. 이제 와서 후회해 봤자 소용없지만, 나는 자동문을 통과해 "하루타" 하고 달려갔다.

무슨 일인가 싶어 멈춰 선 두 사람에게 다가가 "하루타, 변신 히어로로 믿어?" 하고 물었다.

"텔레비전에 나오는? 요즘은 안 봐."

"옛날에는 좋아했었는데." 하루코 씨가 말했다.

"텔레비전에 나오는 거 말고, 정말로 있다고 생각해?"

"형, 무슨 소리야. 누굴 바보로 알아?"

하루타는 상상했던 대로, 바꾸어 말하면 우리 계획의 의의에 맞게 반응했다.

"그런 건 아니고. 아무튼 실제로 있어도 괜찮다고는 생각하지?"

내가 무슨 의도로 그런 소리를 하는지 몰라서인지 비위를 맞추듯 웃는 하루코 씨에게 "다음에 봐요" 하고 손을 들었다.

"야, 유가, 아는 사람이냐?"

그때 뒤에서 들린 목소리에 나는 귀를 의심했다. 돌아간 것 아니었나?

그 남자가 입을 벌려 웃고 있었다.

또 몸이 말을 듣지 않았다. 얼굴이 얼어붙은 듯 굳어 버린 걸 알았다.

하루코 씨는 당혹스러워 보였지만 "안녕하세요" 하고 인사했다.

"하하, 나는 이 녀석 애비 되는 사람입니다."

온몸의 털이 곤두서고, 피부라는 피부에는 모조리 소름이 돋는 게 느껴졌다. 개소리 하지 마, 아버지는 무슨 아버지, 하고 고함을 지르고 싶었지만 목소리도 나오지 않았다.

"아, 그러시군요. 아드님께 늘 신세 지고 있습니다." 하루코 씨가 머리를 숙였다.

그럴 것 없다고 말리고 싶었지만 아무것도 할 수 없었다.

변변하게 반응하지 못하는 나를 보고 하루코 씨는 느닷없이 아버지가 나타나 창피한 모양이라고 받아들였을지도 모르겠다. 특별히 의아해하는 기색도 없이 "그럼" 하고 다시 걸음을 옮겼다. 하루타가 몸을 돌려 "모레 보자!" 하고 손을 흔들었다.

그 남자는 히죽히죽 웃으며 "일단 돌아갔다가 아들놈이 일하는 모습을 보고 싶어서 돌아왔지" 하고 말했다.

허튼소리 집어치워, 하고 침을 뱉고 싶었지만 입 안은 바짝 말라 있었다.

"와 보길 잘했군. 누가 내 아들 아니랄까 봐 여자 보는 눈은 있네."

무시하고 가게로 돌아가.

머릿속에서 지시가 내려왔는데도 발이 떨어지지 않았다.

"저 정도 여자가 제일 좋아. 남편과 하는 데도 질렸을 테니."

하루코 씨는 물론, 하루타 아버지까지 모욕당한 느낌에 나는 그제야 뚜껑이 열렸다. 양손으로 그 남자를 떠밀었다.

그게 다음 실수였지만 그때는 몰랐다.

울분과 혐오감으로 펄펄 끓는 머릿속을 애써 진정시키며 나는 편의점으로 향했다. 그 남자가 벌컥 화를 내며 내 어깨를 붙잡고 주먹을 날리는 장면이 상상됐다. 그래도 상관없다, 얼마든지 상대해 주마. 잔뜩 화가 나서 그런 기분이 들었지만, 예상과 달리 그 남자에게는 여유가 있었다.

콧김을 뿜어내는 소리와 함께 징그러운 웃음소리가 들려서 무심코 돌아보았다.

남자의 딱딱한 눈빛이 얼굴에 꽂혔다.

어릴 적부터 뼛속에 새겨져 있던 공포가 되살아나 나는 몸이 움츠러들었다.

남자는 콧구멍을 벌름거리며 "너도 이제 어른이다 그거냐?" 하고 내 어깨를 탁탁 두드리더니 자기 차로 돌아갔다.

남자가 만진 어깨가 검게 물들고 무거워지는 느낌이었다.

"도키와 씨, 뭐 해요? 계산대 좀 부탁합니다."

편의점에서 아르바이트생이 큰 소리로 부를 때까지 나는 그 자리에 우두커니 서 있었다.

그리고 생일이 왔다.

10시 10분에 위치가 교환돼 내가 이동한 곳은 쓰쓰지가오카 공원이었다. 센다이역에서 정동 방향, 거리는 도보로 30분쯤, 나와 후가 어렸을 때부터 가끔 놀러 온 곳이다. 잔디밭이며 농구 코트며 놀이기구도 있다. 봄에는 꽃구경을 하는 사람들로 붐빈다. 역사민속자료관이라는 건물도 있는 그 공원에 나는 있었다.

후가 나름대로 생각한 끝에 이 공원에 있었던 것이리라.

마주칠 만한 사람이 최대한 없고, 임기응변으로 대응할 수 있는 곳이라면 드넓은 장소가 최선이다. 이는 우리가 생일을 열몇 차례 경험하며 체득한 사실이었다.

사소한 실수나 계획상의 착오를 고려하면 서로 가까운 곳에 있어야 수정하기 편하겠지만, 그랬다가는 서로 딱 마주칠 우려도 있다. 특히 이번에는 쌍둥이 동생 후가의 존재가 하루타에게 들통나면 말짱 도루묵이다. 그래서 제법 멀리 떨어진, 그리고 넓은 장소에 있었던 것이리라.

"서로 위치를 확인할 수 있는 아이템을 가지고 있는 편이 좋지 않을까." 예전에 후가가 제안했다. 위치 정보를 확인하는 기기는 여러 가지다. 암굴 아줌마네 가게에도 수두룩하고, 최근에는 다른 물건으로 위장된 소형 기기도 많다고 설명해 주었다.

"위장?"

"카드, 시계, 배지 같은 거. 그런 걸 가지고 다니는 편이 우리도 편리하지 않겠어?"

흥미는 있었지만 관뒀다. 자신의 위치 정보를 낱낱이 공개하는 게 마뜩잖았고, 그 이상으로 후가의 사생활을 들여다보고 싶지 않다는 마음이 강했다. "지금까지 말 안 했는데."

"뭘?"

"그게 일어났을 때, 어디로 이동할지 모르는 게 의외로 재미있어."

후가는 실눈을 뜨고 "그 마음 알아" 하고 고개를 끄덕였다.

이 세상에서 나와 후가만이 맛볼 수 있는 재미일지도 모르겠다.

손목시계를 들여다보았다.

하루코 씨 모자와는 오후 2시에 만나기로 했다. 실은 좀 더 일찍 합류하고 싶었지만, 어쨌거나 2시 10분에는 위치가 교환되니까, 그날 축구 교실 훈련에 참가하는 하루타의 사정상 아무리 애써도 오후 1시 반은 넘어야 하는 모양이었다.

다음 이동은 12시 10분이다. 후가는 어디서 시간을 보내고 있을까. 우리 집 열쇠를 주고 들어가서 쉬고 있어도 된다고 말은 해 두었다.

"집에 뭐, 재미있는 거라도 있어?"

"학교 교재라면 있는데."

"으엑. 그런 게 뭐가 재미있냐."

잔디밭에서 아이들이 프리스비 같은 걸 던지며 놀고 있었다. 처음에는 아무렇게나 던지는 줄 알았는데, 아무래도 프리스비를 패스하듯 주고받으며 팀 대항전을 벌이는 것 같았다.

벤치에 앉아 잠시 바라보고 있자니 노부부가 개를 데리고 지나갔다. 잡종으로 보이는 덩치 큰 갈색 개는 부부가 함께 목줄을 잡지 않으면 끌려갈 만큼 힘이 세서 개가 부부를 거의 질질 끌고 가는 모양새였다.

하늘이 구름 한 점 없이 맑아 기분이 좋았다. 어쩌면 내 인생에서 환한 기분은 그때 마지막으로 느껴 보았을지도 모르겠다.

발치로 축구공이 굴러와 고개를 들자 아이들이 달려왔다. 한 수 알려 주려는 마음은 아니었지만, 일어서서 공을 찼다. 축구부를 그만둔 지 꽤 오래되었는지라 엉뚱한 방향으로 날아가지 않고 똑바로 굴러가자 안심했다.

어느새 "나도 끼워 줘"라는 말이 입에서 튀어나왔다. 다섯 초등학생은 마침 홀수여서인지 알겠다며 받아들여 주었다.

아이들이라고 얕보다가 혼쭐이 났다. 따라다니는 게 고작이랄까, 거의 따라잡지 못했다. 오히려 방해만 됐겠지만 그들은 착하게도 실수해도 화내거나 무시하지 않았다.

내가 숨을 헐떡이며 휴식을 주장했을 때, 그들 가운데 얼굴이 닮은 아이 한 쌍이 있다는 걸 알아차렸다.

"휴식 찬성" 하고 대답한 소년과 "음료수 사 올게" 하고 말한 소년의 얼굴이 서로 판박이였다.

"쌍둥이?"

"맞아요." 한쪽이 말하자 다른 쪽도 고개를 끄덕였다. 그리고 서로의 이름을, 돌림자가 들어가는 이름을 말해 주었다.

"나도 그래."

"와, 쌍둥이예요?"

"응. 내가 유가고 다른 쪽은 후가. 유가와 후가."

그렇구나, 하고 그들은 별 흥미 없다는 듯 대꾸하고 "유가는 이토 씨가 말했던 허수아비 이름이랑 비슷해" 하고 소곤거렸지만, 물론 나는 무슨 이야기인지 짐작도 가지 않았다.

"둘이 사이는 좋니?"

"만날 싸워요."

나는 웃었다. 나와 후가는 크게 싸운 기억이 없다. 서로를 존중했기 때문이 아니다. 둘이서 힘을 합치지 않으면 살아갈 수 없었기 때문이다.

"그럼 형들도 생일에 야단나요?"

오른쪽에 선 소년의 질문에 나는 흠칫했다. "생일? 너희도?"

생일날 쌍둥이끼리 순간 이동해 위치가 뒤바뀌는 현상은 우리에게만 발생하는 줄 알았다. 물론 초등학생 때는 '이건 다른 쌍둥이들도 경험하는 일일지도 모른다'고 생각했다. 하지만 아무래도 우리만 그런 모양이라는 걸 차츰 깨달아 갔다. 다른 쌍둥이들과도 이야기를 나눠 봤지만 생일날의 순간 이동에 대해 언급하는 사람은 아무도 없었다. 인터넷 검색을 할 수 있게 됐을 때도 제일 먼저 '쌍둥이 생일 뒤바뀜'이라는 검색어로 조사해 보았지만, 아무 정보도 나오지 않았다. 외계인에게 납치돼 수술당한 사람의 이야기는 잔뜩 나오는데 말이다. 세상에 쌍둥이는 많으니까 혹시 모든 쌍둥이가 그 비밀을 간직하고 있다면, 분명 어디선가 누설될 것이다.

그래서 앞에 있는 초등학생의 말에 놀라 몸을 쑥 내밀었다. "야단나다니, 이동 때문에?"

"이동? 그게 뭔데요?"

어리둥절한 표정을 보고 다른 이야기라는 걸 알았다. "그럼 뭣 때문에 생일에 야단이 난다는 거야?"

"선물 때문에요. 둘이 같은 날이라 엄마 아빠가 쩨쩨하게 굴거든요. 그런 적 없어요?"

"그렇구나. 혹시 생일에 너희끼리 뒤바뀌거나 그러지는 않아?" 물어보았지만 예상대로 "서로인 척해서 놀라게 해 주는 거요? 그런 거 안 해요"라는 대답이 돌아왔다.

역시 이건 우리에게만 일어나는 현상인가 보다고 새삼 재인식했다. 우월감보다 정체 모를 생물을 키우는 듯한 불안감이 더 컸다. 이건 언제까지 계속될까. 늙은 나와 후가가 생일날 몸져누워 있는데도 불구하고 서로의 침대를 오가는 광경이 떠올랐다. 무슨 콩트 같지만, 그 나이를 먹도록 이 현상에서 벗어나지 못하는 건 아닐까.

축구를 다시 시작했을 때 호주머니에 넣어 둔 스마트폰이 떨어졌다. 주우려고 할 때 수신 기록이 눈에 들어왔다. 하루코 씨였다. 부랴부랴 전화를 걸자 "아, 도키와 씨" 하고 그녀의 목소리가 들렸다.

"무슨 일 있었어요?"

"하루타랑 먼저 만나기로 한 거 아니죠?"

"네?"

"축구 교실 훈련에 안 간 모양이라서요."

가슴이 묘하게 술렁거렸다. "그게 무슨 말씀이세요?"

"제가 일이 좀 밀렸거든요. 그랬더니 아침에 하루타가 혼자 갈 수 있다고 해서."

"그런데 안 갔다는 건가요?"

"그런가 봐요. 친구랑 놀러 갔다가 도키와 씨랑 벌써 만난 건 아닌가 싶어서 전화해 본 건데." 하루코 씨가 별일 아니라는 듯 태연한 척하려고 애쓰는 게 전해져 왔다.

불안해서 심장박동이 빨라졌다. 나조차 그렇다.

행방불명되었다가 끝내 시신으로 발견된 초등학생을 떠올리지 말라는 게 억지다.

"하루타가 자주 그러나요?" 축구 교실 훈련을 빼먹고 놀러 갈 아이로는 보이지 않았는데.

"처음이에요. 하지만 같은 방향으로 돌아가는 친구도 있으

212

니까 연락해 볼게요. 괜찮아요, 걱정 말아요. 그럼 2시까지는 공원으로 갈게요."

괜찮아요? 걱정이시죠? 그런 말이 나오려는 걸 꾹 참았다. 그럼 하루코 씨의 걱정만 커진다.

통화가 끝나자 나는 공원을 나와서 바로 후가에게 전화를 걸었다.

어디 가느냐고 뒤에서 소년들이 불렀지만 대답할 여유는 없었다.

"왜?" 전화를 받은 후가의 목소리에서 긴장감이 묻어났다. 내가 초조해한다는 걸 이미 감지라도 한 것 같았다. "조금만 더 있으면 그게 일어날 시간이잖아."

시계를 보았다. 12시가 지났으니 위치가 교환되기까지 시간이 별로 없다.

"나도 그쪽으로 갈게."

후가와 마주칠까 봐 걱정할 상황이 아니었다. 머릿수는 많은 편이 좋다. 슬슬 위치가 교환될 테니 조금이라도 아야시 구역에 가까이 가 있어야 한다.

"무슨 일 있었어?"

"하루타가 보이지 않는대." 행방불명됐다고 설명하기는 무서웠다. 스스로도 별일 아니라고 생각하고 싶었다.

"안 보인다고?"

"축구 교실 훈련을 하러 갈 예정이었는데." 나는 하루타가 축구 훈련을 받는 초등학교 이름을 알려 주었다.

"집은 어디야?"

주소를 대강 말했다. "나도 지금 그쪽으로 갈게. 혹시 찾으면 알려 줘. 하루타의 얼굴은 알던가?"

"요전에 사진으로 보긴 했지만, 정확하게는 기억 안 나."

"사진 보내 줄게."

"알았어." 후가는 이미 밖을 돌아다니고 있을 것이다.

"이쪽으로 이동하면 택시를 타고 아야시로 돌아와. 돈은 나중에 줄게."

"오케이." 그 후 바로 "슬슬 다 됐군" 하고 후가는 말했다.

이동할 순간이 왔다. 최대한 남의 눈에 띄지 않는 장소를 찾아 주변을 둘러보았다. 빌딩 1층으로 뛰어들었다. 다행히도 화장실이 있어 칸에 들어갔다.

스마트폰에 표시된 시각을 확인했다. 정각이다, 라고 생각했을 때 온몸이 찌릿찌릿하니 떨리기 시작했다.

이동한 곳이 어두운 경우는 적지 않다. 사람이 없고 눈에 띄지 않는 환경을 선택하기 때문이리라. 그때도 구석진 나무 뒤편이었다.

늘 하루타와 카드 게임을 하는 공원의 가장자리였다. 오늘 약속 장소이기도 하다. 후가가 여기까지 와 준 것이다.

스마트폰을 호주머니에서 꺼내자 마침 전화가 왔다.

"지금 택시 탔어."

"다시 이쪽으로 오면 동네를 찾아봐 줘."

"알았어."

전화를 끊자 나는 일단 조금 떨어진 곳에 있는 구멍가게로 향했다. 하루타와 몇 번 가 본 곳이다.

마음이 급해서 온 힘을 다해 달렸다. 머리에 떠오를 것 같은 무시무시한 광경을 필사적으로 떨쳐 냈다.

구멍가게 문을 너무 힘차게 열었는지, 좁은 점포에 있던 사람들이 모두 깜짝 놀란 표정으로 이쪽을 보았다. 하루타가 없다는 건 한눈에 알 수 있었기에 나는 바로 가게를 나섰다.

스마트폰으로 하루코 씨에게 전화를 걸었다. 통화 연결음을 들으며 진정하라고 스스로를 타일렀다. 내가 동요한 목소리로 말하면 하루코 씨도 걱정이 커지리라.

하루코 씨는 전화를 받지 않았다. 지금쯤 여기저기 뛰어다니느라 정신이 없을 것이다.

길을 걸으며 호흡을 가다듬었다. 경찰에 신고해야 할까? 뭐라고 하지? 아는 사람의 아이가 없어졌습니다. 얼마 전에 벌어진 사건의 범인에게 끌려갔을 가능성이 있어요.

이야기를 진지하게 들어 줄까. 실제로 초등학생이 사망하는 사건이 발생했으니 어지간하면 귀를 기울여 줄 것 같았지만,

어쩌면 장난 전화도 많을지 모른다.

무턱대고 뛰어다니는 데도 한계가 있다. 아무튼 생각나는 곳을 차례차례 돌아다녔다. 발걸음이 초조함과 불안감을 따라잡지 못했다. 안타까운 심정에 숨이 더 차오르는 것 같았다.

스쿠터를 타고 다니는 편이 낫겠다. 오후 1시가 지나서야 겨우 그 생각이 떠올라 집으로 향했다. 하루타에게 선사할 깜짝 변신 쇼는 이제 어찌 되든 상관없다. 그럴 때가 아니다.

당연히 아무 일도 없다. 몇 번이고 그런 말로 스스로를 달랬다. 분명 나중에 우스갯감으로 써먹게 될 것이다.

연립주택 자전거 주차장에 세워 둔 50시시 스쿠터의 자물쇠를 풀고 헬멧을 꺼냈을 때 전화가 왔다.

하루코 씨가 "죄송해요, 하루타 이 녀석이 친구들과 놀고 있었다지 뭐예요" 하고 말해 주길 기대했다. 그것 말고는 소원이 없었다.

하지만 상대는 후가였다. "유가, 어때?"

"아직 못 찾았어. 지금 스쿠터를 가지러 집에 돌아온 참이야."

"난 초등학교 부근을 돌아다니는 중이야."

"거기도 별다른 성과는 없고?"

"다만 마음에 걸리는 이야기를 들었어. 아이들이 하는 말이라 얼마나 믿을 수 있을지는 모르겠지만."

좋은 소식이라고는 할 수 없다. 나는 스마트폰을 귀에 찰싹

붙였다.

"인도에서 노는 아이들이 있길래 잠깐 물어봤거든. 그런데 걔들이 하루타 같은 아이가 차를 타고 가는 걸 봤대."

최악의 소식이다.

머릿속이 새까매졌다. 검고 묵직한 액체에 몸이 잠기려는 듯한 감각을 간신히 견뎌 냈다.

범인이?

왜 하루타가 목표물이 되어야 한단 말인가.

하루타가 아니라면 괜찮다는 건가?

온갖 생각이 머릿속을 한꺼번에 내달렸다.

"유가, 괜찮아? 진정해." 후가의 목소리가 들렸지만 무슨 말인지는 잘 이해가 되지 않았다. "경찰에 신고하는 편이 좋을지도 모르겠어."

"아아, 그러자." 그렇게 대답했을 때 의문이 떠올랐다.

같은 학교 아이가 참혹한 변을 당했다. 어른뿐만 아니라 분명 아이들도 경계심이 강해졌을 것이다. "모르는 사람이 말을 걸어도 따라가면 안 돼." "누굴 바보로 알아?" 그런 말을 나누었던 것도 기억났다.

"하루타가 따라갈 리 없어." 나는 부정했다.

"억지로 끌고 갔을 가능성도 있어." 후가는 냉정했다. "그게 아니라면."

"아니라면?"

217

"아는 사람이었을 수도 있지."

"아는 사람?"

"예를 들면 그렇다는 거야. 하여튼."

아, 내 입에서 목소리가 새어 나왔다. 무서운 생각이 나를 꿰뚫었다.

"왜?"

"최악이야."

"뭐가."

"그 남자일지도 몰라."

그게 누군데? 눈썹을 찡그리는 후가의 얼굴이 눈에 선했다. 불길한 주문처럼 입 밖에 꺼내기조차 사양하고 싶었다. 그 심정이 전해져서 후가도 알아차렸는지 "말도 안 돼. 어째서?" 하고 작은 목소리로 말했다.

"그 자식, 그저께 밤에 내가 일하는 편의점에 왔었어. 우연히, 손님으로."

"재수 옴 붙었네." 후가는 기억에서 잊힌 전염병이 완전히 박멸되지 않았음을 알아차린 것처럼 짜증과 함께 불안함을 내비쳤다.

"그러다 하루코 씨랑 하루타와 마주쳤지. 그때 자기가 내 아버지라고 그 자식이 말했어."

"차라리 거기 서 있던 전신주가 그렇게 주장하면 받아들일 용의가 있어." 후가도 툭 내뱉듯이 말했다. 냉정한 척하고 있

218

지만 불쾌감이 전파를 타고 귀를 따끔따끔하게 찔렀다.

동감이다. 그 남자에게 아버지 자격은 없다.

하지만 지금은 그게 문제가 아니다.

"그러니까 하루타는 그 남자를 알아." 도키와 형의 아버지로 알고 있을 것이다.

욕하는 목소리가 들렸다. 내 목소리였다. 스쿠터에 시동을 걸고 스로틀을 당겼다. 앞바퀴가 들렸다가 출발했다.

언제 후가와 통화를 끝냈는지도 모르겠다.

그 남자가 뭔가 저질렀다.

이런 걸 보고 활활 타오른다고 할 것이다. 휘발유가 연소하듯 머릿속에서 분노와 초조함의 불길이 치솟았다.

편의점 주차장에서 내가 밀쳐냈을 때, 웃으면서 노려보던 그 남자의 얼굴이 떠올랐다.

설마 내가 저항할 줄은 상상도 못 했을 테니 굴욕적이었을 것이다. 조금 위협을 느꼈을지도 모르겠다.

내게 거역하면 어떻게 되는지 본때를 보여 주마.

그 남자는 그렇게 생각한 것 아닐까.

그리고 하루코 씨와 하루타를 끌어들이려고 했다?

뭘 어쩌려는 생각일까?

너무 화가 나서 손에 힘이 들어갔는지 확 뒤집어질 기세로 스쿠터의 속도가 높아졌다. 당황해서 스로틀을 되돌렸다. 스쿠터가 구불거리며 나아가자 몸이 써늘해졌다. 여기서 사고가 나면 제시간에 못 간다.

제시간에 못 간다고? 무슨 제시간? 뭐가 일어나는데?

어떤 사태를 상상하는 거야?

현도를 계속 달렸다. 추월이 금지된 좁다란 왕복 2차선이라 앞에 차가 있으면 속수무책이다. 조바심이 나서 차간거리를 좁혔다.

앞차의 룸미러에 이쪽을 노려보는 눈이 비쳤다. 오히려 내가 노려보고 싶었지만 싸움이 벌어지면 더 늦는다.

차선이 늘어나는 시점에 단숨에 속도를 높여 추월 차로를 달렸다. 경찰이 있었다면 즉시 사이렌을 울리며 단속에 나섰을 것이다.

그렇게 되지 않기를 바라는 수밖에 없다.

그 남자가 사는 연립주택, 나와 후가가 어릴 적부터 살아온, 그야말로 그냥 살아왔다고밖에 표현할 길이 없는 그곳으로 향했다.

불안은 불안을 증폭시킨다.

꺼림칙한 예감은 꺼림칙한 예감을 키운다.

뚜껑을 열어 보니 기우에 불과했다는 경험담은 흔하다.

따라서 내가 지금 걱정하는 사태는 실제로 일어나지 않는다.

그렇게 스스로를 타일렀다. 헬멧 안쪽에서 내뿜는 숨이 작은 폭풍으로 변해 휘몰아친다. 정말 시끄럽다.

옛날에 살던 연립주택 부근에 오면 늘 마음이 어두워지고

다리도 무거워지지만, 지금은 그런 걸 따질 때가 아니었다.

사람이 있었다면 사고로 이어지기 십상이었을 것이다. 속도를 줄이지 않고 좁은 길을 빠져나가 구석진 곳에 위치한 연립주택에 도착했다. 브레이크를 꽉 잡아 앞으로 고꾸라질 듯 멈춘 후 스쿠터에서 내려 시동을 끄는 동시에 스탠드를 세웠다. 키는 뽑지도 않았다.

시야 구석에 그 남자의 차가 보였다. 여기에 있다. 내 꺼림칙한 상상이 빗나가길 바라며 계단을 올라갔다. 높게 울려 퍼지는 신발 소리가 경고음처럼 들렸다.

나는 잠긴 현관문을 혼신의 힘을 다해 확 잡아당겼다. 건물이 낡은 데다 문도 얇아서 부술 작정으로 힘을 주자 간단히 열렸다.

요란한 소리가 났다. 반쯤 부서져도 상관없다는 기분이었지만, 문손잡이의 자물쇠 부분이 망가진 정도였다.

나는 신발을 신은 채 안으로 들어갔다.

현관문을 등지고 있던 그 남자가 고개만 이쪽으로 돌려, 휘둥그레진 눈으로 나를 보았다. 당장이라도 폭발할 것처럼 씩씩대며 쳐들어왔으니 많이 놀랐으리라. 그 너머에서 하루코 씨가 역시 동그래진 눈으로 몸을 일으켰다. 옷이 풀어헤쳐진 모습이었다.

동요하지 마.

나는 마음을 추슬렀다. 상상한 범위 내다. 당황할 것 없다.

하지만 마음을 추스르던 말은 머릿속의 어마어마한 열기에 확 끓어올라 바로 증발됐다.

그 남자가 뭔가 말하려고 했다.

입을 열게 놔둘까 보냐.

나는 서둘러 손에 들고 있던 프라이팬으로, 현관 바로 옆 부엌에 놓여 있던 프라이팬을 어느 틈엔가 들고 있었던 모양인 듯, 남자의 머리를 힘껏 내리쳤다.

망설임은 없었다.

머리통을 날려 버릴 작정이었다. 실제로 목 관절이 빠질 것처럼 그 남자의 머리가 홱 돌아갔다.

남자는 하반신에 아무것도 걸치고 있지 않았다. 소름이 끼쳤지만 아랑곳없이 몸 위에 올라탔다. 프라이팬은 이미 어디로 가고 없어 주먹으로 남자를 후려갈겼다. 때릴 때마다 시야가 좁아졌다.

뒤에서 하루코 씨가 몸을 움직이는 게 느껴졌다.

뭐라고 말하려는 모양이었지만 들리지 않았다.

"하루타는 어디 있어?" 나는 남자를 때리면서 물었다. 입에서 피가 나기 시작했지만 개의치 않았다. "어디 있느냐고!"

"어디 있나요?" 옆에서 별안간 하루코 씨가 끼어들었다. 남자의 셔츠를 붙잡고 흔들었다.

하루타가 자기 집에 있다는 거짓말로 하루코 씨를 집으로 유인하고, 말을 안 들으면 하루타의 안전은 보장할 수 없다고 협박해 하루코 씨를 심리적으로 압박했는지도 모르겠다.

그리고 덮친 것이다.

나는 멈추지 않았다. 오른손과 왼손을 번갈아 휘둘러 계속 때렸다. 아프지는 않았지만 팔이 무거워졌다. 기분 나쁜 감촉과 둔탁한 소리가 온몸에 퍼져 나갔다.

"어디 있어? 말할 때까지 때릴 거야." 나는 숨을 헐떡였다. 거짓말임은 알고 있었다. 말을 해도 주먹질은 멈추지 않을 것이다.

"차." 남자가 피와 침으로 범벅이 된 입에서 말을 밀어냈다.

"차?" 하루코 씨가 되물었다.

"아마도 트렁크." 나는 짚이는 곳을 말한 후 "현관에 키 있어요" 하고 덧붙였다. 옛날부터 이 남자는 그 언저리에 자동차 키를 내팽개쳐 두는 습관이 있었다.

하루코 씨는 즉시 현관으로 향했다. 청바지를 제대로 입었는지까지는 모르겠다.

"하루코 씨, 죄송해요. 빨리 가요. 그리고 전부 잊어버려요." 나는 거의 외치다시피 말했다.

나 때문에 이런 일에 휘말리고 말았다.

미안한 마음뿐이었다.

하루코 씨는 아무 말 없이 밖으로 뛰쳐나갔다.

방에 남자와 나, 둘만 남았다.

"가족끼리 오붓한 시간을 보낼 수 있겠다, 그렇지?" 나는 그렇게 말한 후 다시 때리기 시작했다.

사람을, 그것도 얼굴을 때리는 건 처음인데, 그 첫 상대가 이 남자일 줄이야.

계속 때렸다. 귀에 거슬리는 소리가 났다. 주먹이 마비됐는지 몇 배로 부풀어 오른 것처럼 느껴졌다.

인간의 얼굴은 생각 이상으로 튼튼했다. 박살 내 버릴 작정으로 때렸지만 이 하나가 빠진 정도였다.

남자가 몇 번인가 몸을 뒤집으려고 시도했지만, 나는 그때마다 균형을 잡고 빠져나가지 못하도록 단단히 눌렀다.

머릿속이 부글부글 끓어올랐다.

이대로 계속 때리다 보면 끝이 찾아올까.

그건 그것대로 상관없다고 생각했을 때 그게 일어났다. 찌릿찌릿하니 살짝 전기가 통하는 듯한 감각이 느껴졌다.

하필 이럴 때 위치가 교환되는 건가?

시간을 확인하지 않았다. 벌써 시간이 그렇게 됐나. 밑에 깔려 있는 남자를 보았다. 내 검붉은 증오에서 생겨난 점토를 처바른 것처럼 얼굴이 피투성이로 퉁퉁 부었다. 후가가 여기로 이동해 온다. 여기 나타나서 대체 뭘 어떻게 생각할까.

하다못해 스마트폰으로 상황을 설명하고 싶었지만, 그럴 여유는 당연히 없었다.

이동한 곳은 화장실 칸이었다. 후가는 위치 교환이 발생하는 생일날의 규칙 '들어갈 때는 화장실에'를 지킨 것이리라.

문을 열고 뛰쳐나왔다. 소리가 시끄러웠는지 세면대 앞에 있던 늙수그레한 남자가 깜짝 놀라서 돌아보았다.

괜히 얼버무리듯 손을 첨벙첨벙 씻다가 통증에 손을 거뒀다. 주먹이 피투성이였다. 피부가 벗겨진 건 물론, 뼈와 근육도 상했음이 틀림없다.

거울에 무서운 표정이 비쳐 걸음을 멈췄다.

나다.

미간에 주름이 잡혔고, 눈에는 핏발이 섰으며, 입가가 딱딱하게 굳었다. 얼굴을 돌린 순간 거울 속에 그 남자가 보여서 다시 시선을 주었다. 거울 속에는 나밖에 없었다.

바로 밖으로 나왔다.

DIY 가게의 출입구였다. 자동문을 통과했다. 국도 48호선이 눈앞에 있었다. 후가는 아야시 구역을 돌아다니다가 시간이 돼서 이 가게 화장실로 뛰어든 걸까.

빨리 돌아가야 한다.

그 남자를 용서할 수 없었다. 내 콧숨이 시끄러워 귀가 따가울 지경이었다. 스마트폰을 꺼내 후가에게 전화하려는데 경적 소리가 들렸다. 살그머니 부르듯이 조심스러운 소리에 고개를 들자 택시 기사가 손을 흔들고 있었다. 혹시나 싶어 다가가자 당연하다는 듯이 택시가 움직이더니 내 옆에서 뒷좌석 문이 열렸다.

후가가 여기까지 타고 온 택시다. 시간이 다 되어 이 가게 화장실에 들어가기로 한 것이리라.

"그런데, 어디로 모실까요?" 택시 기사가 물었다.

목적지는 하나뿐이다. 피로 더러워진 주먹을 감추었다. 좌석에 묻은 피도 몰래 닦았다. 연립주택으로 돌아가자고 외치고 싶은 기분을 꾹 참고 주소를 말했다.

택시 기사는 느긋하게, 이쪽 상황을 모르니까 죄는 없지만, 내비게이션에 주소를 입력했다.

"최대한 빨리 가 주세요" 감정을 억누르고 부탁했다.

센다이역으로 곧장 이어지는 니시 도로의 터널을 통과하는 중에 스마트폰을 조작했다. 빨리 후가와 연락하고 싶었다. 터널 속 조명이 차례차례 뒤로 지나갔다.

거기로 간 후가는 어쩌고 있을까. 내가 두드려 팬 그 남자를 보고 많이 놀랐을 것이다.

통화 연결음은 들렸지만 받을 낌새 없이 음성 사서함으로 넘어갔다. 메시지를 남길 마음이 들지 않아 그냥 끊었다.

욕설이 나오는 걸 참았다.

하루코 씨의 모습이, 겁에 질렸으면서도 분노가 새겨진 그녀의 얼굴이 떠올랐다. 내가 그렇게 만들었다. 남에게 민폐를

끼치지 않고 성실하게 살아온 그녀의 앞길에 진흙을 처발라 버린 셈이나 다름없다. 찰싹 들러붙어 결코 지워지지 않는 더러운 진흙을.

하루타는 무사히 발견됐을까. 거기서 무사히 벗어났을까.

알 수 없는 것투성이라 절규하고픈 마음을 참는 게 고작이었다.

고개를 숙이고 있던 탓인지 도중에 택시 기사가 "속이 안 좋으세요?" 하고 걱정했다.

"괜찮습니다." 그렇게 대답하는 내가 못마땅했다. 하나도 괜찮지 않다.

그래도 택시 기사는 최대한 빨리 연립주택까지 가 주었다. 지갑에서 천 엔짜리를 꺼내서 건네고 거스름돈은 필요 없다고 말하며 구르다시피 택시에서 내렸다.

연립주택 앞 주차장에 경찰차와 구급차가 있는 장면도 상상했지만, 그렇지는 않았다.

계단을 올라갔다. 문이 망가진 남자의 집으로 다가갔다. 아까 미친 듯이 날뛰어 몹시 시끄러웠을 텐데도 이웃 사람들은 모여 있지 않았다. 우리 집은 옛날부터 폭력과 소음이 넘쳐 났으니 그들도 익숙해진 걸까.

집 안에는 아무도 없었다.

아까 내가 주먹질을 했던 곳에는 약간의 핏자국과 프라이팬이 남아 있었지만, 그 남자는 없었다.

어디로 간 걸까.

집을 나서서 바깥에 눈길을 주었다. 그 남자의 차가 없었다. 계단을 내려가 도로로 나온 다음 왔던 길을 되짚어서 달렸다.

상상의 나래를 펼쳤다.

이쪽으로 이동한 후가는 쓰러진 그 남자 앞에 나타났지만, 몸에 올라탄 상태는 아니었을 것이다. 그 남자는 내가 힘을 뺐다고 생각하지 않았을까. 옳거니 싶어 벌떡 일어나서 집을 뛰쳐나가 차를 타고 달아났다. 그렇게 된 것 아닐까.

자동차 키는?

하루코 씨가 트렁크를 열려고 가지고 나갔다. 여벌 열쇠를 가지고 있었나.

혹시나 또 하루코 씨 모자가 붙잡히지는 않았을까, 그것이 제일 걱정이었다. 나는 스마트폰의 통화 기록 화면에서 하루코 씨의 이름을 눌렀다. 통화 연결음이 되풀이되다 드디어 "여보세요" 하고 하루코 씨의 목소리가 들렸다.

"무사하세요?" 하고 물었다. 진심으로 사과하고 싶었지만, 일단 현재 상황부터 확인하고 싶었다. "하루타는요?"

"울다 지쳐서 잠들었어요. 지금 택시 타고 가는 중이에요."

트렁크에서 구해 낸 걸까. 그 남자 손아귀에서 달아났다는 것만으로도 일단 안심이었다. "정말 죄송해요. 저 때문에 괜히 말려들어서."

"대체 이게 다 뭐죠?"

"두 사람에게는 아무 잘못도 없어요. 저희 집안 사정에 말려들었을 뿐이에요."

"말려들었다니, 말 한번 쉽네요. 난 그런 꼴을 당했다고요!"

하루코 씨가 큰 소리를 지른 후 바로 입을 다물었다. 하루타가 깰까 봐 우려했는지도 모른다. 말소리 없이 전화가 끊겼다.

내가 통화 종료 버튼을 눌렀다고 여기고 싶었으나 아니었다. 하루코 씨가 끊었다.

잘 지내라고도 고맙다고도 말하지 못했다. 좀 더 사과해야 했다. 내 가슴속에서 말이 다할 때까지, 사죄의 말을 꺼내 놓아야 했다.

그러고 보니 스쿠터도 없어졌다는 걸 깨달았다. 역시 고려할 가능성은 많지 않다.

후가다. 키를 꽂아 두었으니 타고 간 거다. 그 남자가 차로 달아나서 쫓아간 게 틀림없다.

여기로 이동한 후가는 얼굴이 찌그러질 만큼 내게 얻어맞아 피투성이가 된 그 남자를 보고 재빨리 상황을 파악했다. 틀림없다.

"척 보면 알지. 내 앞에 그 인간이 피투성이로 쓰러져 있다. 즉 유가가 그런 거야. 유가가 펄펄 화를 낼 만한 짓을 놈이 저지른 거겠지. 네발로 기다시피 달아나는 놈을 보고 절대로 놓치지 않겠다고 마음먹었어. 스쿠터가 있길래 타고 쫓아갔지."

그 후에 후가와 이야기를 나누었다면 분명 그렇게 말했을 것이다.

하지만 실제로는 그렇지 않았다. 후가와 이야기할 기회가 없었기 때문이다.

"잠깐만." 다카스기가 지금까지 중에 제일 당황한 표정을 지었다. 사기 행각이라도 알아차린 것처럼 "그게 뭔 소리야" 하고 낯선 목소리로 말했다.

"뭔 소리냐니요?"

"그게, 이상하잖아."

"아, 죄송해요. 처음에도 잠깐 말씀드렸지만." 나는 손바닥을 앞으로 내밀었다. "제 이야기에는 거짓말과 생략이 포함되어 있습니다. 그러니까 당연히 뭔가 이상하다고 느끼실 수도 있습니다만, 지금은 대체 어느 부분이 마음에 걸리셨나 궁금하네요."

내 반응이 예상외였는지 다카스기는 "어, 아니" 하고 일단 스스로를 진정시켰다. "일단 다음 내용부터 듣고 나서. 으음, 동생과 이야기할 기회가 없었다는 건."

동생이라는 인식은 별로 없었다. 함께 태어나 살아남기 위해 어깨동무를 하고 난관을 넘어왔기에 상하 관계 없는 동지라는 마음이 강했다.

이야기를 계속하겠다. 내가 전하고 싶었던 이야기의 최종

장, 거의 마지막 장면이다.

연립주택을 뛰쳐나온 나는 그 남자와 후가, 차와 스쿠터가 어디로 갔는지 혈안이 되어 찾았다. 무작정 뛰어다닌들 눈에 띌 리 만무했고, 그렇다고 지나가는 사람에게 물어볼 수도 없었다.

그러나 길을 두 개쯤 빠져나왔을 때 부자연스러우리만치 사람들이 많이 모여 있는 걸 보고 발을 멈췄다.

사람들이 웅성거리고 있었다.

바로 사고라는 직감이 왔다. 현장이 보이기도 전부터 흥분과 곤혹스러움이 뒤섞여 뭐라 형용할 수 없는 목소리가 주변의 공기를 뜨겁게 달구고 있었다.

헤집고 들어가야 할 만큼 구경꾼이 많은 건 아니었지만, 사람과 사람 사이를 밀치락달치락 빠져나가 맨 앞으로 나섰다. 가슴속에 거품이, 열기를 띤 거품이 차례차례 솟아오르고 심장박동이 빨라졌다. 불탄다, 불탄다, 하고 흥분된 목소리가 들렸다. 예외 하나 없이 모두 스마트폰을 꺼내 카메라를 들이대고 있는 것처럼 보였다.

차가 불타고 있었다. 그 남자의 차다. 길에 세워져 있던 미니 트럭에 충돌했다. 차에 등유인지 뭔지가 실려 있었다고 누군가가 말하는 소리가 들렸다.

다가오지 말라는 듯 불길이 활활 타올랐다. 차체 안쪽에서 혀 같은 불길이 깨진 유리를 이리저리 핥았다.

"운전자는." 나도 모르게 말을 꺼냈다.

"글렀어. 아까 누가 구해 내려 했지만, 이미 틀렸나 보더라고." 옆에 있던 양복 차림 남자가 가르쳐 주었다. "세워져 있던 트럭에는 아무도 없었던 모양이지만."

불타는 차를 바라보며 몸에서 힘이 빠져나가는 걸 느꼈다. 지금까지 우리를 괴롭혀 온 데다 방금 전에도 내 인생을 짓밟으려 했던 남자가 허무하게 달아났다. 이제야 자기가 그랬던 것과 똑같이 두드려 패서 고통을 안겨 주려고 했는데 스르륵 빠져나가서 사라졌다. 그런 생각밖에 들지 않았다. 욱신거리는 주먹이 이런 법이 어디 있냐고 항의하는 것만 같았다. 이런 법이 어디 있냐고, 이렇게 됐다고 용서해 줄 것 같으냐고.

잠시 멍하니 서 있자니 "스쿠터 쪽도 아마 틀렸겠지" 하고 양복 차림 남자가 말했다.

"스쿠터?"

"차에 부딪칠 뻔해서 피한 건 좋았는데, 옆으로 미끄러지는 바람에 노상에 주차된 트럭을 들이받았어."

"어디 있어?" 양복 차림 남자의 멱살을 잡을 기세로 물었다. 실제로 잡았을지도 모르겠다.

"누가 저쪽 인도로 옮겼는데."

가리키는 방향으로 달려갔다. 20미터쯤 떨어진 곳에 역시 사람이 모여 있었다. 그 중심에 한 명이 쓰러져 있었다.

모습이 확실히 보이기도 전에 확신했다. 저건 후가다.

그다음부터는 기억이 모호하다. 주변에 선 사람들을 손으로 밀쳐 냈다. 구경거리 취급을 당하는 기분이라서 그랬는지도 모르겠다. 비켜, 비켜, 하고 밀어냈다. 투덜거리는 사람도 있었지만, 미친 것 같은 내 모습이 무서웠는지 뒤로 물러났다.

후가는 옆으로 쓰러져 있었고, 누가 벗겼는지 헬멧도 곁에 놓여 있었다. 나는 냉큼 쪼그려 앉아 "야, 후가" 하고 후가를 불렀다.

후가가 옴짝달싹도 하지 않는다는 현실을 받아들일 수 없었다. 흘러나온 피가 몸 아래에 웅덩이처럼 고여 있었다.

그때 카메라 셔터 소리가 났다. 흠칫 놀라 일어서자 내 또래로 보이는 키 큰 남자가 스마트폰을 들고 있었다.

"찍지 마." 나는 그 스마트폰을 확 낚아챘다.

후가의 사진이 구경감으로 나돌게 할 수는 없어.

그 남자가 눈을 부릅뜨며 돌려달라고 손을 내밀었다. 나는 손을 뿌리치고 "찍지 마" 하고 다시 말했다. 침이 튀었다. 스마트폰을 통째로 박살 내 버리고 싶었다.

남자가 내 옷을 붙잡고 세게 잡아당겨서 나도 정색하고 버텼다. 어이, 그만해, 그만하라니까, 하고 누가 사이에 끼어들었지만 남자는 그만두지 않았다.

그때 구급차가 도착했다. 주변 사람들이 갑자기 부산하게 움직이기 시작했다. 나는 들고 있던 스마트폰을 내팽개쳤다.

"동생은 세상을 떠났나?" 다카스기가 나를 가만히 바라보았다. 변함없이 차갑게 얼어붙은 듯한 표정이었지만, 눈빛은 딱딱했다. 화난 걸까.

내가 수긍하자 그는 "정리 좀 할게" 하고 퉁명스럽게 말하더니, 내 말을 일단 중단시키기 위해서인지 손을 앞으로 살짝 내밀었다.

나는 고개를 끄덕여 동의했다. 그동안 스마트폰을 만지작거렸다. 도호쿠 신칸센의 운행이 중단됐다는 기사는 이미 뉴스 사이트의 톱 페이지에서 내려갔지만, 그렇다고 사태가 해결됐으리라는 보장은 없다. 아마 여전히 멈춰 있을 것이다.

다카스기는 내 이야기를 어떻게 받아들여야 좋을지 고민하고 있었다.

잠시 침묵을 지키던 그는 눈살을 찌푸리더니 "그럼 이건" 하고 자기 노트북에 시선을 주었다. 화장실에서 나와 후가가 뒤바뀐 순간을 포착한 영상을 가리키는 것이다.

"조작한 영상이에요."

"그렇다고 봐야겠지."

"죽은 동생과 서로 위치를 바꾸기는 불가능하니까요."

"하지만 가공하거나 편집한 흔적은 없다고 했는데."

"그렇게 말한 사람을 얼마나 신용할 수 있느냐가 문제겠죠."

"그게 무슨."

"다카스기 씨가 제 이야기를 들어 주셨으면 했어요. 저의, 저와 후가의 이야기를요. 하지만 대놓고 연락해 본들 안 만나 주실 것 같더라고요."

"그래서?"

"흥미가 동하시도록 그 동영상을, 다카스기 씨의 회사에서 일하는 아르바이트생에게 건넸습니다."

"녀석도 한패였나?"

"돈을 주고 부탁했을 뿐이에요." 다카스기가 관심을 보이면 그 동영상에 찍힌 사람을 찾아낼 수 있게끔 협조해 달라는 부탁도 했다.

"그렇게 번거롭게 굴 것 없이."

"생일날 두 시간마다 순간 이동해서 서로 위치가 바뀌는 쌍둥이가 있다고 하면 믿어 주셨을까요?"

다카스기는 표정 변화 없이 "분명 안 믿었겠지만" 하고 고개를 끄덕였다. "이야기는 들어 보겠지. 우리는 늘 재미있는 소재를 찾고 있으니까."

"아무리 그래도." 순간 이동한다는 쌍둥이를 순순히 인정하기는 힘들 것이다. "그래서 일단 다카스기 씨의 흥미를 끌어서." 상대편에서 먼저 접촉하기를 기다렸다. "사람은 남이 알려 준 것보다 스스로 발견한 걸 더 믿는 법이거든요."

분명 영상에 잔꾀는 부렸지만, 내용을 조사해도 들통나지 않을 자신이 있었다.

"일단 제 이야기를 들어 주셨으면 했어요. 후가와 저에 관한 이야기를."

"생일날 서로 위치가 바뀐다는 건."

"물론 진짜죠."

아직도 그 농담을 철회하지 않는 거냐고 따지고 싶은 듯 다카스기가 어이없다는 표정을 지었다.

"하지만 그걸 증명할 길이 없네요. 후가가 있다면 실제로 보여 드렸을 테지만요."

"뭘 바라고 이런 이야기를 꺼내 놓은 거야?" 다카스기는 드디어 이야기의 윤곽이 보여서인지 방금 전까지만 해도 의아해하던 분위기가 줄어들고 여유가 그 빈자리를 채웠다. 헐값에 시시한 방송 소재를 팔아 치우려는 일반인을 상대하는 마음일지도 모르겠다. 그렇다면 흥정에는 익숙하리라.

"방송에 사용해 주셨으면 합니다." 단숨에 말하지 않으면 창피해서 말을 꿀걱 삼킬 것만 같았다.

"하지만 가공된 영상이잖아? 그런 걸 어떻게 채택해?"

"그러니까 기묘한 영상은 제쳐 놓고, 저 자신을 취재해 주시지 않겠어요?"

"너를?"

지금 내 표정은 어떨까. 진지함이 전해질까, 아니면 자기과시욕이 노골적으로 드러났을까.

236

"지금까지 말씀드렸다시피 제 인생은 단순한 행복과는 아주 거리가 멀어요. 건강하게 살고 있으니까 그걸로 됐다 싶기도 하지만, 좋은 일이라고는 거의 없다시피 해서요."

"생일날 순간 이동하는 건 아주 드문 선물 같은데." 다카스기가 깔보듯이 말했다.

"안 믿어 주시는 건가요?"

"믿는 사람이 있다면 나한테도 좀 알려 줘. 그 영상이 진짜라면 그나마 관심이 가겠지만, 가공했다면 가짜로 장난질하는 거랑 다를 바 없어."

"동영상은 조작했지만, 지금까지 살아오면서 위치 교환이 일어났던 건 사실입니다."

"취재해서 뭘 어쩌라는 거야?" 다카스기가 지긋지긋하다는 투로 물었다.

"그러니까 방송에 내보내 달라고요."

"추억이나 만들어 보겠다는 건 아니지?"

"아까도 말씀드렸지만 그 정도 좋은 일은 있어도 되지 않을까 싶거든. 쥐구멍에 볕 든 날이 이번 생에는 없었으니까요."

"그딴 말을 믿으라고?"

다카스기는 내 말에 내막이 있다는 걸 꿰뚫어 본 것 같았다.

나는 물컵을 단숨에 비우고 "알겠습니다. 솔직히 말할게요" 하고 입을 열었다. 딱히 숨길 생각은 없었다. "어머니예요."

"어머니?"

"제가 고등학생 때 집을 나갔다고 말씀드렸죠? 어머니다운 모습은 한 번도 보여 주지 않고, 가라앉는 배에서 혼자 탈출하듯 행방을 감춘 그 여자요."

"그 여자."

"그 여자를 찾고 싶어요. 제가 텔레비전에 나오면 알아볼지도 모르죠."

다카스기가 가만히 나를 바라보았다. 제정신으로 하는 말인가 애처로워하는 것 같기도 했다. "우리 방송의 영향력을 높이 평가해 주는 건 고맙지만, 설령 너를 방송에 내보낸들 어디 있는지도 모를 어머니에게 전해질 만큼 화제가 된다는 보장은 없어."

"제가 지금 들려드린 내용이라도 화제가 안 될까요?"

쌍둥이가 생일날에 순간 이동을 한다고요.

홈쇼핑 방송의 홍보 문구를 소리 높여 말하는 것 같아서 창피했다. 하지만 창피하다고 그만둘 생각은 없었다. "순간 이동을, 그것도 두 시간마다" 하고 굳이 필요 없는 말까지 덧붙이자 지금 사면 원 플러스 원 하고 홍보하는 홈쇼핑 쇼 호스트의 말투와 더더욱 비슷해졌다.

허, 하고 다카스기가 어이없다는 듯 숨을 내뱉었다. 오늘 만난 후로 가장 감정을 드러낸 순간으로 보였다. 나를 머리부터 발끝까지, 정확히 말하자면 패밀리 레스토랑의 테이블 위로 나와 있는 몸통까지지만, 관찰하듯 훑어보더니 몸을 일으켰다.

돌아갈 생각인가.

붙잡아야 한다는 생각에 나도 일어서려 했을 때 "뭐, 알았어. 음, 잠깐만 기다려. 지금 위쪽과 상의해 볼 테니까" 하고 다카스기는 손가락으로 천장을 가리키더니, 내 대답도 기다리지 않고 가게 입구 근처로 걸어갔다.

정말로 위쪽과 상의해 보려는 걸까.

어떤 방송이 될지 상상의 나래를 펼칠 것만 같았다.

다카스기가 전화를 거는 모습이 멀찍이 보였다. 음료를 한 잔 더 따라 오려다가 펼쳐져 있는 다카스기의 노트북을 보고 살짝 만졌다. 문서나 사진 같은 걸 볼 수 있을지도 모르겠다고 기대했지만, 비밀번호를 요구하는 화면이 떴다. 역시 쉽게 되는 일은 없다.

나름대로 주변에 주의를 기울인다고 기울였지만, 의식이 노트북에 집중돼 있었는지 다카스기가 돌아온 것도 몰랐다.

"부탁이 있는데." 다카스기의 목소리에 깜짝 놀라 펄쩍 뛸 뻔했다.

"부탁? 뭔데요?"

"방금 이야기 한 번 더 들려주지 않겠어?"

"방금 이야기?"

"성장 과정이라고 할까, 그."

"쌍둥이가 겪은 초자연현상에 대해서요?"

"내 설명만으로는 아무래도 이해가 잘 안 되는 모양이야. 간단하게나마 네가 직접 설명하는 편이."

"아, 뭐." 상사가 이해를 못 했지만 일소에 부치지는 않았다는 뜻이다. "그렇다면야."

"여기서 나가서도 괜찮을까. 내 차에 있는 카메라로 찍고 싶어서."

"알몸을요?"

내 농담은 불발로 끝났다. 원래 농담이나 익살과는 동떨어진 환경에서 살아와서 그런 것이니 너그러이 봐주었으면 한다. 그런 쪽으로는 센스가 꽝이다.

계산하는 다카스기를 가게 밖에서 기다리고 있자니, 밥을 사 준 이성을 기다리는 사람은 이렇게 무료한 걸까, 하고 상상하고 싶어졌다.

"이쪽." 가게에서 나온 다카스기는 웬지 언짢은 듯한 표정으로 주차장 안쪽을 향해 걸어갔다. 내 수상쩍은 이야기에 진절머리가 난 데다가 상사의 지시까지 떨어졌기 때문일까.

"혹시 잘되면 텔레비전에 나올 수 있는 건가요?" 말을 꺼낸 건 불안했기 때문인지도 모르겠다. 입을 꾹 다물고 있을 수가 없었다.

차가 어깨를 움츠린 채 쑤셔 박혀 있는 듯한 주차장은 어둡고, 전체적으로 눅눅하니 차가운 빛을 띠고 있었다.

다카스기는 검은색 미니밴의 슬라이드 도어를 열었다.

카메라를 꺼내는가 싶어 나는 그의 뒷모습을 보며 서 있었다. 방심했다고밖에 할 말이 없다.

그가 차 안에서 몸을 꺼내 "도키와, 이거" 하고 돌아보았을 때도 나는 경계하지 않았다. 손에 들고 있는 물건도 비디오카메라라고 믿어 의심치 않았다.

모양이 다르다고 위화감을 느꼈을 때 그가 손을 휘둘렀다.

재빨리 피했지만 머리에 충격이 가해졌다. 머리에 금이 간 것 같은, 아니 실제로 금이 갔을지도 모르겠다. 시야가 어두워졌지만, 불꽃이 튀는 건 보였다.

아프다. 망치? 왜 방심한 거야! 뼈가 부러졌을까. 온갖 생각이 머릿속을 내달렸다. 빨리 태세를 정비해야 한다 싶어 눈을 뜨려고 했다. 내달리던 생각이 망치에 맞아 깨진 부분에서 빠져나가고 있는 거 아닐까. 힘이 들어가지 않았다. 애당초 팔이, 손목에 수갑이라도 채운 것처럼 벌어지지 않았다. 진짜로 수갑을 채웠다는 걸 뒤늦게 알아차렸다.

머리에 종이봉투가 씌워졌다. 이대로 공기가 차단되어 숨막혀 죽는 걸까. 그래도 상관없다는 느낌이었다. 머릿속이 전부 내팽개치고 싶다는 기분에 잠식됐다. 미니밴 안으로 밀려들어갔다.

'어째서?'가 아니라 '어디서?'라는 생각뿐이었다.

어디선가 눈치챈 것이다. 어느 시점에서? 역시 제멋에 겨워 너무 떠들었는지도 모르겠다. 다카스기가 경계하겠다는 위험은 느꼈지만, 입을 가만히 놔둘 수 없었다. 힌트를 너무 많이

쳤다.

차의 진동을 느끼며 구멍 뚫린 머리로 생각했다.

다카스기를 만나고 싶었던 것은 방송에 출연하고 싶어서가 아니다. 어머니와는 하등의 관계도 없다. 방송에 나가서 접촉을 시도하는 번거롭고 불확실한 수단에 의지할 생각은 없고, 애당초 어머니와 만나고 싶지도 않다.

2년 전 그 사건 이후, 하루코 씨 모자와는 연락을 끊었고 학교도 그만뒀다. 센다이시의 바닷가 마을로 이사해 낡은 목조 연립주택에 살며 편의점에서 일했다.

햇빛을 받으며 약간의 수분으로 연명하는 초목이 된 것 같은 기분이었다.

유일한 활동은 볼링 정도였다.

초목의 삶, 아침에 깨어나 밤에 잠자리에 들 때까지 숨만 쉬는 나날을 보내던 가운데, 오랜만에 밖에 나갔다가 볼링장 간판을 보고 뭔가에 이끌리듯 들어간 것이 계기이자 볼링과의 첫 만남이었다.

14파운드 무게의 공을 오로지 던진다. 일심불란 또는 무심이라는 말이 딱 들어맞을지도 모르겠다.

그 후로 시간이 나면 볼링장에 가서 혼자 볼링을 쳤다.

딱히 심혈을 기울일 생각은 없었다. 계속 다니다 보니 실력이 늘어 애버리지도 높아졌지만, 그렇다고 해서 특별한 일이 생기는 건 아니다. 언젠가 옆 라인에서 치던 커플 중 남자가 팔이 하나밖에 없는데도 불구하고 오른팔만으로 스트라이크를 연발해 놀란 적이 있었지만, 그 정도로 특필할 만한 일을 빼면 수면, 식사, 배설이 전부인 초목 같은 일상에 볼링이 더해졌을 뿐이라고, 볼링을 하는 식물이 되었을 뿐이라고 볼 수도 있었다.

그런데 몇 달 전, 텔레비전에서 뉴스를 본 뒤로 상황이 바뀌었다.

행방불명된 초등학생이 집에 돌아왔다는 소식이었다. 가출했거나 미아가 된 것이 아니라, 납치당해 감금되어 있었다고 한다.

당연히 2년 전, 하루타네 학교 재학생이 살해당한 사건이 바로 떠올랐다. '관련성을 조사 중'이라고 뉴스에 나왔으니, 나만 그런 게 아니었던 모양이다.

나는 연일 이 무서운 사건을 보도하는 주간 정보 방송에 시선을 집중했다.

도망쳐 온 소년은 겁에 질렸지만, 그래도 몇 가지 정보를 제공했다고 한다. 지하실에 갇혀 있었다. 목줄 같은 것에 묶여 있었다. 하지만 쇠사슬이 녹슬었는지 계속 잡아당기자 끊어져서 범인이 들어오는 틈을 타 밖으로 달아났다. 지하실에는 침대와 운동기구가 있었다. 아빠가 다니는 피트니트 센터와 비슷하게 생겼다고 증언했다. 늘 휘황하게 불을 켜 놓아, 분명 '휘황하게'라는 표현은 소년이 아니라 어른이 덧붙였겠지만, 아무튼 너무 밝아서 푹 잘 수가 없었다고 한다. 볼일은 요강에다, 식사는 빵, 범인은 언제나 복면을 쓰고 있어서 얼굴은 모른다.

센다이 시내의 피트니트 센터는 분명 모조리 조사를 받았을 것이다.

나는 도망쳐서 구조된 소년의 다음과 같은 증언을 듣고 냉정함을 잃었다.

"빨갛게 칠해진 백곰 인형이 피투성이로 보여서 무서웠다."

무서운 사건을 저지르는 인간이라 그런지 장식품도 으스스한 걸 놓아둔다고 세상 사람들은 느꼈겠지만, 나는 아니었다.

머릿속이 번쩍 빛났다가 금방 어두워졌다. 전류가 과도하게 흘러서 퓨즈가 끊어진 것만 같았다.

백곰 인형이라면 떠오르는 건 하나밖에 없다.

그거다! 그렇게 외치려다 손으로 입을 틀어막았을 정도다.

중학생 때 나와 후가, 와타보코리가 걸어가던 길에 서 있던 여자 초등학생이 '가출했다'고 했다. 후가가 피투성이가 된 백곰 인형을 그 소녀에게 떠안겼다.

거절하지 못하고 인형을 받아 든 소녀는 빨간 핏빛에 놀랐는지 버리려 했지만, 백곰에게 미안한 마음이 들었는지 결국 반쯤 울상으로 끌어안았다.

그 후 소녀는 미성년자가 몰던 차에 치여서 죽었다.

그때 함께 치인 백곰 인형도 너덜너덜한 걸레가 돼 처분된 줄로만 알았다.

그게 다시 나타났다.

소년이 감금된 곳에서 본 인형은 그때 후가가 소녀에게 준 것이다.

너무 성급한 결론 아니냐고 비난해도 내 마음에는 아무 영향도 주지 못했을 것이다.

이미 확신이 굳어졌으니까.

피투성이 백곰 인형이 그렇게 많을까? 게다가 둘 다 흉흉한 사건에 관련됐다.

나는 어느새 행동에 나섰다.

일단 벽장에 몇 년이나 처박아 두었던 상자를 끄집어내 명함부터 찾았다. 고다마의 숙부가 개최한 그 쇼에 잠입해 후가와 함께 난동을 부렸던 날 가져온 명함이다.

그리고 그 쇼의 관람객 중 한 명이었던 변호사의 연락처를 찾아내 전화를 걸었다. 고다마의 숙부 집에서 그런 소동이 발생했으니 이사 갔을지도 모르겠다 싶었지만, 뜻밖에도 사무실 위치도 전화번호도 명함에 실린 그대로였다. 생각해 보면 우리가 고다마의 숙부 집에서 일으킨 소동은 표면화되지 않고 묻혔으니 그들 입장에서도 그대로 지내는 편이 제일 자연스러였으리라.

나는 법률 상담을 원하는 척 변호사를 만나러 가자마자 협박했다.

당시 미성년자였던 뺑소니범은 지금 어디서 뭐 해? 말해. 고다마의 숙부가 개최한 쇼를 들먹이며 폭로당하기 싫으면 빨리 말하라고 으름장을 놓았다.

변호사는 버티지 않았다. 살기 위해서라면 방해가 되는 것들은 전부 버린다는 게 신조인 양 시원스럽게, 불시착에 방해가 되는 짐짝처럼 '비밀 유지 의무'를 획 내버렸다.

당시 고등학생이었던 범인의 부모가 재산가라 '돈은 얼마든지 낼 테니 어떻게든 아들을 구해 달라'고 염치도 없이 의뢰했고, 변호사는 그 의뢰를 받아들였다. 아주 의욕이 넘쳤는지도 모르겠다.

미성년자였던 뺑소니범은 변호사 지인의 양자로 들어가 '다카스기'라는 성씨를 손에 넣었다. 도쿄 도내에 살며 제작 프로덕션에서 일한다는 사실도 알아냈다. 덧붙여 도쿄에 산다지만 출신지인 센다이에 자주 오는 모양이었다.

다카스기가 범인이다.

범인은 뺑소니를 친 후 다카스기로 이름을 바꾸었고, 2년 전에는 하루타네 학교 재학생을 살해했으며, 최근에는 다른 소년을 감금했다. 소년이 달아났으니 망정이지, 아니었으면 역시 목숨을 빼앗겼을지도 모른다. 이 밖에도 피해자가 있을 가능성이 높다. 실제로 2년 전에 한 아이가 행방불명됐다.

내 머릿속에서 완성된 이 일련의 스토리는 이제 완전한 사실로 다가왔다.

시야가 바짝 좁아져 눈앞에 가느다란 빛 한 줄기가 일직선으로 뻗어 있을 따름이다. 초목처럼 인생이라는 지면에 뿌리를 내리고 제자리에서 말라 죽기를 기대했지만, 갑자기 정면에서 한 줄기 햇빛이 비쳤다. 나는 뿌리를 하나씩 땅에서 뽑아 내 앞으로 내던지듯 그 유일한 좁은 길을 나아가기로 했다.

벌레잡이 등불에 현혹됐을 뿐이라 한다면 그야말로 그럴지도 모르지만, 벌레가 그걸 이해한다면 왜 고생을 하겠는가.

도쿄에 가서 다카스기의 주변을 탐색했다. 다카스기가 자주 가는 술집에서 그가 방송에 쓸 법한 재미있는 영상을 찾고 있다는 사실을 알고 그걸 이용하기로 했다.

패스트푸드점에서 찍힌 몰래카메라 영상은 내가 준비했다. 다카스기가 '가공하거나 편집한 흔적은 없었다'고 했는데 당연하다. 그건 진짜로 옛날에 화장실에서 찍힌 영상이니까.

다카스기에게도 이야기했지만, 대학에 들어간 해에 후가와 함께 걸어가고 있는데 웬 남자가 갑자기 말을 걸었다. "여기 찍힌 거 형씨들 맞지?" 하며 그 영상의 부자연스러운 점을 언급했다. 그게 바로 내가 준비한, 화장실에서 촬영된 영상이다. 후가가 "몰래카메라잖아!" 하며 남자를 가볍게 때리고 비디오 카메라를 통째로 빼앗았다. 딱히 어쩌려는 생각도 없이 간직

해 둔 그 영상이 이번에 도움이 됐다.

그 영상이 찍힌 일시는 수정했지만 영상 자체는 손대지 않았다. 그러니 다카스기가 아무리 조사해 본들, 오히려 조사하면 할수록 진짜임이 명백해질 테니 흥미를 품고 내게 접촉할 것이라 예상했다. 방송 제작사의 아르바이트생을 돈으로 꾀어서 협력을 요청했다.

예상은 적중했다.

그와 메일을 주고받은 끝에 오늘 만나기로 한 것이다.

다카스기와 만나서 어떻게 할 생각이었느냐고?

확신했다지만 다카스기가 정말로 뺑소니 사건의, 그리고 2년 전 소녀 살해 사건 및 이번 소년 감금 사건의 범인이 맞는지 확인하고 싶었다.

법적 근거까지는 기대하지 않는다. 다만 나 스스로도 확실하다고 인정할 만한 증거를 얻고 싶었다.

내 반생을 이야기하며 군데군데 다카스기에 관한 에피소드를 끼워 넣을 때마다 긴장되는 마음으로 관찰했다. 몰래 녹음기로 녹음도 했다.

상상 이상으로 다카스기의 반응은 읽기 힘들었다. '얼굴에 쓰여 있다'는 표현에 따르자면 얼굴에 한 글자도 쓰여 있지 않아 읽을 방도가 없었다. 넘겨도 넘겨도 백지였다.

덧붙여 나 자신이 예기치 못한 사태에 동요한 것도 화근이었으리라. 패밀리 레스토랑을 나선 후 다카스기를 미행한다는 계획이 틀어졌기 때문이다. 이 긴급한 사태에 어떻게 대응할지 생각하느라 다카스기에게 말할 내용에 주의를 기울이지 못했고, 감정이 시키는 대로 핵심에 밀접한 화제를 입에 담고 말았다.

게다가 설마 선제공격을 가할 줄은 꿈에도 몰랐다. 망치로 때릴 줄이야.

방심할 마음은 없었지만 신중함이 모자랐던 것이리라. 너무 도발한 걸까.

종이봉투를 뒤집어쓴 탓인지, 아니면 머리를 맞은 탓인지 주변은 컴컴했다. 대체 어디로 끌고 가려는 걸까.

백곰 인형이 있는 지하실일까. 아니면 인적이 없는 숲이나 바다일까.

지금 이 순간 나를 도우러 와 줄 사람이 없다는 것만은 확실하다.

와타야 호코루

이날 오후 4시가 되기 조금 전, 와타야 호코루는 오랜만에 그를 만났다.

가게 자동문이 열려 손님이 왔나 싶었는데, 어디서 본 얼굴이라 서둘러 기억을 더듬었다.

보안 관련 공부 모임에서 안면을 튼 사람 또는 예전에 자물쇠를 열어 달라고 부탁한 사람일까, 아니면 요전에 일본에 초청된 사이버 보안 전문가의 강연에서 만난 동업자일까, 하고 최근의 기억부터 넘겨 가고 있자니 "오랜만이네" 하고 상대가 말했다.

실제로는 그때까지도 그가 누구인지 몰랐지만, 와타야 호코루는 상대의 말을 기다렸다.

"우연히 앞을 지나가는데." 그 우연에 몹시 감명을 받은 표정이라 거짓말이 아닌 건 분명했다. 와타야 호코루의 가게는 국도 48호선 옆에 있다. 지하철 기타요반초역에서 조금 걸어가면 나오는 곳으로, 시가지와는 거리가 멀다. 어디 가는 중이었을까. "가게 이름이 '슈마허'길래 혹시나 싶어 들어와 봤더니."

"슈마허하고는 좀 달라. 그대로 따라 했다가는 역시 피해를 줄 것 같아서."

"피해를 준다고? 누구한테?"

"여기저기."

와타야 호코루는 도쿄의 인터넷 보안 전문 회사에서 3년 일한 후, 별다른 고민도 없이 독립함과 동시에 센다이로 귀향해, 귀향이라고 할 만큼 본인은 센다이에 애향심이 없었지만, 아무튼 가게를 차리면서 이름을 생각하던 중 문득 '슈마허'라는 말이 머리를 스쳤다. 대체 언제 들은 말이었더라. 한참 후에야 중학생 때 같은 반이었던 쌍둥이 형제가 한 말임을 알아차렸다. "네가 장래에 주파수와 관련된 가게라도 차리면 가게 이름을 슈마허로 하면 딱이겠다"라고 쌍둥이 중 누구였는지는 잊어버렸지만 그런 말을 했다.

그리움과 더불어 그 쌍둥이는 참 묘했다는 생각이 들었다. 10대의, 특히 전반전은 변변한 추억이 없다. 떠들썩한 게 질색이고, 아이들과 교류하기도 귀찮아서 늘 책만 읽었을 뿐인데, 지저분하다느니 가난하다느니 욕하는 사람이 있다는 것 자체를 그는 이해할 수 없었다.

내가 지저분하고 가난해서 누가 피해를 봤단 말인가.

중학교 1학년 때였나, 한번 그렇게 물어보자 상대는 "냄새나는 건 민폐지" 하고 침을 뱉었다.

냄새나는 건 사과한다. 하지만 침을 뱉는 건 더 큰 문제다. 상해에 해당하지 않는가. 그렇게 항의하자 상대는 더 화를 냈다. 그런 일의 연속이었다.

집에 돌아가면 무직인 아버지가 누워서 빈둥대고 있다. 낡고 춥고 좁은 셋집은 견딜 만했지만, 돈 한 푼 못 벌면서 방을 차지한 것도 모자라 치한의 오명까지 쓴 아버지는 지긋지긋했다.

그것 때문에도 반에서 괄시당했지만 당시 와타야 호코루에게 꾹 참고 학교에 다니는 것 말고 다른 선택지는 없었다.

"그런데 도키와." 와타야 호코루는 느닷없이 자신의 가게에 나타난 옛 친구를 불렀다. 당시 자기가 그들을 뭐라고 불렀나 고민했다. 같은 학교 같은 반이었을 뿐 특별한 관계는 아니었지만, 그래도 불러 본 적은 있었으리라. "열쇠라도 잃어버렸어?" 자기 가게에 왔으니 그런 용건이리라. "건물? 차? 컴퓨터? 어느 쪽 보안 관련이야?"

"아니, 미안하지만 손님으로 온 건 아니고. 아, 그보다 내가 쌍둥이 중 누구인지는 안 궁금한가 보구나."

"후가?"

"땡. 유가야. 이런 날에 우연히 네 가게를 발견하다니, 이것도 무슨 인연이다 싶어서."

"인연을 핑계로 요상한 가르침을 전하러 온 건 아니겠지?"

"느닷없지만 와타보코리는."

"그건 별명."

"미안해. 하지만 그것밖에 몰라서."

"딱히 상관은 없지만."

"그거 기억나? 옛날에 중학교 때."

"같은 반이었잖아."

"아니, 그거 말고 셋이 같이 걸어가다가 가출한 초등학생이랑 마주쳤잖아."

와타야 호코루는 바로 "아아" 하고 목소리를 높였다.

"기억하는구나."

"그야 물론이지." 와타야 호코루는 고개를 끄덕였다. 어떻게 잊어버리겠는가. 도키와 후가가 떠안긴 지저분한 백곰 인형과, 그걸 껴안은 소녀의 얼굴이 제일 먼저 떠올랐다. 소녀가 차에 치여 죽었다는 소식은 다음 날 아침 뉴스에서 들었던가. 범인이 체포된 후에도 소녀의 무참한 죽음으로 이어지는 기다란 끈의 한쪽 끝을 자신이 붙잡고 있는 듯한 감각은 지워지지 않았다.

"와타보코리, 역시 너도." 카운터를 넘을 것처럼 바싹 다가와서 흠칫 놀랐다.

"역시라니?"

"너도 그때 일을 못 잊는 거로군."

눈앞의 옛 친구는, 과연 친구라 불러도 될지 말지는 제쳐 놓고, 동안이라 옛날과 비교해 그리 많이 변하지는 않았지만, 핏발이 섰는지 눈이 벌겠고 오싹하리만치 무서운 기운 때문인지는 몰라도 인생을 몇 회차는 맞이한 것 같은 피로와 고달픔이 엿보였다.

"혹시 시간 없어? 너한테도 기회를 줄게."

"무슨 기회?"

"만회할 기회. 오늘 만회하는 거야."

"만회?" 무슨 이야기인지 전혀 짐작이 가지 않았다.

중학교 시절, 와타야 호코루는 반 아이들 누구에게도 좋은 인상을 갖고 있지 않았지만, 도키와 형제에게는 아주 약간이나마 기묘한 친근감을 느꼈다. 그들의 집도 자기 집과 마찬가지로 안심이나 평온과는 동떨어진 곳이라는 걸 알았기 때문일까. 또는 그 수수께끼의 일 때문일 것이다.

여느 때와 다름없이 같은 반 아이들에게 폭력과 돌팔매질을 당한 후, 학교 안에 있는 창고에 갇혔다. 창고는 생각했던 것보다 캄캄했다. 입구가 닫힌 순간 야단났다고 느꼈다. 그들이 쉽게 문을 열어 줄 리 없다. 밤을 지새우고 내일까지 기다려야 할지도 모른다. 그러면 학교 갈 준비를 못 하니 수업도 못 받는다. 더구나 갇혔다는 공포가 상상 이상이라 머뭇머뭇 열어 달라고 소리쳤다. 그러자 갑자기 눈앞에 사람이 나타나 와타야 호코루로서는 보기 드물게 비명을 질렀다.

그게 도키와 후가였다. 그 후의 일은 기억이 불확실하다. 다음 순간 기억이 바깥 광경으로 넘어가기 때문이다. 마치 필름이 잘려 나간 것처럼 기억이 건너뛴다.

어느덧 창고에서 조금 떨어진 곳에 서 있었다. 손에는 파티에서 쓰는 폭죽이 쥐어져 있었고, 도키와 후가가 "터뜨려" 하고 부추겼다.

충동적으로 왕따를 시키던 학생들의 귓가에 폭죽을 터뜨리자 그들은 펄쩍 뛸 만큼 놀랐고, 겁 많은 소녀가 벌벌 떠는 것과도 비슷한 그 모습에 와타야 호코루는 10년 묵은 체증이 쑥 내려가는 기분이었다.

통쾌한 체험이었다. 그 후 화난 아이들에게 흠씬 두드려 맞았지만 속이 후련한 기분은 남아 있었다.

"갑작스레 미안한데, 지금 당장 갈 수 없을까?"

"지금 당장? 무슨 일인데?"

그때 뒤쪽에서 "어서 오세요" 하고 와타야 사토미가 나타났다. 점포 겸 가옥의 집 부분에서 들어온 것이다. 머리는 짧고 활발한 인상이다. 어릴 적부터 육상부에서 활약했고, 고등학생 때는 잡지 모델에 가까운 일을 했던 그녀가 활발함과 운동부, 화려함과는 무관하게 살아온 와타야 호코루와 친해져 결혼에 이르기까지는 나름대로 우연과 드라마가 있었지만, 여기서는 생략하겠다.

"이쪽은 초등학교랑 중학교 동창생이야." 와타야 호코루는 아내에게 그렇게 설명한 후, "이쪽은 우리 와이프" 하고 도키와 유가에게 소개했다.

"아아, 안녕하세요."

"별일이네, 친구가 있었어?" 웃으며 그렇게 말하는 와타야 사토미는 역시 부부라 해야 할까, 남편의 인간관계가 협소하다는 걸 잘 안다.

"친구 아니야. 있을 리가 있나."

그 말에 와타야 사토미는 깔깔 웃었다.

"우연히 가게를 보고 반가운 마음에 들어와 봤어요."

"어, 그런데 뭐랬더라? 지금 당장?" 와타야 호코루는 다시 물어보았다.

"아냐, 됐어. 잊어버려."

"잊어버리라고? 갑자기 왜?"

"볼일 있으면 다녀오지 그래? 친구가 찾아오다니 해가 서쪽에서 뜰 일이니까." 와타야 사토미가 말했다.

"잊어버려." 도키와 유가는 다시 한번 그렇게 말했다. 방금 전의 말을 없었던 걸로 하려는 듯한 태도였다.

그가 가게에서 나가자 와타야 호코루는 즉시 쫓아갔다.

"아까 이야기는 뭐야? 뭔가 하려고?"

"아무것도 아니래도."

"나쁜 짓 하려고 그러는구나." 와타야 호코루는 그러지 말았으면 하는 바람과 뜬금없는 소리를 던져 본심을 털어놓게 만들려는 목적에서 그렇게 말했다.

"경찰한테는 비밀이야."

농담으로 받아들이고 싶었지만 묘하게 어둡고 딱딱하게 군은 얼굴을 보자 와타야 호코루는 웃어넘길 수가 없었다.

"센다이에 사는 사람?"

가게로 돌아가자 아내가 물었지만, 와타야 호코루는 대답하지 못했다. 근황도 못 물어봤다. 만회라니 대체 뭘 만회하자는 걸까. 중학생 때 일어난 그 뺑소니 사건과 피해자 소녀가 어쨌다는 걸까.

조금 흥분한 듯 몸을 내밀고 적극적으로 권유하던 그가 느닷없이 태도를 바꾸어 달아나듯 떠난 이유는 명백했다.

와타야 호코루에게 아내가 있는 데다 몸매와 옷차림이 척 보기에도 임산부였기 때문이리라.

끌어들여서는 안 된다.

그가 그렇게 판단했음을 와타야 호코루는 알아차렸다. 즉, 그렇게 판단할 만큼 정상적인 이성을 유지하고 있는 셈이다. 무신경하고 이상한 쌍둥이였지만, 다른 아이들과 달리 자신을 대등하게 대해 주었던 기억이 났다.

그래서인지 심각하게 들린 '만회'라는 말이 더욱 마음에 걸렸다.

대체 뭘 어쩌려는 걸까.

임신한 아내를 둔 사람을 끌어들여서는 안 될 만한 짓을, 본인은 하려고 한다.

"음, 그러니까." 와타야 호코루는 고개를 돌려 아내를 보았다. 대체 뭐라고 설명해야 할지 몰라 머뭇거리고 있자니 아내가 "뭔가 마음 쓰여? 괜찮으니까 쫓아가 봐" 하고 눈치 빠르게 대답해서 놀랐다. "옛날 친구가 찾아온 건 처음이고, 어지간해서는 없을 일이니까."

"친구는 아닌데."

"어휴, 알았으니 다녀와. 그런데 아까 그 사람, 이름이 뭐랬지?"

"도키와." 대답하고 나서 또 중학생 때는 그들을 뭐라고 불렀는지 생각에 잠겼다. 유가와 후가? 도키와 군?

"도키와 씨, 엄청 심각한 표정을 하고 있더라. 걱정돼. 가게는 내가 보면 되고, 혹시 출장 나가야 할 의뢰가 들어오면 전화할게."

몸이 무거운 아내에게 모든 걸 떠맡기고 가게를 비우려니 마음이 무거웠지만 와타야 호코루는 "잠깐 다녀올게" 하고 카운터에서 나왔다.

가게를 나서 국도 48호선 인도에서 좌우를 둘러보았다. 모습이 보이지 않으면 바로 돌아갈 작정이었다. 좌우 어느 방향인지도 모른 채 무턱대고 가 봤자 아무 의미도 없다.

하지만 다행인지 불행인지 와타야 호코루는 방금 전에 가게를 떠난 옛날 동급생의 모습을 발견했다. 오른편 앞쪽, 이미 50미터 넘게 거리가 벌어졌지만 횡단보도를 건너려고 서 있었다.

뛰어가면 붙잡을 수 있을 것 같았지만, 운 나쁘게도 신호가 파란불로 바뀌어 그는 길을 건너갔다.

이제 따라잡을 수 없다.

쫓아가지 않을 이유가 생겨 안도하는 마음으로 와타야 호코루는 가게에 돌아가기로 했다. 그런데 몇 미터 걸어갔을 때 패밀리 레스토랑으로 들어가는 옛날 동급생의 모습이 눈에 들어왔다.

아직 쫓아가려고 하면 쫓아갈 수 있는 상황이 되고 말았다.

어떻게 할까 망설이던 중에 보행자 신호등이 또 파란불로 바뀌었다. 패밀리 레스토랑이라면 이야기를 할 수 있을지도 모르겠다 싶어 건너가기로 했다.

　레스토랑의 계단을 올라 안에 들어갔다. 편한 자리에 앉으라는 종업원의 말에 재빨리 가게를 둘러보는데 하필 그때 도키와 유가가 화장실에서 나왔다. 와타야 호코루는 허둥지둥 얼굴을 돌렸다.

　도키와 유가는 알아차린 낌새 없이 창가의 4인용 테이블에 앉았다. 맞은편에는 낯선 남자가 앉아 있었다. 원래 여기서 만나기로 한 걸까.

　와타야 호코루는 그 근처, 도키와 유가의 뒷모습이 보이는 테이블을 선택했다. 앉으려다 대체 자기가 지금 뭘 하는 건가 싶어 쓴웃음이 나왔다.

　도키와 유가의 맞은편에 앉은 남자는 머릿결이 곱고 단정한 생김새에 무덤덤한 표정이었다. 달리 말하자면 감정이 보이지 않았다.

　노트북을 꺼내 함께 화면을 들여다보기에 처음에는 업무 미팅이라도 하는 줄 알았는데, 얼마 지나지 않아 도키와 유가가 이야기를 시작했다.

　맞은편 남자는 가끔 질문이나 맞장구를 끼워 넣으며 귀를 기울였다.

　아주 긴 이야기였다.

　아까 도키와 유가가 "지금 당장 갈 수 없을까?"라고 했던 건

이 자리를 가리키는 걸까. 여기서 이야기를 해서 뭘 만회하겠다는 걸까.

형사나 탐정도 아닌데 계속 감시하는 것도 이상하다. 와타야 호코루는 커피를 다 마시고 계산대로 향했다.

계산을 마치고 밖으로 나가면서 들키지 않도록 아주 살짝 몸을 돌려 동태를 살피자 도키와 유가 음료를 따르러 갔다가 돌아오는 참이었다. 와타야 호코루가 있는 줄 모르는 그의 표정에서는 긴장감과 진지함이 배어났다.

가게에 돌아온 후에도 도키와 유가 걱정돼 마음이 개운치 못했던 건, 가게를 나설 때 그의 얼굴이 묘하게 어둡고 딱딱하게 굳어 있었기 때문인지도 모르겠다.

수십 분이 지났을 무렵, 아내가 "무슨 걱정이라도 있어?" 하고 물어보았을 정도로 와타야 호코루는 고뇌에 찬 분위기였다.

"한 번만 더 잠깐 밖에 나갔다 오면 안 될까?" 와타야 호코루의 말에 아내는 의아해했지만 뭐라 자세히 설명하기는 어려웠다.

"아까 왔었던 도키와가 좀 걱정돼서."

"아직 그 레스토랑에 있을까?"

"없으면 바로 돌아올게."

"결혼 사기에 휘말렸다든가?"

아내가 그렇게 말한 건 얼마 전에 여자가 남자에게 결혼 사기를 쳐서 큰돈을 가로챘다는 이야기를 텔레비전에서 보았기 때문이다.

도키와 유가가 만난 사람은 남자였지만, 와타야 호코루는 잠자코 고개만 끄덕인 후 다시 패밀리 레스토랑으로 향했다.

국도 옆 인도를 걸어 레스토랑 입구가 보일 때쯤 도키와 유가가 계단을 내려오는 모습이 눈에 들어왔다.

재빨리 눈에 띄지 않는 각도로 이동했다.

도키와 유가와 다른 남자는 주차장 안쪽으로 걸어갔다. 마침 가게를 나설 때 온 모양이다.

와타야 호코루는 바람을 맞아 흐느적흐느적 구르는 솜뭉치처럼 살그머니 따라갔다. 두 사람은 밖에서 보이는 것보다 넓은 주차장 제일 안쪽으로 들어갔다.

수상쩍게 굴다가 들통나면 민망할 테니, 마치 다른 차를 타는 척 어슬렁거리면서 두 사람을 눈으로 좇았다.

미니밴의 슬라이드 도어가 열리는 소리가 났다.

와타야 호코루가 주차한 차량 사이를 빠져나가느라 시선을 돌렸을 때 둔탁한 소리가 들렸다.

뭔가 싶어 급히 몸을 돌려 안쪽에 시선을 주었지만, 각도가 안 좋은지 보이지 않았다. 자연스럽게 지나가는 척, 과연 얼마나 자연스러웠는지는 제쳐 놓고, 발걸음을 돌려 위치를 바꾸었다.

차 안에 사람이 쓰러져 있는 광경이 한순간 눈에 비쳤지만,

남자가 바로 슬라이드 도어를 닫았다.

도키와 유가는 보이지 않았다.

차가 느릿느릿 출발했다.

지금 그건? 와타야 호코루는 그저 우두커니 서 있었다.

도키와 유가는 어디로 사라진 걸까. 차에 탔다고 봐야 앞뒤가 맞을 텐데, 그럼 아까 차 안에 짐짝처럼 쓰러져 있던 사람은 뭘까. 혹시 그 사람이 도키와 유가 아닐까.

움직이는 차를 보며 멍하니 서 있었다. 쫓아가야 하지 않을까. 하지만 미니밴이 이미 주차장 출입구에 접어들어 아무래도 추적은 불가능하겠다고 단념했다.

와타야 호코루는 일단 미니밴이 주차되어 있었던 곳으로 갔다. 바닥에 떨어진 검은 물방울을 보고 신발 밑창으로 문질러 보았다. 생각보다 끈끈했다. 이미 찜찜한 예감이 머릿속을 점령해서인지, 핏자국이라는 생각밖에 안 들었다.

와타야 호코루는 더더욱 초조해졌다.

심상치 않은 일이 벌어졌다. 그 차를 보내는 게 아닌데, 내 불찰이었다는 후회가 밀려왔다.

그런데 주차된 차 너머로 아직 주차장 부지 안에 있는 그 미니밴이 보였다. 어떻게 된 걸까. 발돋움을 해서 상황을 확인해 보니 다른 차에 가로막혀 빠져나가지 못한 모양이었다.

주차장을 달려 나간 와타야 호코루는 국도에 한 발을 내딛고 서서 택시를 잡았다. 자기 가게로 돌아가 차를 몰고 올 여유는 없었다.

저 멀리 보이는 택시가 먹잇감을 발견하고 강하하는 새처럼 재빠르게 두 차선을 변경해서 다가왔다.

올라타자 택시 기사가 고개를 돌려서 어디로 가시느냐고 물었다.

"잠깐만 기다려 주시겠어요?"

"기다리라고요?"

룸미러에 비친 택시 기사의 눈빛이 험악해졌다. 머리털이 하얗게 세었고 숱도 많아서 솜사탕 같다는 생각이 문득 들었다.

"곧 저기서 나올 검은색 미니밴을 쫓아가 주세요."

"어, 쫓아가라니?" 솜사탕 택시 기사의 목소리에 놀라움이 섞였다.

그 직후에 주차장 안을 우회했는지 검은색 미니밴이 출입구에서 나타났다.

"저겁니다." 와타야 호코루는 뒷좌석에서 손가락으로 가리켰다. 너무 쑥 내미는 바람에 운전석 옆의 투명한 플라스틱 보호벽에 손끝이 부딪쳐 희한한 목소리를 내뱉었다.

"괜찮으세요?" 택시 기사가 웃음을 참으며 묻더니 택시를 출발시켰다. "안 들키도록?"

"네?"

"저 미니밴에 안 들키도록 쫓아갈까요? 아니면 그냥 딱 붙어서 갈까요?"

"안 들키도록요."

대답한 후 와타야 호코루는 중학생 때 도키와 형제 중 유가였나 후가였나가 "훗날 택시에 탔는데 택시 기사가 말을 걸면 어떻게 할 거야?" 하고 말했던 게 생각났다. 누구와도 의사소통하지 않고 살고 싶다고, 살아갈 수 있을 거라고 생각하던 시절이었다. 딱히 그 말에 영향을 받은 건 아니지만, 이제는 매일 아내와 대화하고, 손님과 잡담을 나누고, 택시 기사와도 수월하게 이야기를 주고받으며 예상과는 아주 다른 인생을 살고 있음을 와타야 호코루는 실감했다.

택시 기사에게 미니밴의 추적을 맡긴 후 와타야 호코루는 그제야 한숨 돌렸다.

경찰에 신고하는 게 좋을까. 스마트폰을 꺼내면서 고민했지만 결심이 서지 않았다.

미니밴 안에 사람이 쓰러져 있는 광경이 보였다. 하지만 너무나 찰나였기에 정말로 봤다는 자신은 없었다. 핏자국! 번쩍 생각나서 신발을 비스듬히 뒤집어 밑창을 보았다. 이미 흙이 들러붙어 피가 맞는지 긴가민가했다.

상황이 좀 더 명확해져야 경찰도 움직여 줄 것이다.

"주택지로 들어왔습니다." 20분쯤 지나서 솜사탕 택시 기사가 불쑥 말했다.

"여기는 어디쯤인가요?"

택시 기사가 주택지 이름을 말해 주었다.

미니밴이 커다란 주택 앞에 정차했다. 그보다 한참 못 미친 지점에 택시를 세워 달라고 했다. 택시 요금은 미리 냈으므로 비교적 금방 차에서 내렸다. 집에 딸린 차고의 셔터가 열리고 미니밴이 안으로 들어갔다.

이 집에 사는 사람인가?

아직 밤이 되려면 멀었지만 동네는 조용했다. 집들이 숨을 죽인 채 지휘자가 지휘봉을 휘두르기를 가만히 기다리는 듯한 긴장감이 느껴졌지만, 그건 와타야 호코루 본인이 긴장되고 불안한 탓이리라.

미니밴이 들어간 집 앞으로 다가갔다. 차고 셔터는 이미 닫힌 후였다.

훌륭한 3층짜리 집을 보자 고급 양복을 쫙 빼입은 늘씬한 부유층이 연상됐다. 그러나 마냥 세련되지는 않고 즉흥적으로 덕지덕지 증축한 듯한 부분도 있어, 좋은 가문의 후계자라기보다는 수단 방법 가리지 않고 부를 쌓은 천박한 부호에 가까워 보이기도 했다.

도키와 유가는 여기로 끌려온 걸까?

어쩌지?

집 앞에 서 있을 수도 없어 지나쳤다가 다시 돌아왔다.

초인종을 누를까, 아니면 당장 경찰을 부를까.

그렇게 오랫동안 고민했다는 자각은 없었지만, 어쩌면 나름 대로 제법 오래 거기 우뚝 서 있었는지도 모른다. 다시 집 앞을 지나쳤을 때 뒤에서 모터 소리와 함께 셔터가 열리기 시작했다.

와타야 호코루는 냉큼 뛰어가고 싶은 충동을 꾹 억눌렀다.

미니밴이 다시 나왔다. 육식동물이 소리도 없이 뒤를 지나쳐 가는 듯한 감각이 느껴졌다. 와타야 호코루는 아무 일도 없이 차가 멀어지기를 기다렸다.

셔터가 다시 닫히기 직전에 안으로 뛰어들까 생각도 했지만, 미니밴의 백미러나 사이드미러에 비칠 가능성도 있기에 참았다.

와타야 호코루는 벽이 흰 집을 올려다보았다. 하얀 거인과 상대하는 듯한 기분이었다.

대문 옆의 초인종을 눌렀다.

반응이 없어서 잠시 기다렸다가 다시 눌렀지만 잠잠할 뿐이었다.

뭘 어떻게 할지 마음을 정하고 스마트폰을 꺼냈다.

"어때?" 아내 와타야 사토미는 바로 전화를 받았다.

와타야 호코루는 주택지 이름을 말해 자신이 지금 어디에 있는지 알렸다.

"일?"

"그건 아니고, 아니 그렇다고 해도 되려나. 작업 도구 좀 가져다줘."

"지금? 가게는 누가 보고?" 의문스러워하던 와타야 사토미가 "뭐, 알았어" 하고 말을 이었다. "살다 보면 가끔 그럴 때도 있지."

아내의 빠른 판단에 와타야 호코루는 감격했다. 예전부터 만사에 재빠르게 대처하고 임기응변에도 능한 성격이기는 했지만, 임신한 후로 그런 경향이 더욱 강해졌다. 아기가 지시를 내리는 것 아닌가 의심이 들 만큼 태도가 시원시원해졌다.

그 시원시원함이 운전에도 영향을 주었는지, 와타야 호코루가 전화를 끊고 주택지의 공원, 널찍한 공간에 비해 이용하는 사람은 적어 전세 낸 듯한 기분이 드는 공원에서 기다리고 있자니 체감상 10분도 되지 않아 노란 왜건이 푹 고꾸라질 듯한 기세로 급정거했다.

와타야 호코루는 왜건으로 달려갔다.

운전석에서 아내가 내렸다.

"오래 기다렸지?"

"운전 조금만 더 조심해서 해."

와타야 호코루는 주의를 주면서도 뒷좌석에 몸을 들이밀어 등산용 배낭을 꺼냈다.

아내에게 고맙다고 인사하고 가게에 돌아가 있으라고 했다.

와타야 호코루는 다시 아까의 3층집으로 향했다.

도구가 손에 있어서인지 와타야 호코루는 마음이 조금 편해졌다. 초조함과 곤혹스러움으로 흐트러진 정신을 여기서부터는 자신의 전문 영역이라며 '프로 의식'이 앞장서서 이끌기 시작했다.

주변을 잠시 확인한 후 대문을 열고, 이건 잠겨 있지 않았으므로, 들어갔다. 살금살금 행동하기보다 당당하게 행동하면 의심받지 않는다.

정원수라 할 만한 건 거의 없었다. 옛날에는 침엽수와 활엽수가 있었던 모양이지만 어느 시점에 전부 없앴는지, 나무의 흔적은 있었으나 전체적으로 휑했다.

현관에 다다르자 와타야 호코루는 배낭을 내려놓고 열쇠 구멍을 관찰한 후, 배낭에서 도구를 꺼냈다. 송곳 모양의 소형 공구를 열쇠 구멍에 집어넣고 덜컥덜컥 움직였다.

잠시 후 도구를 챙기고 배낭을 다시 멘 후 현관문에서 물러났다. 자물쇠 따기 기술로 열기에는 버겁다. 잡아먹을 시간은 없으니 손쉬운 방법을 택하기로 했다.

뒤편의 유리문으로 간 와타야 호코루는 머그 컵 모양의 약간 큼지막한 도구를 꺼내 아가리 부분을 유리에 대고 눌렀다.

컵에 달린 코드를 다른 전기기구에 꽂았다. 에어컨 리모컨과 비슷한 그 기구의 다이얼을 천천히 돌렸다.

금이 가는 소리와 유리 파편이 떨어지는 소리가 났다. 컵을 살짝 떼어 내자 유리가 둥그런 모양으로 뻥 뚫려 있었다. 일자

드라이버로 삼각깨기*를 하거나, 버너로 유리를 가열해 깨는 방법도 있지만 와타야 호코루는 직접 만든 이 머그 컵 모양 도구가 마음에 들었다.

구멍으로 손을 넣어 자물쇠를 풀고 문을 열었다. 신발을 벗으려다 말았다. 남의 집에 흙발로 들어가려니 미안했지만 참고 안으로 들어갔다.

한순간 빈집인가 싶었다. 가구가 거의 없어 휑뎅그렁하니 생활감이 전혀 느껴지지 않았기 때문이다. 거실 맞은편에 부엌이, 그 옆에는 흰색 냉장고가 있었다. 와타야 호코루는 마룻바닥에 신발 자국이 남지 않도록 조심해서 걸었다.

수상쩍은 문은 금방 눈에 띄었다. 방 안쪽 문 옆에 비밀번호 입력용 패널이 설치되어 있었다. 관계자 외 출입 금지라는 신호다.

와타야 호코루는 패널을 건드렸다. 패널이 반응해 화면이 표시됐다. 무턱대고 번호를 눌러 보는 섣부른 짓은 하지 않았다.

패널의 제조사명과 제품 번호를 확인하고, 레버를 가볍게 만지며 잠금장치 부분의 모양을 살폈다.

승산이 있겠다 싶어 머그 컵 모양 도구를 꺼내 패널에 대고 코드를 꽂은 기구의 다이얼을 돌렸다. 와타야 호코루는 환자의 배에 청진기를 댄 의사 같은 표정으로 잠시 기다렸다. 이윽

✚ 드라이버 등을 유리창과 창틀 사이에 쑤셔 넣어 유리를 깨뜨리는 방법. 유리가 삼각형 모양으로 깨진다.

고 패널 내부의 전기 시스템이 항복, 하고 애원하는 듯한 소리를 흘렸다.

주파수의 슈마허. 말장난치고는 어설픈 말이 머리를 스쳤다.

레버를 살짝 돌리자 문이 열렸다. 안으로 들어가 문을 닫으니 깜깜해서 허둥지둥 벽을 더듬으며 조명 스위치를 찾았다.

불을 켜지 않았다면 떨어졌을지도 모른다. 바로 앞에 지하실로 내려가는 계단이 있었다.

계단을 하나씩 내려갈 때마다, 다시는 돌아올 수 없다는 공포가 몰려오고 커다란 배를 쓰다듬는 아내가 떠올라 한 단 돌아갔다가 다시 내려가기를 반복했다.

지하 공간은 밝았다. 병원처럼 바닥에 깔아 놓은 리놀륨 비슷한 흰색 소재가 빛을 반사했다. 벽도 하얬다.

와타야 호코루는 체력 단련실인가 보다고 생각했다. 실제로 실내에는 근육 단련에 사용하는 걸로 추정되는 기구가 많이 놓여 있었다. 미니밴을 운전한 그 남자가 운동하는 방일까.

걸음을 옮길 때마다 신발 밑창이 바닥에 쩍쩍 달라붙는 듯한 소리가 났지만, 와타야 호코루의 귀에는 들리지 않았다.

튼튼해 보이는 틀로 감싸인 곳에 다가갔다. 철제 바벨이 벤치의 캐처바에 얹혀 있었다. 머리 위의 바에는 매달릴 수도 있으리라.

벤치로 다가갔다. 표면에 검붉은 얼룩이 묻어 있었다. 바닥에도 비슷한 얼룩이 있었다. 바벨에 끼워진 원반에도 핏자국

같은 것이 보였다.

갑자기 방이 어두침침하고 좁게 느껴졌다.

내려온 계단을 돌아보았다. 갇힐 것만 같은 공포가 등줄기에 숨을 내뿜었다.

벤치 옆에 있는 사물함을 열었다.

커다란 짐이 쏟아져 나왔나 싶었는데 사람이라, 와타야 호코루는 재빨리 품에 안았다. 그 사람은 뒤로 돌린 양손이 접착 테이프로 칭칭 감겨 있었다.

깜짝 놀라 내팽개치고 싶은 마음을 참고 천천히 바닥에 내려놓았다. 머리에 씌워진 종이봉투를 반쯤 찢다시피 벗겨 냈다.

얼굴이 드러났지만 머리카락이 끈끈한 액체에 젖어 있어 와타야 호코루는 당혹스러웠다. 유화물감을 처바른 것처럼 피가 묻어 있었다.

세게 흔들기가 망설여져 도키와, 도키와, 하고 불렀다. 반응이 너무 없어서 손을 코에 가까이 대고 호흡을 확인했다. 잠시 후 도키와 유가 몸을 살짝 움찔하며 괴로운 표정으로 눈을 떴다.

각설하고.

머리가 답답하니 무겁고 시야는 좁았다. 누가 투명한 손으로 머리를 짓누르고 있는 듯한 느낌이었다. 암흑에 빛이 비쳐 든 건 내가 눈을 떴기 때문임을 깨달았다.

시야에 사람의 얼굴이 들어왔다. 후가? 누구인지 금방 구분이 가지 않아 그렇게 말해 보았다. 있을 리 없건만 지금 나를 구해 주러 올 만한 사람이 후가밖에 생각나지 않았다.

도키와, 하고 부르는 소리가 들렸다.

누구지?

눈부신 빛이 눈을 찌르는 것만 같았다. "후가?" "나야, 나." "나라니?" "와타야, 와타보코리."

와타보코리라니 이것 참 그리운 이름이라고 나는 머릿속에서 전혀 움직이지 않는 톱니바퀴를 돌렸다. 머리에 구멍이 난 탓에 과거의 추억이 폭주하듯 재생된 거 아닌가 의심스러웠다.

눈이 조금씩 빛에 익숙해지자 나를 끌어안고 있는 남자가 보였다.

몸을 일으켰다. 머리에 통증이 몰려왔다. 이거 대체 뭐냐고 따지고 싶어질 만큼 심한 통증과 함께 레스토랑 주차장에서 얻어맞은 게 떠올랐다.

"여기는."

"차에 실려 왔어."

바닥에 엉덩이를 대고 앉아 상대를 보자 분명 와타보코리의 옛 얼굴이 겹쳐졌다. "정말 와타보코리야?"

"그 후에 실은 패밀리 레스토랑에서 봤어."

"그 후?"

"네가 우리 가게에 다녀간 후."

"아아." 심한 통증으로 머리가 둔해졌지만 점점 상황이 이해가 갔다. "그래서 구하러 온 거야?"

"택시로."

"여기는." 다시 한번 물었다. 넓은 공간이었다. 트레이닝 도구가 널렸고, 사물함도 있거니와, 복싱 선수가 사용할 법한 샌드백도 보였다.

와타보코리가 동네 이름을 말해 주었다. "여기, 집이 엄청 크더라."

"놈은 어디 있어?" 다카스기는 어디 있을까. 망치를 휘두르는 모습이 기억 속에서 되살아났다. 동시에 머리가 깨질 때 얼마나 아팠는지 생각나 오장육부가 바르르 떨렸다. 지금도 계속 아프지만, 얻어맞은 순간의 통증은 또 남달랐다.

"남자는 차를 타고 나갔어. 그 틈을 노렸지."

"여기에는 어떻게?"

잠금장치가 없었을 리 만무하다. 청력에도 손상이 생겼는지 와타보코리의 말이 귀에 잘 들어오지 않았다. 슈마허가 어쩌고저쩌고하는 걸로밖에 안 느껴졌다.

"어쩌다 다쳤어?" 와타보코리의 옷이 빨갛게 물들어 있었다. 잠시 후에야 내가 흘린 피라는 걸 깨달았다.

나는 무릎을 세우고 천천히 일어섰다. 균형을 잃고 비틀거렸지만 다리에 힘을 주어 버텼다. 힘을 줄 때마다 통증이 찾아와 눈 속에서 불꽃이 튀었다. 파직파직 시야가 빛났다.

와타보코리가 부축해 주려는 듯 다가왔다.

"괜찮아." 나는 방을 잠시 돌아다녔다. 벽과 바닥, 천장도 흰색 계열이었지만 청결하거나 상쾌한 느낌은 없었다. 여기라는 걸 나는 알아차렸다.

"여기라고? 뭐가?"

"두개골에 뚫린 구멍에서 생각이 전부 흘러 나가는 건가." 농담처럼 말했지만 반은 진심이었다. 꺼내 놓을 마음도 없건만 말이 새어 나온다.

방구석에 하얀 상자가 있었다. 뭐든지 다 하얘서 어쩐지 으스스했다. 상자로 다가가 안을 들여다보자 쓰레기봉투가 들어 있었다. 움직일 때마다 몸이 욱신욱신하게 아프다가 이제는 저릿저릿하니 마비되는 것 같기도 했다.

쓰레기봉투를 꺼낸 순간 나는 소리를 질렀다. "아" 하는 외마디와 함께 쓰레기봉투를 잡아 찢었다.

놀란 와타보코리 앞에 봉투에서 꺼낸 물건을 들이댔다. "이거 기억나?"

과거에 저지른 죄의, 엄밀하게 따지자면 죄는 아닐지도 모르지만, 죄책감의 상징이 봉투에 들어 있었다.

백곰 인형이다. 크기는 농구공만 할까, 때가 탔고 무엇보다 머리부터 어깨까지 검붉게 물들어 있었다.

아아, 하고 와타보코리도 멀뚱히 백곰 인형을 바라보았다.

"이건."

"보도가 됐으니 만약을 위해 버리려고 한 거겠지."

"보도? 만약을 위해? 무슨 소리야?"

와타보코리와 마주 보고 서서 "이거 기억나지?" 하고 다시 한번 인형을 들이댔다.

이때 그가 짚이는 구석이 없다는 반응을 보였다면 나는 어떻게 생각했을까. 낙담했을까, 아니면 도리어 역시 그건 별일 아니었다고 안도했을까. 하지만 와타보코리는 얌전히 고개를 끄덕였다. "그때의."

"그래, 그거야." 설마 정말로 이 인형과 맞닥뜨릴 때가 올 줄이야. 이성을 잃지 않으려고 애쓰며 "최근에 시내에서 초등학생이 감금됐다 탈출한 사건이 발생했었잖아" 하고 말을 이었다.

와타보코리는 눈을 동그랗게 뜨고 여전히 어리벙벙한 표정으로 고개를 끄덕했다.

"그 초등학생이 감금된 곳에 피투성이 백곰 인형이 있었다고 증언했대."

"그게."

"이거. 그곳이 여기고."

"도키와, 대체 뭘 어쩌려고 했던 거야?"

"아까 그 남자가 범인이야."

"범인이라니."

"이 인형을 들고 있던 초등학생을 차로 치어 죽이고, 이번에도 초등학생을 납치한 범인."

2년 전에도 한 명을 죽였고, 이번에도 그 직전까지 갔다. 덧붙여 2년 전에는 하루타네 학교 재학생이 피해자였는데, 그밖에도 행방불명된 아이가 있었다. 발각되지 않았을 뿐 또 다른 여죄가 있을 것이다. 오늘 다카스기와 첫 대면을 하고 그 확신이 강해졌다.

그 남자에게는 인간의 감정이 보이지 않았다. 선의와 도덕심이 결여된 것보다 소년이 달아나 사건이 보도됐는데도 불구하고 초조함과 위기감이 전혀 느껴지지 않는 게 무서웠다. 이익과 손해, 위험성이나 이점을 계산하는 것 자체를 포기하고 살아온 것 아닐까.

애당초 소녀를 치어 죽이고 뺑소니친 첫 번째 사건부터 앞뒤 생각 없이 무분별했다. 자신의 욕구, 흥미, 호기심에 따라 폭력을 휘두를 뿐 죄에서 달아나기 위해 꼼꼼히 준비하는 유형이 아니다. 2년 전에도 히로세가와강 하천부지에 시신을 아무렇게나 유기했다. 그럼에도 그는 멀쩡히 살아가고 있다. 부모의 원조와 변호사의 활약도 한몫했겠지만, 그 이상으로 운이 좋은 걸까. 아무리 미운 아이 떡 하나 더 준다지만, 반성 없는 살인범에게 자유를 주는 건 너무하지 않은가.

"그 뺑소니범은 바로 붙잡히지 않았던가?"

"열다섯 살 먹은 미성년자라 얼마 안 지나서 사회로 복귀해

성씨를 바꾸고 다시 활동을."

"활동이라니?"

"2년 전에 초등학생의 시신이 발견됐어. 최근에는 아까도 말했듯이 행방불명된 초등학생이 감금된 곳에서 탈출했고."

"그거 무슨 뜻이지?" 와타보코리가 미간에 주름을 잡았다. "반성하지 않았다는 뜻?"

"지난번의 실패를 반면교사로 삼아 이번에는 잘해 보자는 의미에서는 반성했을지도 모르지."

"도대체가."

"인형이 나왔으니 여기가 분명 초등학생이 감금됐던 곳일 거야."

"아까 그 남자가 범인?"

와타보코리는 믿기지가 않는지 같은 내용을 계속 확인하다 피에 젖은 내 머리를 보고 인상을 찡그렸다. 나를 망치로 때리고 묶어서 방치한 놈이다. 그 남자가 선량한 시민이 아니라는 걸 인정하는 수밖에 없으리라.

"아무튼 여기서 나가자." 와타보코리가 말했다. "걸을 수 있겠어?"

"괜찮아." 그렇게 대답했지만 머리가 몽롱하기는 했다.

"아, 전화." 와타보코리가 스마트폰을 조작했다. "역시 이건 경찰에."

내 스마트폰은 어디 있나 싶어 몽롱한 정신으로나마 호주머니를 뒤지려 했다. 그리고 만약 내가 다카스기라면 이 방에 전파가 통하지 않도록 할 거라고 생각했다.

아니나 다를까 "전화가 안 터지네. 여기서 나가서 걸어야겠다" 하고 와타보코리가 말했다.

계단으로 걸어가는데, 바닥에 사각형 모양으로 찍힌 자국이 보였다. 무거운 가구를 오랫동안 놓아둔 것처럼 거무튀튀하니 푹 파인 자국이다. 처음에는 방 한복판에 어지간히 큰 물건을 설치했구나, 거추장스럽지 않았나, 하고 별 생각 없이 바라보았지만 바로 과거에 보았던 광경이 한순간 머릿속에 떠올랐다. 보였다가 사라졌다.

수조다.

이 사각형 크기에 딱 들어맞는 받침대와 그 위에 놓인 세로로 길쭉한 수조다. 나는 시선을 돌려 벽을 보았다. 뻗어 나온 배수용 호스가 저기에 연결되어 있었을 것이다.

그 지하실, 여기는 그 집이다.

딱 한 번, 게다가 한 시간도 머무르지 않았지만, 지금도 선명하게 떠오를 만큼 기억에 깊이 새겨졌다. 그러니 어찌 잊어버리겠는가.

"고다마네 집이야."

"뭐?"

와타보코리에게 말해 본들 모르겠지만, 여기는 고다마의 숙부가 살던 집이다.

이런 우연이?

그렇게 생각했을 때 우연이 아니라는 걸 깨달았다. 미성년 자 때 사건을 저지른 다카스기를, 당시는 다카스기라는 이름 이 아니었지만, 사회에 복귀시킨 최우수선수, 맨 오브 더 매치 인 변호사는 고다마의 숙부가 개최하는 쇼의 단골손님이었다.

숙부가 시설에 들어간 후 그가 이 집의 매각을 담당했을 가 능성이 있다. 크고 화려하지만 미적 감각이 좋다고 하기는 힘 들어서 매입자가 나서지 않자 빚이 있는 인물, 즉 다카스기의 부모에게 구입하게 했다. 그걸 다카스기가 비밀 놀이터로 딱 좋겠다고 여겼는지 어쨌는지는 모르겠으나 유용하게 쓰고 있 다. 대충 그렇게 된 것 아닐까.

"도키와는 그 남자가 범인인 줄 알고 있었던 거구나."

"수상하다 싶어서 확실한 증거를 얻고 싶었어."

"그래서 일부러 붙잡힌 거야?"

"만나서 이야기하면서 범인인지 아닌지 속을 떠봤지. 헤어 지고 나서 다카스기의 차를 쫓을 생각이었는데."

예정이 어긋나고 말았다. 망가진 계획을 보충하고 조정하기 위해 스스로도 안절부절못한 감이 있다. 그 결과 경계심이 흐 트러져 상대에게 납치되는 사달이 벌어졌다. 와타보코리가 오 지 않았다면 심한 출혈로 큰일이 났을 것이다.

"빨리 올라가서 경찰에 전화해야겠어." 와타보코리는 스스 로를 격려하듯 말하고 벽에 붙은 계단을 오르기 시작했다. 잠시 간격을 두고 나도 따라갔다.

1층으로 통하는 문 앞에서 와타보코리가 "방을 사진으로 찍어 두면 증거로 써먹을 수 있을지도 몰라" 하고 멈춰 서서 스마트폰을 들었다. 지하실 전체가 내려다보이는 구도였다.

그때 문이 열렸다.

깜짝 놀라 고개를 그쪽으로 돌리자 다카스기가 서 있었다. 손에 웬 지팡이 같은 막대기를 들고 있는가 싶었는데 엽총이었다. 그는 즉시 총을 겨누고 망설임 없이 발포했다. 뭔가 터지는 듯한 총소리가 울려 퍼졌다.

와타보코리가 쓰러지자 당연히 나도 떠밀려서 둘이 함께 계단 아래로 굴러떨어졌다. 총을 맞아 와타보코리의 몸에서 뿜어져 나온 피가 내 시야를 붉게 적신 것 같은 느낌이었다. 쐐기를 때려 박은 듯한 통증이 온몸을 덮쳤다.

지하실로 굴러떨어진 나는 머리를 누른 채 아픔이 가실 때까지 몸부림쳤다. 손가락에 피가 묻었다. 망치에 맞아 깨진 곳은 치료를 받지 못했으니 아픔이 가시지 않는 것도 당연한가. 영원히 이대로인 것 아닐까 두려워졌지만 점차, 어쩌면 신경이 항복하고 마비된 건지, 통증이 완화된 것 같은 기분도 들었다.

앞에 사람이 있었다. 내 앞에 선 다카스기다.

와타보코리는 오른편 앞쪽, 벽이 있는 곳에 웅크려 앉아 있었다. 총상이 걱정됐다. 얼마나 다쳤을까.

와타보코리가 어째서 여기에 있는 건지 여전히 이해가 잘 안 됐다. 마지막으로 본 지 몇 년이 지났더라. 중학교 졸업하고 처음 아닐까.

그런데 왜 구하러 와 준 걸까.

경위야 어떻든 그는 이번 일과 무관하다. 나를 구하러 왔을 뿐인데 다쳐서는 안 된다. 하물며 총에 맞는 건 어불성설이다.

인형을 안은 소녀, 연립주택에서 그 남자에게 봉변을 당한 하루코 씨, 차에 갇힌 하루타, 그들의 모습이 보였다. 더 이상 남이 휘말리는 건 피하고 싶다. 반드시 피해야 한다.

다카스기는 엽총을 들고 있었지만, 겨누지는 않았다. 나도 와타보코리도 움직일 수 없는 상태라 저항에 부딪힐 위험성이 느껴지지 않는 것이리라.

"넌 뭐야? 어디서 왔어?"

다카스기가 불쾌한 목소리로 말하며 벽에 기댄 와타보코리를 발로 눌렀다. 다친 곳을 노렸는지 와타보코리는 고통스러운 신음을 토했다.

"오리 울음소리 같네." 다카스기는 재미있다는 듯 말했다. "야, 좀 더 내 봐. 더 울어 보라고" 하며 더 꾹꾹 눌렀다.

"어디서 튀어나온 거야? 보안장치까지 망가뜨렸잖아. 그런데 보안장치에 이상이 생기면 나한테 연락이 오도록 되어 있거든. 아니나 다를까 돌아와 보니 이 꼴이네." 다카스기가 엽총을 겨누었다. 익숙한 자세로 총구를 똑바로 와타보코리에게 향했다.

와타보코리는 입에 거품이라도 물 것처럼 허둥대며 손을 앞으로 내밀었다.

"총알을 손으로 막으려고?" 다카스기는 웃음을 터뜨리는가 싶더니 뒷주머니에서 스마트폰을 꺼냈다. "잠깐만 있어 봐. 좀 찍어야겠다."

엽총을 내리고 스마트폰을 들어 동영상을 찍기 시작했다.

와타보코리는 그것도 파악하지 못했는지, 아니면 알기에 그러는 건지 간신히 무릎을 꿇고 머리를 조아렸다. "곧 아이가 태어납니다. 살려 주세요" 하고 울면서 애원했다. 옆구리 언저리에서 피가 났다.

나는 무릎을 세우고 상체를 일으켰다.

다카스기가 "이거 혼자만 보기에는 아까운 영상인데" 하고 스마트폰으로 와타보코리를 찍으며 이동했다.

이쪽에 등을 돌린 자세다.

그 남자가 거기에 있었다. 나와 후가에게 발길질을 하고, 우리 인생 자체를 걷어차서 날려 버리려고 했던 아버지의 모습이 겹쳤다. 그리고 고다마의 숙부 모습도 겹쳤다. 저항하지 못하는 사람의 존엄성을 발바닥의 각질이라도 제거하듯 아무렇지도 않게 깎아내리는 자들이 이 세상에는 존재한다.

인정할 수밖에 없는 사실이다. 하지만 이쪽이 계속 그들의 만행을 참아 줄 필요는 없다.

문득 고개를 돌리자 널브러져 있는 백곰 인형이 눈에 들어왔다. 손을 뻗어 끌어당겼다. 내내 죄의식과 함께 마음에 걸렸던 인형이다. 죽은 소녀가 떠올랐다. 얼마나 아팠을까. 얼마나 무서웠을까.

분노로 머릿속이 가득 찼다. 동시에 '아무것도 만회할 수 없다'는 냉정한 깨달음도 얻었다. 뭘 어쩌든 그 아이는 돌아오지 않는다. 우리를 내내 짓밟았던 그 남자가 사고로 죽은들 인생이 돌아오지 않았던 것과 마찬가지다.

욕을 내뱉고 싶어졌다.

아무 벌충도 되지 않는 일에 이렇듯 기를 쓰고 달려들다니 나는 멍청이다.

낙담도 했다.

그렇다고 이런 놈이 제멋대로 설치게 놔둘 생각은 없었다.

인형을 더듬자 금방 손가락에 닿았다. 중학생 때의 기억 그대로다. 오른손 손가락으로 집어서 뽑았다.

못이다.

마개라도 되듯 박혀 있던 못은 제자리에 그대로 남아 있었다.

온몸의 세포를 질타하고 격려하며 채찍질하는 심정으로 일어섰다. 기회는 지금뿐이라고 직감했다.

놈에게 일격을 날릴 생각이었다. 못으로 찌르면 움직임이

봉쇄될 만한 어딘가에.

　다카스기가 돌아보았다.

　엽총이 이쪽을 향했다. 혀를 찰 틈도 없었다. 큰 소리가 귀를 때린 순간 다리가 불탔다. 불타는 게 아닐까 싶을 만큼 뜨거운 열기가 덮쳐 왔다. 넓적다리가 날아간 줄만 알았다.

　왼쪽 넓적다리에 맞았다. 통증은 있었지만, 이미 머리의 통증 때문에 몸속의 경보기가 울려 퍼지고 있는 상황이라 다른 경고음도 거기에 뒤섞였다. 격통에 새로운 격통이 더해진다고 달라지는 건 없다.

　다카스기가 스마트폰을 주웠다. 재빨리 내게 총을 쏘다가 떨어뜨린 것이리라.

　어쩐지 숨이 찼다. 호흡이 거칠어지고 가슴이 크게 오르락내리락했다.

　"저어, 여기서 저희에게 무슨 일이 생기면 귀찮아질 겁니다." 와타보코리는 이 마당에 이르러서도 활로를 찾으려 애썼다.

　나는 대단하다고 감탄하면서 네발로 기는 자세로 그에게 다가갔다. 넓적다리에서 흘러나오는 피는, 내 수명을 알리는 모래시계에서 줄줄 떨어지는 모래다. 되돌릴 수 없고 그저 다 떨어지기만을 기다릴 뿐, 그건 어떤 사람이든 생물이든 마찬가지다. 태어나는 순간부터 끌어안고 있던 모래가 떨어지기 시작해, 전부 다 떨어지면 그걸로 끝.

　지금 내 모래시계는 속도가 빨라지고 있다.

"확실히 귀찮긴 하겠지만 어떻게든 되겠지." 다카스기가 말했다. "지금까지도 그랬어. 조급하게 굴지 않으면 시체 처리도 가능하고, 정 안 되면 대충 휙 버리는 것도 뜻밖에 잘 먹히더라고."

역시 겉으로 드러난 사건만이 아니었다. 다카스기에게 살해당했지만 밝혀지지 않은 피해자는 여럿이다.

엉금엉금 기어서 와타보코리에게 다가가는 나를 다카스기가 힘껏 걷어찼다. 아픔의 빛이 머릿속을 새하얗게 채웠다.

나는 데굴데굴 굴러, 버티기보다 그러는 게 몸이 편하기도 해서, 와타보코리 옆으로 갔다.

"미안해."

내가 말을 걸어도 와타보코리는 머리를 조아린 자세를 풀지 않았다. 의식은 있지만 무서워서 공황 상태에 빠진 모양이다. 야, 야, 하고 나는 불렀다. 야, 와타보코리. 눈물에 젖은 얼굴이 이쪽을 보았다.

"와타보코리, 정말 미안해." 아무리 사과해도 모자란다.

다카스기가 낄낄 웃더니, 그가 내 앞에서 이렇게 감정을 노골적으로 드러낸 건 처음일지도 모르겠다, 다시 총소리가 울렸다. 어디에 맞았는지 확실치 않았다. 몸 전체가 아파 죽을 것 같은 동시에 아무것도 느껴지지 않았다. 다만 나는 이제 끝났음을 확신했다.

몸을 뒤집어 똑바로 눕자 맞은편에 다카스기가 서 있었다.

"미안, 다카스기 씨." 나는 다카스기에게 속삭이는 듯한 목소리로 말했다.

"이제 와서 뭘 사과하는 거냐."

"거짓말을 했거든."

"무슨 거짓말?"

나는 간신히 고개를 움직여 와타보코리 쪽으로 입을 내밀었다. 목소리 크기가 조절되지 않는다기보다 아주 작은 목소리밖에 나오지 않았기 때문이다. "와타보코리, 잘 들어, 나타날 거야."

"나타나다니? 뭐가?"

"후가."

"후가?" 와타보코리는 고개를 갸웃거렸다.

"이제 올 거야. 그러면." 나는 오른팔을 뻗었다.

다카스기가 또 스마트폰을 만지작거리며 "야, 뭘 그렇게 속닥거려?" 하고 다그쳤다. "여길 봐. 유언을 남길 기회를 줄게." 그는 지금까지도 이렇게 피해자의 마지막 말을 영상으로 남긴 게 틀림없다.

"거짓말이었어."

내가 패밀리 레스토랑에서 다카스기에게 들려준 이야기에는, 다카스기 본인의 범죄에 관한 내용을 제외하면, 크게 두 가지 거짓말이 섞여 있었다.

일단 후가는 죽지 않았다. 누군가가 그 이야기를 들었다면 아마 거짓말임을 눈치챘으리라. 2년 전 스쿠터 사고로 병원에 실려 간 건 사실이지만, 목숨은 잃지 않았다. 그로부터 1년은 입원과 재활 훈련에 소비했지만, 지금은 도쿄에서 고다마와 아주 평범하게 살고 있다.

그리고 하나 더, "생일은 오늘이야" 하고 말하고 나는 손목시계를 보았다.

"생일? 갑자기 무슨 소리야?"

온몸의 피부가 찌릿찌릿하니 떨려 왔다. 옆방에서 얻어맞는 후가를 구해야 한다는 일념으로 샐러드유를 몸에 발랐을 때, 국어 시간에 칠판을 보고 있었을 때, 그리고 바로 이 방에서 수조에 빠져 허우적대는 고다마를 바라보며 후가와 연습한 응원단의 안무 비슷한 포즈를 취했을 때, 과거의 다양한 '그 순간'이 머릿속을 스치고 지나갔다.

후가가 온다. 나는 한 번 더 와타보코리에게 전했다.

온다니 어디서?

예상 밖의 더 밖에서.

"미안하지만." 나는 모래시계의 마지막 모래 몇 알이 떨어지기 직전에 다카스기에게 들리도록 목소리를 최대한 쥐어짜 냈다. "내 동생은, 나보다 훨씬, 터프해."

이 방에 나타난 후가는 한순간 놀란 표정을 지었지만, 상황을 파악하기 위해 금세 예리한 시선을 날렸다. 지금까지 생일마다 경험을 쌓아 온 덕분에 별안간 뜬금없는 곳에 나타나는 일에는 익숙하리라. 다만 쓰러진 내가 눈에 들어왔을 때는 동요했을 것이다.

원래 이동한 곳에는 내가 없다. 반대도 마찬가지다. 나는 후가가 있는 곳으로 이동하지만 거기에 후가는 없다. 뒤바뀐다는 건 바로 그런 의미니까.

옛날에 후가와 나눈 이야기가 생각났다.

"유가, 혹시 둘 중 한 명이 죽으면 어떻게 될까?"

"어떻게 되느냐니?"

"생일의 그거 말이야. 위치 교환."

"그야, 없어지겠지." 그렇지 않다면 둘 중 하나가 무덤에 들어간 후에도 남은 사람이 두 시간에 한 번, 무덤 속으로 이동할 거라고 덧붙였다. 농담이기는 했지만 이론상으로는 그렇지 않을까.

"그러게." 후가도 웃었다. "반대로 말하면 누구 하나가 죽을 때까지는 계속되는 건가."

즉, 이번이 마지막 그것이었다. 내가 절명하는 타이밍이 아슬아슬하게 맞아떨어진 것이리라. 후가가 이쪽으로 이동했지만, 나는 이동하지 않아서 여기에 우리가 함께 있다.

후가는 숨이 끊어진 나를 내려다보고 놀랐다.

놀랄 여유 없어.

축 늘어진 내가 오른손으로 뭘 했는지 후가는 알아차렸다.

마지막의 마지막 순간에 나는 힘을 쥐어짜 손을 움직였다. 실은 와타보코리에게 후가가 나타나면 이 동작을 취하라고 부탁할 작정이었지만, 시간이 없었다.

주먹을 바닥에 대고 엄지손가락만 세웠다. 실은 획획 흔들고 싶은 심정이었다.

뒷일은 맡긴다.

내가 손 모양으로 남긴 뜻이 후가에게 전해졌다.

그래, 뒷일을 부탁한다.

후가가 마음을, 반쯤 풀어진 마음의 아가리를 꽉 졸라서 단단히 묶었음이 전해져 왔다.

원래 같으면, 하고 상상했다. 아직 살아 있다면 나는 지금 여기 있지 않고 직전까지 후가가 있었던 곳으로 이동했으리라. 아마도 도호쿠 신칸센 안으로. 두 시간 전에는 내가 신칸센 좌석에 앉아 있었다. 정전으로 운행이 중단되지 않았다면, 또는 좀 더 복구가 빨랐다면 일은 조금 다르게 풀렸을 것이다.

신칸센이 차질 없이 센다이에 도착했다면 후가는 그길로 예약한 렌터카를 타고 패밀리 레스토랑 근처에서 대기할 예정이었다. 그랬다면 내가 다카스기에게 납치당하더라도 바로 구하

러 왔을 것이다. 센다이에서 다카스기가 뭘 어쩌는지 추적할
계획이었으니까.

만약을 위해 어제 센다이에 왔으면 좋았으련만.

새삼 그런 생각이 들었다.

"도쿄에서 센다이까지 두 시간도 안 걸려. 당일 좀 일찍 신
칸센을 타면 여유롭지." 일정을 상의했을 때 후가는 그렇게 주
장했다.

"하지만 무슨 일이 있을지는."

"하여간 걱정도 팔자라니까. 그렇게 조바심을 내며 일찍 도
착해서 뭐 어쩌자고? 무엇보다 지금 고다마는 중요한 시기니
까 가급적이면 집을 비우기 싫어."

그래, 하고 대답하는 목소리가 작아졌다. 두 달쯤 전, 고다마
가 임신했음이 판명됐다. 입덧이 많이 가라앉았다고는 하나,
생전 처음 경험하는 일에 신경이 많이 곤두선 고다마를 혼자
놔두기가 불안한 건 이해가 간다. 나로서는 전혀 알 길이 없는
미지의 영역이므로 그렇게 말하자 반론할 방도가 없었다.

"그러니까 당일 센다이에 갈게. 걱정 마, 다카스기와 만나기
로 한 시간에 늦지 않도록 여유 있게 도착할 거니까. 그 패밀
리 레스토랑 근처에서 딱 대기할게. 어지간히 뜻밖의 일이 터
지지 않는 한 아무 문제 없을 거야."

하지만 뚜껑을 열어 보니 신칸센이 뜻밖의 말썽에 휘말리고
말았다.

언뜻 보기에도 다카스기는 당황한 눈치였다.

방금 전까지 빈사 상태로 쓰러져 있던 나와, 사실 이미 목숨이 끊겼지만, 똑같이 생긴 남자가 눈앞에 서 있으니 그럴 만도 하다.

아무래도 무슨 상황인지 이해가 안 될 것이다.

후가, 온다. 나는 후가에게 주의를 주었다. 옛날부터 우리의 필살기였던 그것이, 기습을 하기 위한 그 순간이 온다. 양옆에 선 천사와 악마를 번갈아 보는 순간이다. 이번에는 천사와 악마가 아니라 산 자와 죽은 자인가.

다카스기는 앞에 선 후가를 보고, 즉시 바닥으로 눈을 돌렸다. 저기 있었던 녀석은 어떻게 됐나 확인하지 않을 수 없었을 것이다. 나는 그 자리에 그대로 쓰러져 있다. 속았지? 그렇게 골려 주고 싶었다.

그럼 이쪽에 있는 건 누군가 하고 그가 눈길을 되돌렸다.

자, 빈틈이 생겼다.

후가는 물론 타이밍을 놓치지 않고 그것을 쳐들었다.

양손으로 들어 올린 볼링공 케이스를 보고 나는 쓴웃음을 금할 수 없었다. 도쿄역에서 출발한 신칸센으로 이동했을 때 내가 두고 내린 물건이다. 애당초 저쪽으로 이동할 때 케이스를 들고 있었던 게 실수였지만, 센다이로 이동할 때 가져오는 것도 깜박했다.

다시 그 자리에 앉은 후가도 볼링공이 든 케이스를 보고 내가 깜빡 두고 갔다는 걸 알아차렸을 것이다.

후가는 그걸 들고 이쪽으로 이동했다. 우연이었을까, 아니면 무기로라도 쓸 생각이었을까.

다카스기는 머리 위에 있는 볼링공 케이스를 멍하니 올려다보았다.

그냥 가방이라 여기는지도 모르겠다.

어쩐지 미안했다.

안에 14파운드짜리 볼링공이 들었으니까.

묵직한 소리가 울렸다. 다카스기가 재빨리 피했는지 볼링공 케이스는 그의 머리가 아니라 어깨에 맞았다.

다카스기가 인상을 찌푸렸다.

후가는 멈추지 않았다. 다시 양손으로 케이스를 높이, 이번에는 팔을 쭉 펴서 번쩍 쳐들었다가 힘껏 바닥에 내리쳤다.

아프겠다 싶어 나는 고개를 반쯤 돌렸다. 쌤통이라는 생각도 들었지만 자중했다. 그 정도의 상식은 갖추고 있다.

14파운드짜리 볼링공은 다카스기의 오른발에 멋지게 적중했다. 발과 함께 바닥에 푹 박힐 것 같은 기세였다.

그 시점에 다카스기의 움직임은 거의 멈춘 것이나 다름없었다. 후가는 감정을 잔뜩 억눌렀는지 오히려 냉정한 표정이었다. 다행이다 싶어 안도했다. 침착함을 잃어서는 안 된다.

후가는 발이 박살 나서 기능 정지 상태에 빠진 다카스기의 몸에 올라타 몇 방 후려갈겼다.

죽이면 안 돼. 너무 때리지 마. 과연 내 호소는 들릴까. 여기서 다카스기를 죽이면 후가도 범죄자가 되고 만다.

이윽고 다카스기가 완전히 움직임을 멈추자 후가는 셔츠를 벗어 그의 두 손목을 묶은 후, 트레이닝용 벤치로 끌고 가서 동여맸다.

그리고 쓰러진 내게 다가오려 했다.

아니, 난 이미 늦었어. 와타보코리를 도와줘.

후가는 와타보코리에게 다가가 총에 맞은 곳을 확인했다.

"대체 이건." 와타보코리가 몸을 사시나무 떨듯 하며 말했다.

"걱정 마. 살 수 있어." 후가는 단정하는 투로 말했다.

의사도 아니면서.

그저 와타보코리에게 힘을 북돋아 주고 싶었던 것이리라.

와타보코리에게 고맙다고 인사해 줘. 녀석이 위험을 무릅쓰고 구하러 와 줬어.

"고마워." 후가가 그렇게 말했다. "당장 경찰을 부를게. 끌어들일 생각은 없었는데, 미안해."

"후가?"

"응. 너희 가게에 갔을 때는 거짓말을 했지만. 그때 나는 유가였으니까."

"무슨 소리야?"

스마트폰을 꺼낸 후가는 전파가 통하지 않는다는 걸 알고 계단을 올라갔다. 지하실에는 와타보코리만 남았다. 정확하게는 벤치에 묶인 다카스기와 나도 있었다. 와타보코리는 물론 크게 다쳤지만 나만큼 심각하지는 않았다. 총에 맞아 피는 났지만 후가의 근거 없는 견해대로 치명적이지는 않은 듯했다.

와타보코리는 다카스기가 언제 또 움직일지 몰라 겁을 먹고 쭈뼛거렸다. 위쪽 문이 열리고 후가가 "구급차가 올 거야. 경찰도" 하며 내려오자 문이 열리는 소리와 후가의 목소리에 펄쩍 뛰어오를 만큼 놀라는 게 정말 웃겼다.

후가도 "뭘 그렇게 놀라?" 하고 웃었다.

긴급 차량들은 예상보다 일찍 도착했다. 경찰 관계자가 대거 지하실로 몰려와 우리를 감쌌다. 참 많이도 모였다. 응급조치를 받은 와타보코리가 들것에 실려 나갔다. 시트에 덮인 나도 그 뒤를 따랐다.

후가는 벤치에 앉아 몇 미터 앞에 선 남자를 바라보았다. 중학생쯤일 테니 소년이라 해야 맞을까. 장소는 미야기 현청의 남서쪽에 위치한 고토다이 공원. 소년은 조금 전부터 원형 화단 부근에 서서 후가를 슬쩍슬쩍 훔쳐보고 있었다.

후가 가족이 센다이에 도착해 택시를 잡아타자 택시 기사는 어제까지 비가 내렸다고 말했다. 오늘은 딴판으로 화창해졌다고도.

따뜻한 햇살이 공원을, 푸르른 히말라야삼나무를, 바닥에 깔린 흰색 돌을, 구릿빛 조각상을, 반짝반짝하게 닦아 내고 있는 듯하다. 후가는 북쪽으로 고개를 돌려 화장실에 간 고다마와 아이들이 돌아오지 않는지 확인했다. 아직 돌아올 낌새는 없었다.

3년 전에 발생한 사건은 주목을 받았다. 초등학생을 납치 감금하고 살해한 다카스기에게는 밝혀지지 않은 여죄가 있으며, 과거에는 무면허 운전을 하다 뺑소니 사고도 일으켰다는 것, 성씨를 바꾼 후에 도쿄 도내의 방송 제작사에서 일했다는 것, 센다이 시내의 단독주택 지하실이 감금실로 사용되었다는 것, 더 나아가 현장에 있던 20대 남자 세 명 중 한 명은 사망했고 한 명은 총에 맞아 중상을 입은 채로 발견됐지만, 대체 무슨 일이 일어났는지 자세한 정황은 불확실하다는 것, 그러한 사정을 주간 정보 방송과 주간지에서 크게 다루었다.

쌍둥이 형을 잃은 데다 고다마가 출산을 앞두고 있던 터라 정신적으로 피폐해진 후가가 끈질기게 들러붙는 매스컴에 감정을 폭발시키기도 했지만, 세상 사람들은 후가와 와타보코리를 옹호해 주었다. 범인 체포에 공헌하다 심신이 너덜너덜해졌으니 내버려 두라는 소리 없는 성원이 점점 퍼져 나간 결과, 후가는 사건에서 해방됐다.

"저어" 하는 목소리에 고개를 들자 후가 앞에 소년이 서 있었다. 어느 틈에 다가왔을까. 아무래도 말을 걸지 않고 지나칠

수는 없었다는 듯한 표정이었다. "도키와 씨 맞으세요?"

후가의 얼굴이 경계하듯 굳어진 건 사건이 보도되면서 연예인 정도까지는 아니더라도 바라지도 않는 지명도를 얻어 알아보고 말을 거는 사람이 적지 않았기 때문이리라. 한동안 밖에 나가기만 하면 쓸데없는 동정과 과장된 찬사, 생트집에 가까운 비판이 날아들었다.

"뉴스에서 봤어요." 중학생이 말했다.

소년을 상대로 무례한 태도를 취하기도 좀 그랬는지, 후가는 무시하지 않고 "아아, 그래" 하고 대답했다. 하지만 더 이상 대화를 계속할 마음은 없다는 듯한 태도였다.

소년은 물러가지 않고 "쌍둥이죠?" 하고 말을 이었다.

사건 보도에서는 도키와 유가와 도키와 후가라고 실명으로 소개됐다. 쌍둥이라는 점도 강조했으니 소년도 알고 있었을 것이다.

"뭐, 그렇지." 후가는 대답하고 다시 화장실 방향을 확인했다. 고다마와 아이들이 돌아오면 당장 떠날 생각이리라.

"저 말이죠." 소년이 결심한 듯 침을 삼킨 것과 거의 동시에 그가 누구인지 알아차렸다.

"옛날에 도키와 씨랑 같이 놀았던 적이 있는데요."

하루타다. 5년이 지나 많이 컸지만 옛날 모습이 남아 있었다.

"아아." 후가는 그제야 밝은 표정으로 소년을 가리켰다.

손가락으로 남을 가리키는 건 예의 없는 짓이니까 하지 마.

"걔다, 하루타랬나?"

"아, 네." 소년은 환한 얼굴로 고개를 끄덕였다.

"유가한테 들었어. 어머니는 하루코 씨고."

"뉴스로 알았어요. 도키와 씨는."

"미안해."

"네?"

"유가가 있었다면 분명 사과하고 싶었을 테니까. 우리 때문에 봉변을 당했잖아." 후가는 벤치에서 일어나 머리를 숙였다.

소년은 약간 난처해 보였다. 실제로 그가 그 남자 때문에 무서운 일을 당한 건 사실이다. "마음에 두실 것 없어요"라고 대답할 수 있을 만큼 그때 일을 다 삭이지는 못했을 테지만, 여기서 후가를 힐책하지 않을 만큼은 마음의 안정을 되찾았을지도 모른다.

"도키와 씨가 지켜 준 거예요."

"지켰다고? 뭘?"

오히려 지키지 못한 것 아니었을까.

"엄마도 뉴스 보면서 그랬어요."

하루코 씨가 뭐라고 했는데?

구체적인 내용이 하루타의 입에서 나올 낌새는 없었다. 여기는 후가가 끈질기게 물어봐야 할 대목인데. 센스가 없어도 그렇게 없나.

"아." 후가는 손목시계를 보더니 손바닥을 앞으로 내밀었다.

"잠깐만 기다려."

하루타가 몸을 움찔했다. 뭔가 싶어 조금 겁먹은 표정이었다.

후가는 손목시계를 가만히 들여다보았다. 오후 2시가 조금 지났다. 좀 더 정확히 말하자면 오후 2시 10분에 가까웠다.

"오늘은 생일이야." 후가는 말했다. 동시에 기일이니까 센다이에 왔다. 그렇게 말을 이었지만 하루타는 무슨 영문인지 전혀 짐작이 가지 않는 눈치였다.

"요 3년간 그게 일어난 적은 없고, 일어날 것 같지도 않지만."

"무슨 말씀이세요?"

"2분 후에 한 번 더 네가 누군지 말해 주지 않을래?"

"네?"

"유가도 네가 누군지 척 보고서는 모를 테니까."

그렇게 말하는 사이에도 시간이 흘러간다. 근처에 위치한 시청 건물에 시계가 설치되어 있지만, 디지털 표시라서 초까지는 파악이 안 된다. 2시 10분이 되자 후가는 온몸에 힘을 주는 것 같았다. 신경을 곤두세우고 찌릿찌릿하니 몸에 막이 씌워지는 그 감각을 느끼려는 게 틀림없다.

아무 말도 없이 가만히 있는 후가를 하루타가 걱정스러운 듯 바라보았다.

"저기, 저는." 하루타가 머뭇머뭇 자기소개를 하려 하자 후가가 제지했다. "아냐, 됐어. 역시 안 되나. 그렇겠지."

그때 뒤에서 고다마가 돌아왔다. 앞을 뒤뚱뒤뚱 걸어가는 두 딸이 넘어지지는 않는지 주의를 기울이며, 오래 기다렸지, 하고 말했다.

후가는 일어서서 두 딸에게 손을 내밀었다. 흰색 셔츠를 입은 딸과 분홍색 셔츠를 입은 딸이 각자 왼손과 오른손을 붙잡았다.

"고다마, 이쪽은 하루타야. 예전에 유가와 친구였던 애." 후가의 소개에 고다마는 휘둥그레진 눈으로 환성을 질렀다. 고다마도 하루타를 기억하고 있었는지 반갑다고 몇 번 말했다.

딸들이 후가의 손을 잡은 채 빙글빙글 돌며 신나게 웃었다.

바람이 조금 강해져 하늘을 흘러가는 구름이 해를 가리자 공원이 조금 어두워졌지만, 그건 흉조라기보다 경과한 세월을 조용히 되감기 위한 막간처럼도 느껴졌다.

팔을 잡아당기는 두 딸을 보면서 후가는 이만 갈까, 하고 말했다.

하루타가 공손하게 인사했다.

"어머님한테도 안부 전해 줘." 후가가 그렇게 말했다.

네, 하고 대답하는 하루타는 참 야무져 보였다.

그나저나 정말 많이 컸구나.

"아까 화장실에 갔을 때 애먹었어. 옷 색깔이 예뻐 보인다며 서로 옷을 바꿔 입고 싶어 해서." 걸어가며 고다마가 투정했다. "차라리 둘 다 같은 옷을 입히는 게 편하겠다."

똑같이 생긴 아이들이 후가 주변을 빙빙 돌았다.

별문제야 없겠지만 생일날에는 주의해.

"같은 옷을 입히면," 후가 쓴웃음을 지었다. "뒤바뀌었을 때 누가 누군지 알아보기 힘들잖아."

지난 2018년, 이사카 고타로가 방한했을 때 감사하게도 대담에 참여할 기회를 얻었다. 대담 자리에서 이사카 고타로가 다음 작품에는 쌍둥이가 나온다고 했던 것이 기억난다. 나도 쌍둥이라 그가 쌍둥이를 소재로 또 어떤 재미난 이야기를 선보일까 궁금했는데, 그게 바로 이 작품『후가는 유가』다(여담이지만 그땐 설마 내가 번역하게 될 줄은 몰랐다). 그럼 여기에 나오는 쌍둥이는 어떤 쌍둥이일까? 무려 '순간 이동'을 하는 쌍둥이다.

일본에서 공개된 작가 인터뷰에 따르면 애초에는 쌍둥이 형제 중 한쪽이 체험한 일이 두 시간 후에 다른 쪽에도 일어난다는 미래 예지에 가까운 설정을 계획했으나, 그 설정을 이야기로 구체화하기가 힘들어서 두 시간마다 서로의 의식이 교환되는 아이디어를 떠올렸다고 한다. 그런데 구상을 다듬고 있을 때 영화 〈너의 이름은〉이 개봉되는 바람에 아예 쌍둥이 형제의 위치가 물리적으로 바뀌는 설정으로 수정했다는 것이다. '쌍둥이'라는 소재는 이제 진부하지만, 이러한 설정은 제법 독특하다 하지 않을 수 없다.

한편으로 스토리는 단순하다. 처음부터 설정만 재미있으면 스토리는 단순해도 된다는 생각에 스토리를 전체적으로 약간 아담하게 만들고 싶었다고 한다. 이사카 고타로의 그러한 의도는 성공을 거둔다. 『후가와 유가』는 독특한 설정으로 시선을 끌고, 단순하면서도 가독성 있는 이야기로 독자를 책 속에 붙잡아 놓는다.

하지만 그 속에 담긴 내용은 결코 가볍지만은 않다. 아동 학대, 왕따, 납치 및 살해 등 눈을 돌리고 싶지만 실제로 현실에서 자주 마주치게 되는 사건들이 포진되어 있다.

피해자들은 현재 상황을 어떻게 해결할 수 없으며 체념과도 비슷한 감정을 품고 있다. 또한 영화나 만화와는 달리 그들을 곤경에서 구해 줄 슈퍼히어로는 존재하지 않는다.

이러한 상황에서 유가와 후가 형제는 자신들의 능력을 활용해 동정할 여지가 없는 '악'과 맞선다. 처음에는 그저 자신들의 능력을 시험해 보고 싶은 마음에서 사건에 관여하기도 하지만, 힘으로 약한 사람을 지배하려는 악한을 응징하려는 마음이 커지면서 '인간'으로서 성장하는 모습을 보여 준다.

일종의 히어로물처럼도 느껴지는 『후가는 유가』. 우리가 히어로물 하면 떠올리는 할리우드 영화처럼 스펙터클한 볼거리를 제공하지는 않지만, 서로 의지하고 위하는 쌍둥이의 강한 형제애가 독자들에게 깊은 여운을 남긴다.

　　이사카 고타로는 오래전 해외 독자에게 '작가님의 작품은 슬프고 쓸쓸하지만 읽고 나면 가슴이 따뜻해진다'는 메시지를 받은 적 있다고 한다. 이사카 고타로는 『중력 삐에로』나 『집오리와 들오리의 코인로커』 같은 초기 작품에서 그러한 감정을 소중히 여겼고, 『후가는 유가』에서 다시 한번 거기로 돌아간 듯한 기분을 느꼈다고 자평한다.

　　다시 말해 『후가는 유가』는 다시 한번 독자들이 그러한 감상을 맛볼 수 있도록, 원점 회귀를 염두에 두고 쓴 작품이다. 그리고 그 시도는 충분히 성공한 것 같다.

2020년 3월
김은모

303

옮긴이 **김은모**

경북대학교 행정학과를 졸업했다. 일본어를 공부하던 도중 일본 미스터리의 깊은 바다에 빠져들어 헤어나지 못하고 있다. 아직 국내에 알려지지 않은 다양한 작가의 작품을 소개하고자 노력하고 있다. 옮긴 책으로는 아시베 다쿠의 『기담을 파는 가게』 『악보와 여행하는 남자』, 이사카 고타로의 『화이트 래빗』, 야쿠마루 가쿠의 『우죄』, 고바야시 야스미의 『앨리스 죽이기』 『클라라 죽이기』 『도로시 죽이기』, 누쿠이 도쿠로의 『미소 짓는 사람』 『프리즘』을 비롯하여, 미쓰다 신조의 '작가' 시리즈, 아비코 다케마루의 '하야미 삼남매' 시리즈, 『검찰 측 죄인』 『달과 게』 등이 있다.

후가는 유가

지은이 이사카 고타로
옮긴이 김은모
펴낸이 김영정

초판 1쇄 펴낸날 2020년 4월 20일
초판 2쇄 펴낸날 2020년 5월 22일

펴낸곳 (주)현대문학
등록번호 제1-452호
주소 06532 서울시 서초구 신반포로 321(잠원동, 미래엔)
전화 02-2017-0280
팩스 02-516-5433
홈페이지 www.hdmh.co.kr

ⓒ 2020, 현대문학

ISBN 978-89-7275-164-9 03830

* 책값은 뒤표지에 있습니다.
* 이 도서의 국립중앙도서관 출판예정도서목록(CIP)은 서지정보유통지원시스템 홈페이지(http://seoji.nl.go.kr)와 국가자료종합목록 구축시스템(http://kolis-net.nl.go.kr)에서 이용하실 수 있습니다. (CIP제어번호 : CIP2020010284)